シリーズ もっと知りたい名作の世界 ⑨

指輪物語

成瀬俊一 編著

ミネルヴァ書房

J·R·R·トールキン
Copyright © John Wyatt

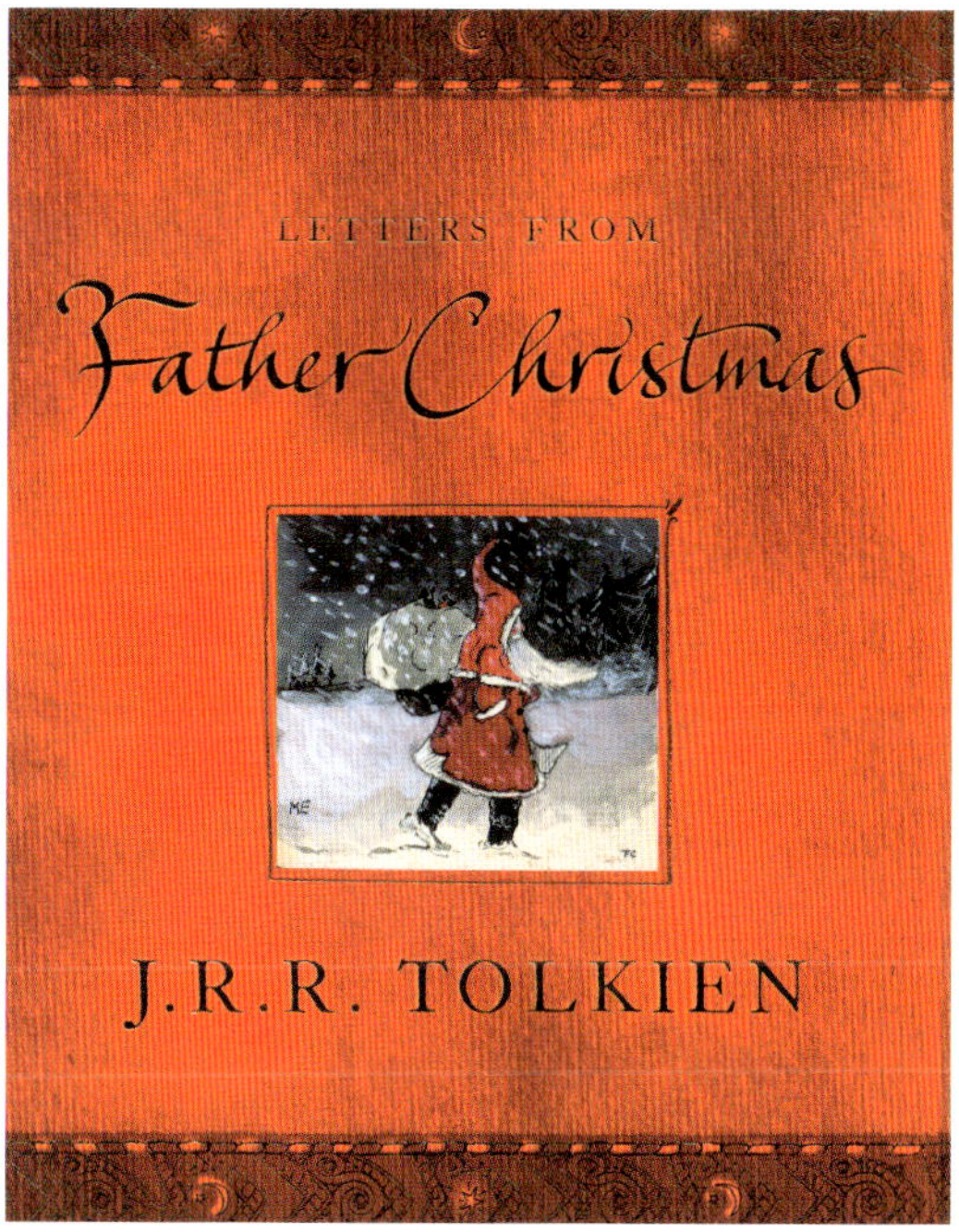

『サンタ·クロースからの手紙』(Harper Collins刊)。トールキンがサンタ·クロースになりすまして自身の子どもたちに送ったクリスマス絵手紙のコレクション

自身の子どもたちのために書いた物語『仔犬のローヴァーの冒険』(Houghton Mifflin刊)。表紙·挿し絵ともにトールキン画

トールキン自身によるデザイン画を用いた『指輪物語』出版50周年記念版の表紙（Harper Collins刊）。上から『旅の仲間』、『二つの塔』、『王の帰還』

『ホビットの冒険』第2版（Allen and Unwin刊）。トールキン自身のデザインによる表紙

上掲書の中表紙。これもトールキン自身のデザインによる。

『トールキン家写真集』がトールキンの長男ジョンと長女プリシラによって1992年に出版された（Houghton Mifflin刊）

トールキンの死後に刊行された『終わらざりし物語』（Harper Collins刊）。表紙はトールキン画

トールキンのライフワークとなった『シルマリルの物語』（Harper Collins刊）。トールキンの三男クリストファーが編集した。表紙はトールキン画

はじめに

J・R・R・トールキンの『指輪物語』三部作は一九五四年から五五年にかけて出版された。魔法の世界を舞台に、妖精、怪物、人間たちが歴史を揺るがす大戦争を繰り広げるこの物語は、当時の批評界を激しく当惑させた。高名な言語学者が書いた大人向けのおとぎ話？ 世紀の傑作なのか、それとも時代遅れのがらくたなのか？ まるで生まれて初めて口にした異国の珍味に対するかのように、書評は賛否両論に分かれた。出版から五〇年以上が経った現在でも、この評価をめぐる対立が批評の「プロ」の間には尾を引いている。しかし一般の人々の間では、『指輪物語』は（埃をかぶった書棚ではなく）テーブルにすっかり定着した感がある。トールキン・チルドレンとでも呼ぶべき若い世代の作家たちによる玉石混交のファンタジー小説、ゲーム、漫画なども、（主に若者の）日常風景の一部と化している。

『指輪物語』の魅力――二〇世紀半ばから現代に至る若者の文学・文化体験に大きな影響力をふるってきた源泉――とは何か？ 英米では、この作品の周辺や背景を解説する入門書とともに、物語そのものを論じる本格的な学術書が数多く刊行されてきた。加えて『指輪物語』のファン向けの画集やカレンダーなどが刊行され、映画化も数度試みられた。ピーター・ジャクソン監督による映画版三部作（邦題『ロード・オブ・ザ・リング』）が二〇〇一年から〇三年にかけて製作され、世界中で話題を呼んだのはまだ記憶に新しい。これが呼び水となり、日本では英米人による『指輪物語』の案内書・事典が続々と翻訳紹介され、日本人による同類の書物もいくつか登場している。しかし、物語そのものに関してであれ周辺に関してであれ、わが国で論考が本格的に深められてゆくのは、まだこれからのように思われる。

本書が目指したのは、トールキンに関する基本的な情報を提供しつつ、『指輪物語』の新しい読み方を追求することである。英米のファンタジー、特に『指輪物語』に造詣の深い研究者・評論家諸氏のご協力を得て、多彩な視点から書かれた論考を掲載することができたことを嬉しく思う。

本書は執筆者各自が巨大な怪物『指輪物語』を相手に演じた格闘の記録である。それによって光があてられるこの作品の未知の力と美が、読者の喜びとなることを願ってやまない。

最後に、本書の企画に私を編者として推してくださった青山学院大学教授の髙田賢一先生、トールキンゆかりの地の写真を多数提供してくださった愛知大学教授の安藤聡先生、オックスフォード大学ボードリアン図書館のトールキン関連資料へのアクセス方法を教えてくださった同図書館のジュディス・プリーストマン博士、そして出版の労をとってくださったミネルヴァ書房編集部の澤村由佳さんと河野菜穂さんに心からお礼申し上げます。

二〇〇七年七月一五日

編　者

指輪物語

目　次

COLUMN

オックスフォード

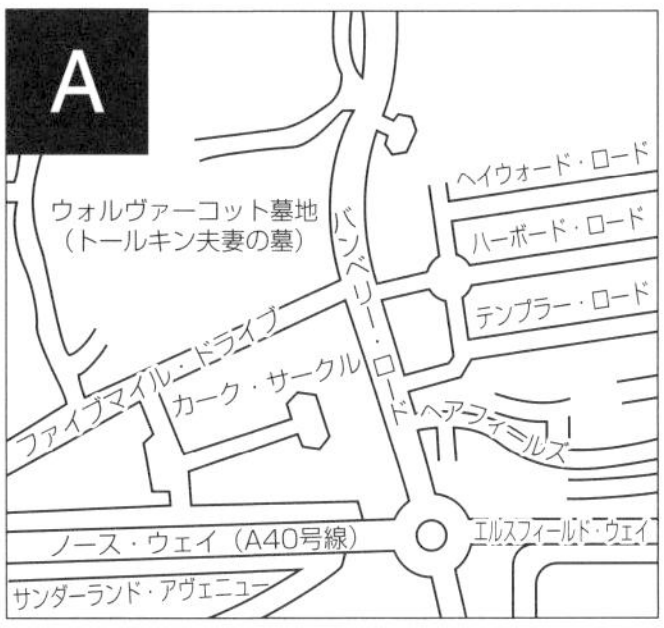

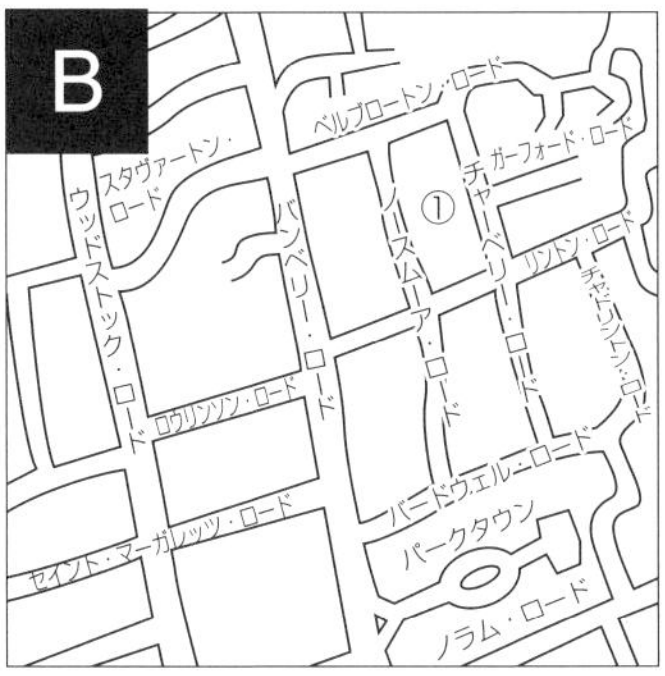

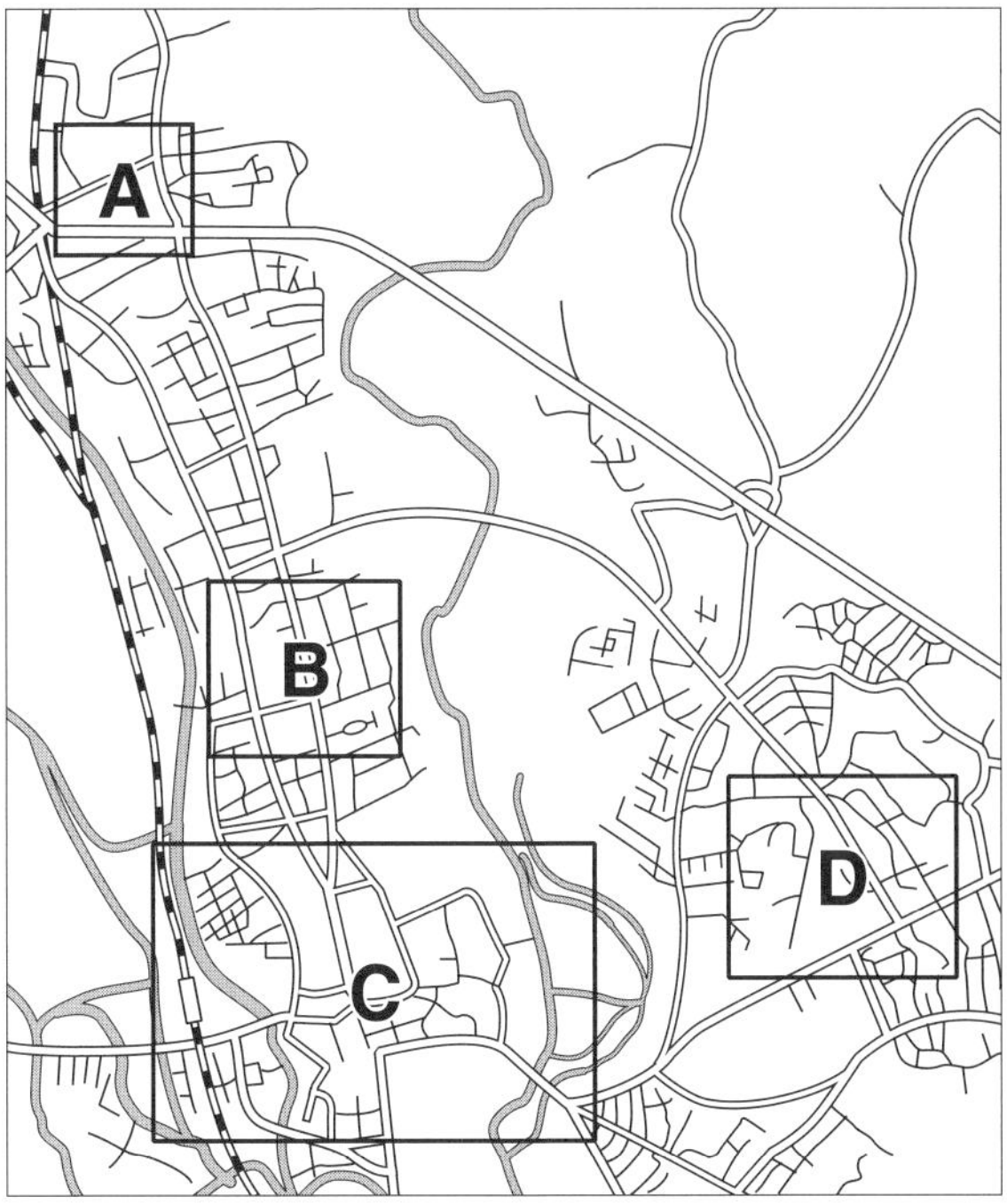

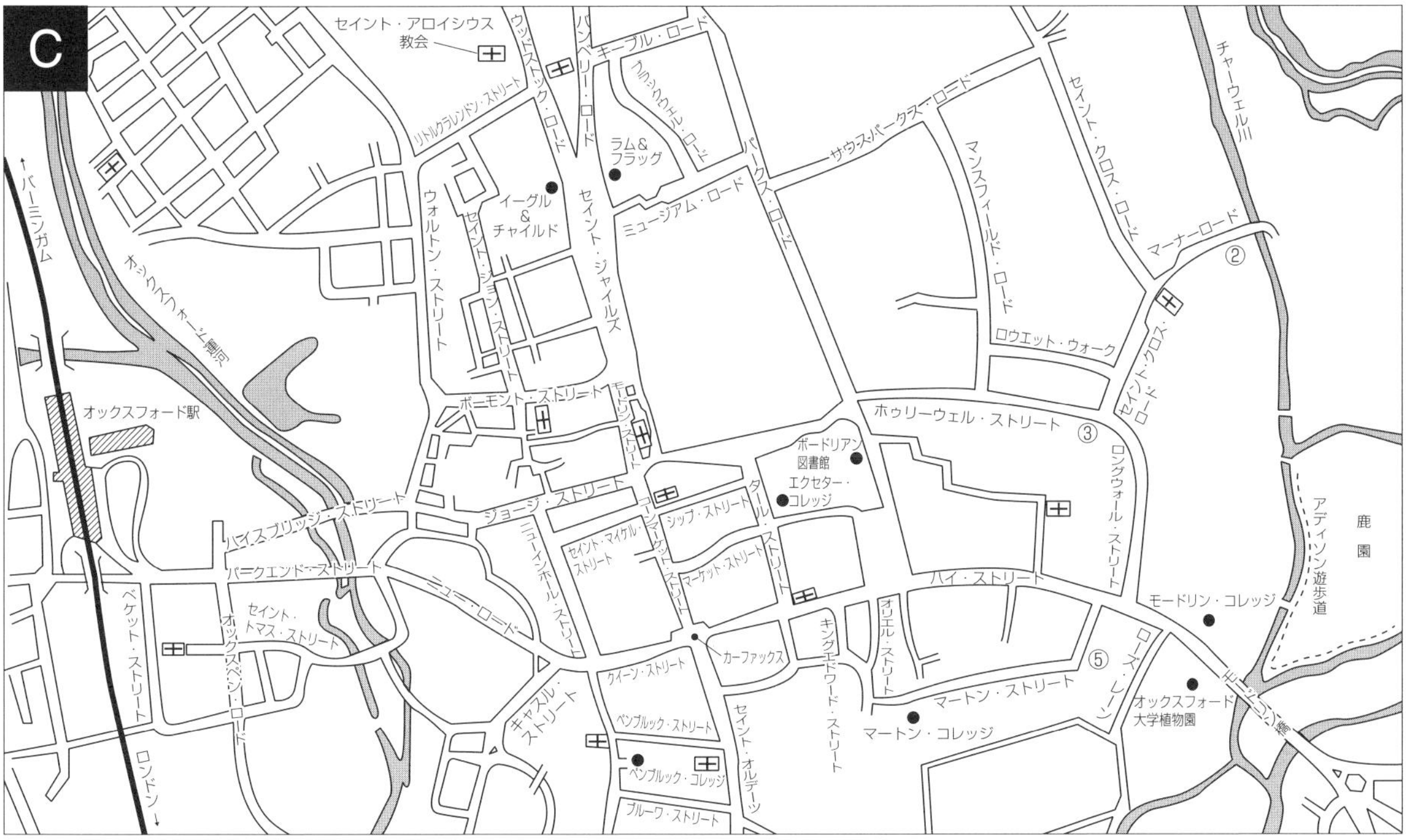

●トールキンが住んだ家

①ノースムーア・ロード20番地＆22番地（22番地：1925〜30年，20番地：1930〜47年）

②マーナー・ロード3番地（1947〜50年）

③ホゥリーウェル・ストリート99番地（1950〜53年）

④サンドフィールド・ロード76番地（1953〜68年）

⑤マートン・ストリート21番地（1972〜73年）

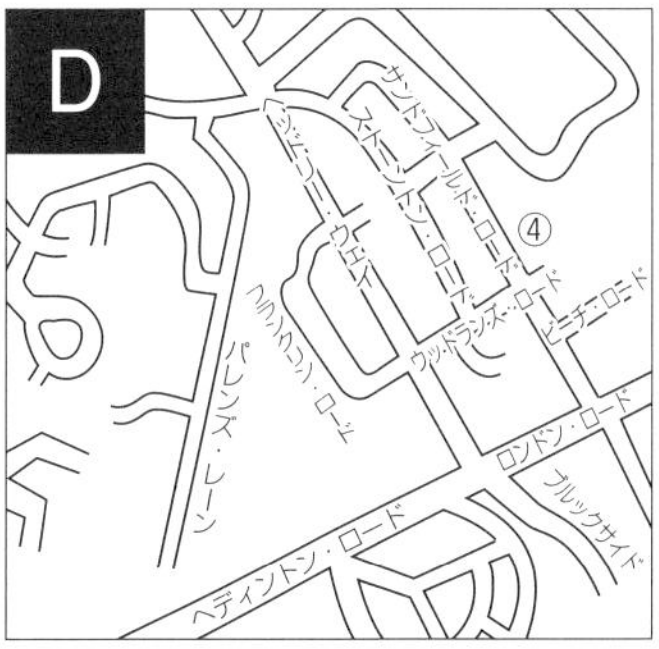

I

トールキン世界への道

心に残る名言

Frodo drew the Ring out of his pocket again and looked at it. It now appeared plain and smooth, without mark or device that he could see. The gold looked very fair and pure, and Frodo thought how rich and beautiful was its colour, how perfect was its roundness. It was an admirable thing and altogether precious. When he took it out he had intended to fling it from him into the very hottest part of the fire. But he found now that he could not do so, not without a great struggle. He weighed the Ring in his hand, hesitating, and forcing himself to remember all that Gandalf had told him; and then with an effort of will he made a movement, as if to cast it away —— but he found that he had put it back in his pocket.

Gandalf laughed grimly. 'You see? Already you too, Frodo, cannot easily let it go, nor will damage it. And I could not "make" you —— except by force, which would break your mind. Even if you took it and struck it with a heavy sledge-hammer, it would make no dint in it. It cannot be unmade by your hands, or by mine.'

（『旅の仲間』より）

日本語訳

フロドはもう一度、指輪をポケットから取りだして、じっと見つめました。それは飾り気がなく、すべすべしていて、目につく刻印や図柄はないように見えました。その金はとてもきれいでまじりけがないように見え、フロドはなんと豊かで美しい色をしているのだろう、なんと完璧な円形をしているのだろう、と思いました。見事な出来栄えの、まったくいとしく思えるものでした。フロドはそれを取りだしたとき、暖炉の火のいちばん熱いところに投げ込むつもりでした。しかし、もはや大きな心の葛藤なしには、そうすることができないのに気づきました。フロドは手の中で指輪の重さを量りながら、躊躇して、ガンダルフが言ったことを一生懸命、全部思い出そうとしました。それから意志の力をふりしぼって、指輪を投げ捨てようと体を動かしました――でも気がつくと、それをポケットの中に戻していました。

ガンダルフが不気味な笑いをうかべました。「わかったろう。フロドよ、すでにあんたも簡単にはそれを手放すことも、傷つけることもできなくなっている。それに、わしはあんたにそう『させる』こともできない――力ずくでなら別だが、そうしたらあんたの心はくじけてしまうだろう。たとえそれを持っていって重い大金槌で叩いても、くぼみ一つできないだろう。それはあんたの手でも、わしの手でも、破壊することはできないのだ」

解説

フロドは、ビルボから譲り受けた指輪の正体がサウロンの「支配する指輪」であることをガンダルフから聞かされ、それをすぐにでも破壊できないかと思案する。そして暖炉の火の中に投げ込むことを思いつき、実行に移そうとするのが上の引用の場面である。だが手にする者の心を必ず堕落させるこの恐ろしい指輪の力には、いかに善良な者でも抗うことができない。ガンダルフは、彼自身でさえも同様であると、このあとの場面で告白している。ここにはトールキンの人間観がよく表れている。中つ国においては誰もが堕落し得るが、生まれながらの悪人は誰一人いない。

フロドは、恐らく権力に対する欲望からもっとも遠い種族のホビットであるがゆえに選ばれ、滅びの山の火口に指輪を投棄しに行くことになる。しかし使命を果たす直前に、指輪の誘惑に屈してしまう。フロドが上記の引用場面で指輪を「いとしく思える（precious）」としていることは注目に値する。というのも、かつて指輪を所有していたことがあるゴクリはその魔力に取り憑かれて自分を見失い、指輪と自己を同一視して「いとしいしと（my Precious）」と呼んでいるからである。ガンダルフが見抜いた通り、フロドの堕落はホビット庄を出発する前からすでに始まっていたのである。フロドと中つ国を破滅から救ったのは、彼を指輪保持者として選び、ゴクリを指輪破壊の仲介者として選んだ超越者の摂理――作品のなかではしばしば「幸運」という言葉で呼び表されているもの――であった。

CHAPTER 1

J・R・R・トールキン

神話作家と批評家たち

成瀬俊一

John Ronald Reuel Tolkien

トールキンの生涯

喪失の少年時代　ジョン・ロナルド・ルーアル・トールキン（John Ronald Reuel Tolkien, 1892–1973）は、二〇世紀に最も議論を呼んだ作家の一人であり、オックスフォード大学で古英語（アングロ・サクソン語）と中英語を講じた著名な言語学者でもある。トールキンは一八九二年一月三日、イギリス人を両親に、南アフリカ共和国オレンジ自由州のブルームフォンテンに生まれた。アフリカ銀行の支店支配人として現地を訪れていた父親のアーサーは、イギリスから招いた妻メイベルと約一年前に結婚したばかりであった。九四年には弟のヒラリーが生まれた。現地の気候がロナルドには厳しすぎたため、九五年にメイベルは子どもたちを連れてイギリスに戻った。アーサーは南アフリカに残って仕事を続け、のちに家族と合流する予定であった。しかし帰国しないうちに、九六年に病没した。

　トールキン母子が居を構えたのは、バーミンガム近郊のセアホールという村である。そこでの四年間に、トールキンはイングランドの田園風景と樹々に対する深い愛情を育んだ。彼は初期の教育をメイベルにほどこされ、英語の読み書き、ラテン語、フランス語、描画などを習った。またジョージ・マクドナルドやアンドルー・ラングの妖精物語を含む数多くの物語の本が与えられた。特にラングの『赤い昔話の本』（一八九〇年）の第三七篇には、北欧の伝説的英雄シグルズルが竜のファーヴニルと戦う物語が収められてお

図1　トールキン（©John Wyatt）

り、トールキンを夢中にさせた。「たとえ空想の産物であろうと、ファーヴニルがいる世界のほうがより豊かで美しく思われた」とトールキンは回想している。

一九〇〇年にメイベルはカトリックに改宗した。メイベルと夫アーサーの家系はともにイギリス国教会派のプロテスタントであったため、彼女の改宗は親類との間に溝を作り、夫亡きあと、経済的にさらに困窮することになった。それでもメイベルには、カトリックの信仰が何物にも代えがたい心の支えと深い慰めを与えたのである。四年後にメイベルが三四歳で病没すると、トールキンは弟とともに叔母の家に引き取られた。メイベルの信頼が厚かったモーガン神父が兄弟の後見人となり、そのもとでトールキンは敬虔なカトリック教徒へと成長してゆく。

一九〇八年にトールキンは神父の知人の家に引越した。そこでイーディス・ブラットという孤児の少女と知りあい、まもなく二人は交際を始める。トールキンが一六歳、イーディスが一九歳の時であった。二人の恋愛関係を知ったモーガン神父はトールキンを転居させ、さらにのちには、彼が成人するまでイーディスと会うことも言葉を交わすこともいっさい禁じた。このような厳しい対応をしたのは、身よりがなく経済的に十分な援助が得られないトールキンが大学に進学するためには、奨学金取得試験の勉強に専念する必要があると考えていたからである。トールキンは神父を敬愛していたので、心が引き裂かれる思いとイーディスといつの日か再会する希望を胸に抱きつつ、期待された通りに学業に打ち込んだ。当時バーミンガムのキング・エドワード校で学んでいたトールキンは、古英語と中英語に強い関心を示した。またラグビーの試合に参加したり、友人たちと結成したT・C・B・S（the Tea Club and Barrovian Society）という名の文芸サークルで北欧の神話と言語について論じ合うなどして、充実した学校生活を送った。

言語への情熱　トールキンは奨学金を得て一九一一年にオックスフォード大学エクセター・コレッジに進学した。最初は古典を専攻し、そのかたわら卓越した言語学者ジョーゼフ・ライトの指導のもとで比較言語学を学んだ。一三年に専攻を英語・英文学に変更した。勉学と並行して、エルフ（妖精）が話す架空の言語の創造に没頭し始めた。少年時代に読書を通して育まれた想像上の世界への憧れと、言語に対する飽くなき好奇心が、このような趣味に駆り立てたのであろう。トールキンは成人するとすぐにイーディスと

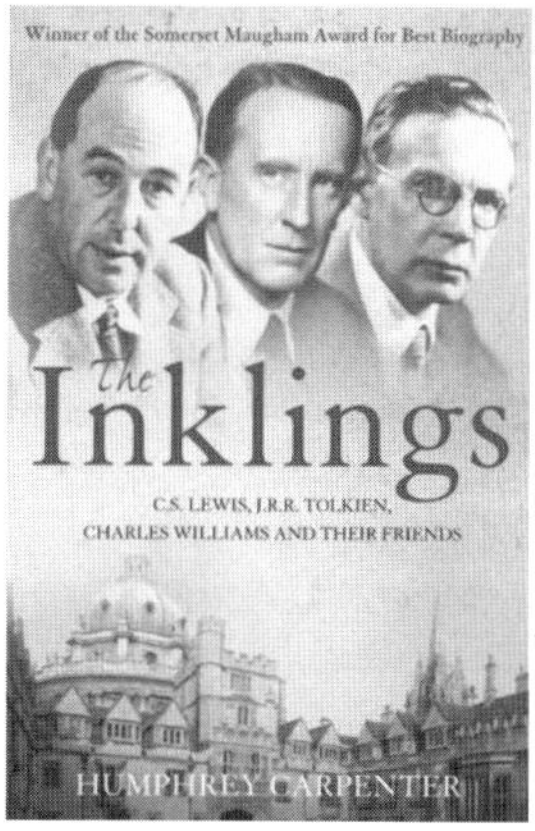

図２　インクリングズの仲間たち。左よりC・S・ルイス、トールキン、チャールズ・ウィリアムズ（H・カーペンター『インクリングズ』表紙）

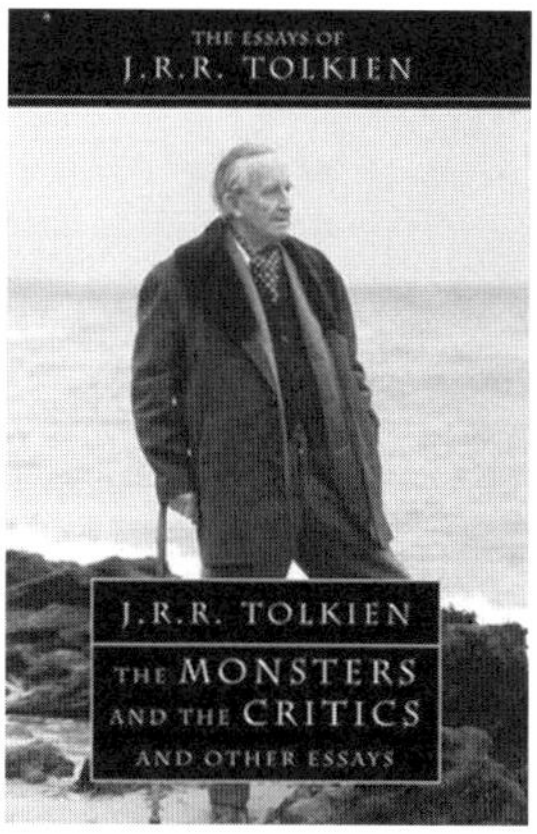

図３『「ベーオウルフ」——怪物たちと批評家たち』表紙

再会し、一六年に結婚した。同年六月に第一次世界大戦に従軍。フランスのソンムでの激戦を生き延びるものの、一一月には塹壕熱《ざんごうねつ》を病んでイギリスに送還された。明くる年の療養期間中に、自作のエルフ語が使われる「歴史と場所」が必要であると思い立ち、中《なか》つ国（Middle-earth）と名づけた架空の先史時代の地球を想定し、それを舞台とする神話「失われた物語の書」（'The Book of Lost Tales'）の創作に向かった。のちにそれは、中つ国の天地創造と黎明期を描く『シルマリルの物語』（*The Silmarillion*, 1977）へと発展してゆく。

終戦直後、トールキンは『オックスフォード英語大辞典』の編集に助手として加わった。二〇年にリーズ大学英語学講師、その四年後には弱冠三二歳で教授に昇格した。二五年に同僚のE・V・ゴードンともに一四世紀末の頭韻詩『ガウェイン卿と緑の騎士』の校訂本を出版。同年、オックスフォード大学に移り、ローリンソン・ボズワース記念アングロ・サクソン語教授職に就いた。まもなくC・S・ルイスと知りあい、親交を深めていった。ルイスはオックスフォード大学のモードリン・コレッジに中世・ルネッサンス文学の特別研究員として着任したばかりであった。トールキンはルイスが無神論者から（プロテスタントの）キリスト者に回心する一因をつくっただけでなく、彼のファンタジー七部作〈ナルニア国ものがたり〉（一九五〇～五六年）の創作にも影響を与えた。三〇年から、ルイスを中心とするキリスト者の友人らと文芸サークル、インクリングズ（The Inklings）を結成し、メンバーが書いた詩や物語の朗読と批評に花を咲かせた。のちの三九年には作家のチャールズ・ウィリアムズも仲間に加わった。

トールキンは三六年に英国学士院で「『ベーオウルフ』——怪物たちと批評家たち」（'*Beowulf*: the Monsters and the Critics'）と題する講演を行った。これは八世紀に古英語で書かれた英雄叙事詩『ベーオウルフ』について画期的な見解を示したものである。従来の批評家たちは『ベーオウルフ』をゲルマンの異教とキリスト教の伝統が中途半端に混ざった「がらくた」とみなし、文学作品というよりはもっぱら歴史的資料として扱ってきた。それに対し、トールキンはこの英雄譚をひとつの詩作品として再評価し、ベーオウルフが見せる「勇気の理論」——正義のために希望なき戦いを戦い抜くこと——を、古い北欧文学の人類への偉大な貢献であると称賛した。この「勇気の理論」は、トールキンが中つ国の物語で描く英雄たちの資質として受け継がれてゆく。

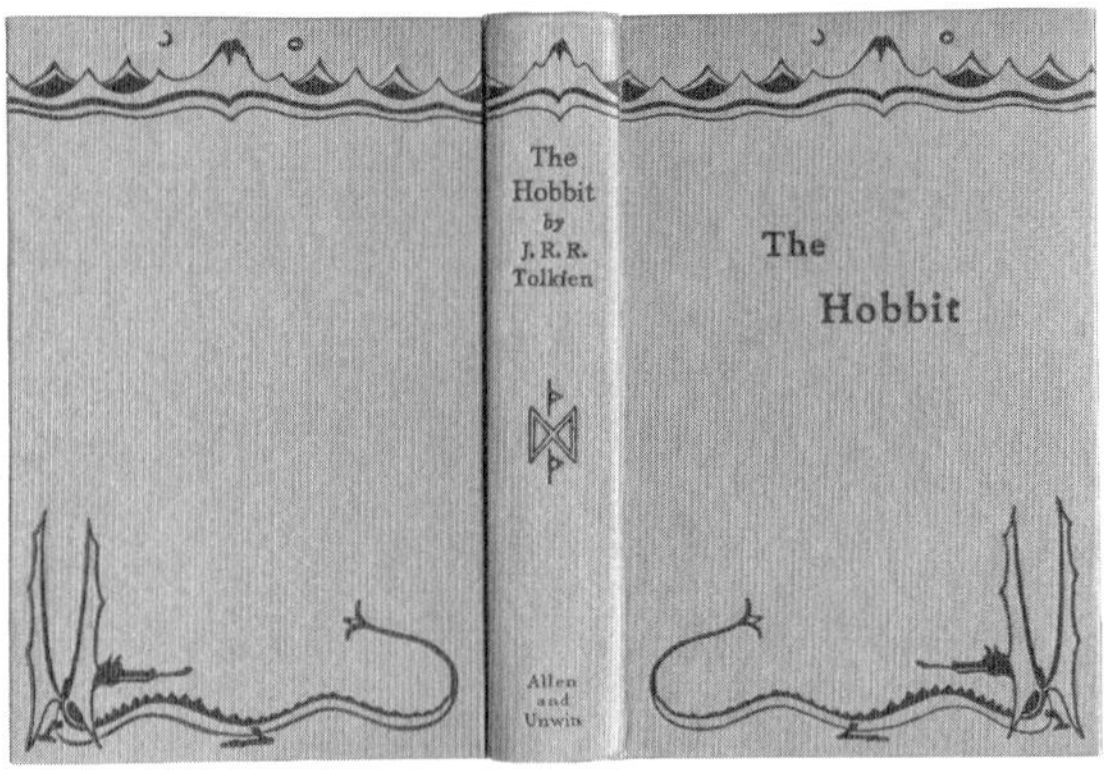

図4　トールキン自身がデザインした『ホビットの冒険』の装幀

中つ国神話体系の発展　トールキンが物語作家として知られるようになったのは、三七年に出版した『ホビットの冒険』（*The Hobbit, or There and Back Again*）によってである。これは彼がイーディスとの間にもうけた四人の子どもたちを楽しませるために書き始めたものである。「地面の穴のなかに一人のホビットが住んでいました」という一文で始まるこの物語の舞台は、『シルマリルの物語』よりも後代（第三紀と呼ばれる）の中つ国である。そこにはエルフ、ドワーフ、竜、人間などに加え、トールキンが創作したホビット族という小人が生息している。ホビットはドワーフと違い、髭は生やさず、靴も履かない。性格は温厚で、たっぷりの食事と煙草を好む。地面の穴の中での平穏無事な生活を信条とするが、窮地においては堅忍不抜ぶりを発揮するという。主人公は典型的なホビットの一人、ビルボ・バギンズである。ある日、彼のもとに魔法使ガンダルフと一三人のドワーフが訪れる。ドワーフたちは邪悪な竜スマウグによって奪われた彼らの父祖の宝物を取り戻す冒険にビルボを誘う。ビルボは最初渋るが、富と英雄的な行為と未知の世界への憧れに駆られ、心地よい地下の家から危険な未知の世界へと飛びだしてゆく。

『ホビットの冒険』が好評を博したことから、すぐに出版元のアレン&アンウィン社は続編の執筆を依頼した。トールキンは引き受けたものの、作業は遅々として進まなかった。書き上げた部分をインクリングズで朗読し、ルイスの激励を受けながら、なんとか筆を進めた。その間、セント・アンドルーズ大学での「妖精物語について」（'On Fairy-Stories'）と題する講演、第二次世界大戦の勃発、オックスフォードの英語英文学マートン教授職への就任、竜退治を物語るユーモラスな短編『農夫ジャイルズの冒険』（*Farmer Giles of Ham*, 1949）の執筆などの出来事があった。

新しいホビットの物語は『指輪物語』（*The Lord of the Rings*）と題され、四九年にようやく脱稿した。当初は『ホビットの冒険』の続編として構想されたものが、いまや中つ国の時空の深淵をのぞかせる荘厳な大叙事詩へと成長していた。しかし既存の文学ジャンルに分類することが困難な形式上の奇抜さと膨大な原稿枚数のため、アンウィン社は商業上のリスクを懸念して、なかなか刊行を承諾しなかった。トールキンが（まだ執筆途中であった）『シルマリルの物語』を一緒に出版する約束をとりつけようとしたことも、アンウィン社が躊躇する一因となった。しびれを切らしたトールキンは、契約先をコリンズ社に変更しようとしたが、こちらも話はまとまらなかった。結局『シルマリルの物語』を取り下げ、『指輪物語』を三分割することでアンウィン社と折り合いがつき、五四年に第一部『旅の仲間』(*The Fellowship of the Ring*)と第二部『二つの塔』(*The Two Towers*)、五五年に第三部『王の帰還』(*The Return of the King*)を出版した。なおトールキンは『指輪物語』との整合性を保つために、五一年に『ホビットの冒険』を改訂している。この第二版では、ビルボとゴクリの謎なぞ問答の挿話を中心に手が加えられている。

『指輪物語』は、ホビットたちが中つ国の西方共通語(Westron)で書いた記録書『西境の赤表紙本』(*The Red Book of Westmarch*)の写本から、中つ国第三紀の「指輪戦争」に関する部分をトールキンが現代英語に「翻訳」したという体裁になっている。ただし西方共通語以外のエルフ語などの諸言語は元の形のまま記されている。

主人公はビルボの養子フロドである。彼はビルボがドワーフの宝を取り戻す旅の途中で偶然手に入れた魔法の指輪を譲り受ける。時が巡ってある日、それが冥王サウロンの邪悪な意志を封じ込めた「支配する指輪」であることが判明する。サウロンの手に指輪が渡って中つ国に破滅をもたらす前に、フロドは指輪が鋳造された滅びの山の火口にそれを投棄して、永遠に葬り去らなければならない。指輪保持者のフロドを中心に九人の仲間が結成され、敵地モルドールを目指す危険な旅に出発する。やがて彼らは、中つ国の運命を握る指輪をめぐって始まった自由の民と闇の勢力の大戦争に巻き込まれる。

終わりなき道　トールキンは五九年にオックスフォード大学を定年退職した。『シルマリルの物語』の執筆に専念するつもりであったが、膨大な資料の整理と完全主義が祟って筆が進まなかった。そこで六二年に、詞華集『トム・ボンバディルの冒険』(*The Adventures of Tom Bombadil*, 1962)をまず出版することにした。

さらに六四年には『木と木の葉』(*Tree and Leaf*)を出版した。この本には講演「妖精物語について」から起稿した同名のエッセイと「ニグルの木の葉」('Leaf by Niggle')と題する寓話が収録されている。『木と木の葉』を貫く主題は神話の創成行為である。トールキンは、人間による神話の創成を旧約聖書に記されている神の天地創造になぞらえ、準創造(sub-creation)と呼ぶ。トールキンによると、人間は準創造を通して神の心に触れ、創造主とあらゆる被造物の関係を回復するキリストの福音を「喜び」として実感することができるのだという。したがって、そのように準創造された物語には、危機的な状況が不意に好転して

図５　トールキン夫妻の墓

大団円に到る、「幸せな大詰め（Eucatastrophe）」と呼ぶべき印があるのだという。‘Eucatastrophe’とは、「良い〜」を意味する接頭辞‘eu-’と「（悲劇の）大詰め」を意味する名詞‘catastrophe’を合わせたトールキンの造語である。

トールキンは六六年に『指輪物語』改訂第二版を出版すると同時に、この作品とさらに細微にわたる整合性を持たせるために、『ホビットの冒険』改訂第三版を出版した。ついで六七年には自伝的な短編寓話『星をのんだかじや』（*Smith of Wootton Major*）を出版した。そして七三年九月二日、イングランド南部のボーンマスで、胃潰瘍による出血のため、八一年の生涯を閉じた。

トールキンの死後、『シルマリルの物語』が三男のクリストファーによって編集され、七七年に出版された。同様にクリストファーの手でトールキンの草稿・遺稿が『終わらざりし物語』（*Unfinished Tales of Númenor and Middle-earth*, 1980）と『中つ国の歴史』全一二巻（*The History of Middle-earth*, 1983–96）にまとめられた。八一年には伝記作家・批評家のカーペンターの編集で『J・R・R・トールキン書簡集』（Humphrey Carpenter, ed., *The Letters of J. R. R. Tolkien*）が刊行された。さらにトールキンが彼自身の子どもたちのために書いた私的な作品も出版された。それらには、彼がクリスマスごとに書き送った絵手紙をまとめた『サンタ・クロースからの手紙』（*Letters from Father Christmas*, 1976）、自動車の運転に初挑戦する紳士の騒動を描く絵本『ブリスさん』（*Mr Bliss*, 1982）、おもちゃに変身させられた仔犬の冒険譚『仔犬のローヴァーの冒険』（*Roverandom*, 1998）が含まれている。

二〇〇七年にトールキンの遺稿『フーリンの子ら』（*The Children of Húrin*）が新たに出版された。この物語は第一紀の中つ国を舞台に、モルゴス率いる闇の勢力に戦いを挑む人間の勇士フーリンと、その息子トゥーリン・トゥランバールの悲劇を描いている。

批評家たちの攻防

『指輪物語』の評価は現在も完全には定まっていない。大局的には本作品を肯定的に評価する流れが整いつつあるとはいえ、二〇世紀の「正典」入りを果たしたとはまだ言い切れない。本作品が中世以前の文学的伝統に深く根ざすことを見落とし、近代小説の伝統から外れているとして評価しない批評家、想像的な物語であることや著者のキリスト教信仰そのものに敵意をむき出しにする批評家もいる。一九六〇年代後半に大学生とヒッピーを中心に起きた『指輪物語』へのカルト的崇拝が、かえって学界の反応を冷たくしたとも言われる。『指輪物語』に対して現実逃避的、家父長主義的、反動的、人種差別的、時代錯誤、冗長であるなどの非難を浴びせる人びとがいる一方、このような否定派が拠り頼む「現代性」をトールキンが超越しているとして、その「新しさ」と普遍性を評価する人びともいる。両者の対立の背景に、モダニズム対ポスト・モダニズムの構図を指摘する声もある。ともあれ、トールキンの文体、ジャンル、文学的源泉、想像力の特質、政治性、宗教性など、議論の的になる要素ごとに真剣な考察がなされることで、批評が前進してきた。以下に各年代ごとの代表的な批評と研究のいくつかを紹介する。

一九五〇年代　初期の書評は主に新聞紙上に現れ、称賛と批判の真二つに評価が分かれた。まず『指輪物語』をどの文学ジャンルに分類すべきかという問題が批評家たちを悩ませた。ホメロス、北欧神話、ダンテ、マロリー、アリオスト、スペンサー、さらにはワーグナーまでもが比較のために引き合いに出された。『指輪物語』が独自の神話を形成する新奇な作品であることは間違いないが、それが天才の手による傑作なのか、それとも子どもだましの駄作なのかが問題であった。この作品と現実世界の事物との関連性や、善悪の葛藤の描き方もまた、しばしば議論の的となった。

『指輪物語』を最初に高く評価した批評家の一人は、トールキンの親友C・S・ルイスである。ルイスは五四年八月一四日付の『タイム・アンド・タイド』紙に寄稿した書評（C. S. Lewis, 'The Gods Returned to Earth'）で、『指輪物語』を英雄ロマンスの歴史における「新領域の征服」と呼び、「準創造のラディカルな実例」であると称賛した。またルイスは、トールキンが精緻に作り上げた神話世界を通して、読者は現実を新鮮な視点から再発見するであろう、と主張した。詩人のオーデンは、五六年一月二二日付の『ニューヨーク・タイムズ書評』の記事（W. H. Auden, 'At the End of the Quest, Victory'）で本書を「求道物語」として位置づけ、「探求、英雄的な旅、聖なるもの、善悪の葛藤といった伝統的道具立てを用いながら、同時に

図6　N・D・アイザックス、R・A・ジンバード『トールキンと批評家たち』（1968年）

我われの歴史的・社会的な現実感を満足させることに、このジャンルで先行するどの作家よりも成功している」と激賞した。ニコルズの書評（Alan Nicholls, ‘A Fairy Tale — but Not for Children,’ The Age [Melbourne], 24 December, 1954）のように、「支配する指輪」と核爆弾との関係を示唆して作品の現代性を評価するものも現われた。しかしこの種の批評に対しては、トールキン自身がのちに『指輪物語』改訂版（六六年）の序文で、本作品にはいかなる寓意も込めていない、と釘を刺している。

『指輪物語』批判の先陣を切った批評家の一人はミュアである。彼は五五年一一月二七日付の『オブザーヴァー』紙に寄せた書評（Edwin Muir, ‘A Boy's World’）で、この作品を少年向きの単純な勧善懲悪の物語であると切り捨てた。同様に、ウィルソンは五六年四月一四日付の『ネイション』紙に掲載の書評（Edmund Wilson, ‘Oo Those Terrible Orcs!’）で、『指輪物語』が描いているのは「単純な対決、つまり英国メロドラマの多少伝統的な用語で言うところの善の軍勢と悪の軍勢の戦い、遠い異国の悪党と自国育ちの勇敢な小さい英雄の戦いである」と評し、この作品は「子ども向けのがらくた」であると結論した。ロバーツ（Mark Roberts, *Essays in Criticism* 6, 1956）にいたっては、「この作品は、否定すべからざる現実世界に関する理解から生まれたのではないし、物事を統括する何らかのヴィジョン――それは作品の存在意義でもあるのだが――によって形作られているのでもない」と酷評した。

一九六〇年代　トインビー（Philip Toynbee）が六一年八月六日付の『オブザーヴァー』紙に寄せた無題の記事のなかで『指輪物語』はすでに「慈悲深い忘却に埋もれている」と述べたが、それは事実に反する結果となった。『指輪物語』は六〇年代中頃にまずアメリカで大ベストセラーになり、ブームは世界中に飛び火した。ファン向けの雑誌やトールキンを模倣するファンタジー作家がつぎつぎに登場し始めた。皮肉なことに、そのような状況は真剣な批評環境を整えるのには必ずしも幸いしなかった。とはいえ、『指輪物語』の学術的な研究は六〇年代末から一定の成果を上げ始める。

六八年にアイザックスとジンバード編の論集『トールキンと批評家たち』（Neil D. Isaacs and Rose A. Zimbardo, eds., *Tolkien and the Critics: Essays on J. R. R. Tolkien's The Lord of the Rings*）が出版され、『指輪物語』の文学ジャンル、英雄像、現代性、宗教性などの問題が論じられた。たとえばライリー（Robert J. Reilly）

はこの作品を、現代のフィクションの中に英雄を復活させるキリスト教的なロマンスと定義し、セール（Roger Sale）は力の渇望よりも他者への慈悲を重んじるフロドに英雄像の新機軸を認めた。フラー（Edmund Fuller）は「西欧キリスト教対ナチスまたは共産主義」という文脈からフロドの旅をキリストの受難に喩え、スパックス（Patricia Meyer Spacks）は、作中のキリスト教的な雰囲気にもかかわらず、具体的な宗教への言及や礼拝行為がテクスト上に一切ないことを指摘した。ジンバードはこの作品から「人間の意識における全と個の対立」という主題を読み取り、一方、ブラッドリー（Marion Zimmer Bradley）は登場人物の行動に及ぼすさまざまな愛（英雄崇拝、親としての愛情、友情など）がこの作品の基調をなしていると解釈した。その他の収録論文も、中つ国に生息する諸種族の役割、ローハンの言語と古英語の類似関係、作品の随所に挿入された多様な詩の機能など、発展性のある研究主題を提示した。心理学と文化人類学からのアプローチもなされた。たとえばキーナン（Hugh T. Keenan）はフロイト的な視点から『指輪物語』における「死の衝動に対する生の戦い」のモチーフを読み取り、ムアマン（Charles Moorman）は神話学者キャンベルが提唱する英雄物語の構造理論を援用して、物語の三つの主要な舞台（ホビット庄、モルドール、ミナス・ティリス）が人生の三つの段階（牧歌的無垢の中での安住、機械化がもたらす恐怖との戦い、社会の秩序の回復）を象徴していると解釈した。

翌年出版されたヒリガス編の論集『想像力の影』（Mark R. Hillegas ed., *Shadows of Imagination: The Fantasies of C. S. Lewis, J. R. R. Tolkien, and Charles Williams*, 1969）は、インクリングズ所属の作家たちの想像力が共有する文学的源泉と主題を調査した。同会がキリスト者で構成されていたことを踏まえてトールキンを論じた批評家たちは、『指輪物語』に見られるゲルマン的異教性に注目した。たとえばウラング（Gunner Urang）は、本作品は北欧神話の終末論的な状況下で経験するキリスト教的な神の摂理と希望を描いていると指摘した。

同時代の最も激しいトールキン批判は、スティムソンのコロンビア大学現代作家論シリーズ『J・R・R・トールキン』（Catharine R. Stimpson, *J. R. R. Tolkien*, 1969）によってなされた。スティムソンは、『指輪物語』の政治観と女性観が「頑固で自己欺瞞的な保守主義」に毒されており、「トールキンはいんちきで、くどくて、センチメンタルだ。彼によってなされる過去の歴史の通俗化は、大人向けの漫画である」と評し

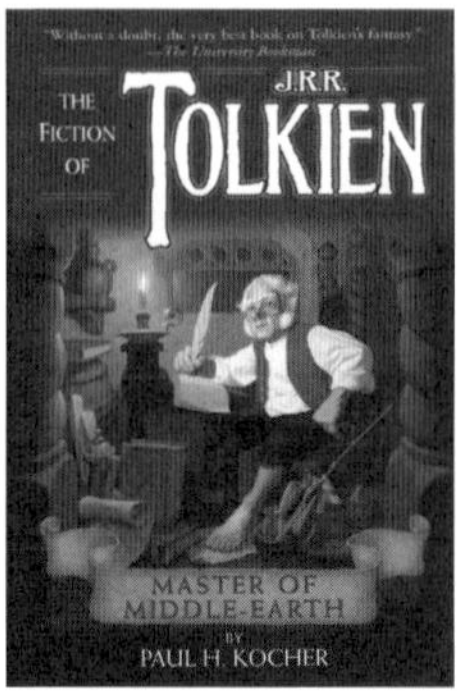

図7　P・コッハー『中つ国の主君』（1972年）

た。

一九七〇年代　『指輪物語』に浴びせられる批判にもかかわらず、トールキン研究は学界の分科会、学術雑誌、専門研究書などを通して前向きに発展していった。いまや彼は通俗作家というよりも芸術家として認知されつつあった。トールキン世界の用語辞典のほか、中つ国の諸言語の歴史・語彙・文法の詳細な解説書も現われた。七三年にトールキンが死去し、『シルマリルの物語』の遺稿が編集されて七七年に出版されると、『指輪物語』をより大きな神話体系の中に位置づけて再考する必要が生じた。同年、カーペンターの『J・R・R・トールキン——或る伝記』（Humphrey Carpenter, *J. R. R. Tolkien: A Biography*, 1977）が出版された。これによって、トールキンが言語学者として追究していた諸問題が明らかになり、中世の言語と文学が『指輪物語』のジャンル、語りの構造、哲学、宗教性、象徴、中つ国の人名・地名の命名法に与えた影響を研究する道が開かれた。

コッハーが七二年に出版した『中つ国の主君』（Paul H. Kocher, *Master of Middle-earth: The Fiction of J. R. R. Tolkien*）は、中つ国の歴史に介入する超越者（＝神）の意志、サウロンの悪の本質、自由な民たちの特質、アラゴルンの英雄性などを手がかりに、自由意志と道徳的選択をめぐる諸問題を論考した。

七五年に出版のロブデル編『トールキン・コンパス』（Jared Lobdell, ed., *A Tolkien Compass*）は『ホビットの冒険』と『指輪物語』をめぐる論集である。この中でコーフマン（U. Milo Kaufman）は「ニグルの木の葉」と『指輪物語』に見られる「楽園」のイメージの諸相を論じ、ハッター（Charles A. Huttar）はトールキンが古代の諸神話から借用した「天国」と「地下世界」のイメージを神話学者キャンベルの理論を援用して解説した。ミラー（David Miller）は登場人物たちの地理上の移動パターンを手がかりに「神話」としての『指輪物語』の語りの構造を分析した。一方、ウェスト（Richard C. West）は時と場所の異なるさまざまなエピソードを複雑に織り込む中世文学の手法である「インターレース構造」を『指輪物語』の中に見て取った。パーキンズ（Agnes Perkins）とヒル（Helen Hill）は共著の論文で『指輪物語』の主題を「権力欲がもたらす腐敗」と定義し、指輪の誘惑に対する登場人物たちのさまざまな反応を分類した。英雄像を研究したロジャーズ（Deborah Rogers）はホビットたちとアラゴルンを英雄の器を持つ凡人として捉えた。シエプス（Walter Scheps）は『指輪物語』の道徳性を考察し、己の器を越えて力と知識を追求しないことをこの作品における「善」と定義した。プランク（Robert Plank）は『指輪物語』においてファシズムのパロディ化がなされていると指摘し、サウロンをヒトラーに、サルマンをムッソリーニに重ねた。

同七五年にはマンラヴが『近代のファンタジー』（C. N. Manlove, *Modern Fantasy: Five Studies*）に収録の『指輪物語』論でトールキン批判を展開した。マンラヴによると、『指輪物語』が追究する自由意志という主題は、「幸運」がもたらす「お手軽なハッピーエンド」のせいで台なしになっているという。また人物造形と風景描写はともに「おざなり」で、文体は「弱々しく、血の気がない」と評した。

ノエルの『中つ国の神話体系』（Ruth S. Noel, *The Mythology of Middle-earth*, 1977）は、『指輪物語』に見られるケルト神話、チュートン神話、ギリシア神話、聖書、古エッダなどの影響を研究した。そしてトールキンが「死の否定」と「正義と慈悲」という主題を描く上で「これら古来の神話を土台にしながら、現代の読者の目から見て筋が通っていて真実味のある現代文学」を作るのに成功していると称賛した。

カーペンターの『J・R・R・トールキン――或る伝記』を資料として用いた最初の研究成果のひとつは、サルーとファレル編の論集『学者兼物語作家J・R・R・トールキン』（Mary Salu and Robert Farrell eds., *J. R. R. Tolkien, Scholar and Storyteller: Essays in Memorium*, 1979）である。その中でブルーワ（Derek S. Brewer）は『指輪物語』を近代小説ではなく、中世ロマンスの伝統に照らして理解すべきであると主張した。ダウィ（William Dowie）は宗教学者エリアーデの『聖と俗』を踏まえて『指輪物語』の自然描写に内在するキリスト教的な象徴性を論じた。またシッピー（T. A. Shippey）は中つ国の事物の命名法に注目し、トールキンの想像力と言語学（古英語、ウェールズ語、古ノルド語など）の関係を手がかりに『指輪物語』の解釈を試みた。一例を紹介すると、魔法使サルマン（Saruman）の名は、「手が器用な者（cunning man）」を意味する古英語の 'searuman' に由来し、狡猾で現代的な工業崇拝者である彼の性質を連想させるという。

文化人類学的な視点からの研究は、ペティが七九年に発表した『全てをつなぎとめる一つの指輪』（Anne C. Petty, *One Ring to Bind Them All: Tolkien's Mythology*）に受け継がれた。ペティはキャンベルが提唱する英雄探求物語の三段構造（出発、通過儀礼の経験、帰還）を『指輪物語』から読み取り、各段階にちりばめられた神話的元型の機能を詳細に論じた。ペティによると、神話としてのこの作品の核心は「勇気、

図８　J・チャンス『トールキンのわざ』（1976年、改訂版2001年）

図９　画期的な研究書、T・A・シッピー『中つ国への道』（1982年）

犠牲、救いという人間に必須の経験」である。そして「ファンタジー小説というジャンルを高尚な芸術に再創造した――いや、昇華したと言ってもいい」と、トールキンを称賛した。

同七九年にチャンスが出版（二〇〇一年に改訂）した『トールキンのわざ――イングランドのための神話』（Jane Chance, *Tolkien's Art: A Mythology for England*）は、『指輪物語』を古英語の文学と北欧英雄物語とキリスト教の価値観の調和的な結合体として捉えた。そしてこの作品においては、ゲルマン的な「勇気の理論」と他者に対するキリスト教的な奉仕の精神が共存しながら善悪の葛藤の物語を動かしていることを論証した。チャンスはトールキンがこのような物語を作ったのは、イングランドには彼が敬愛する北欧神話に比肩する独自の神話体系がないことを歎いたからであると主張した。この主張は、のちに公開されたトールキンの書簡（一九五一年頃にコリンズ社の社主ミルトン・ウォルドマンに宛てたもの）によって正しいことが証明された。

一九八〇年代　八一年にカーペンター編の『J・R・R・トールキン書簡集』が世に出た。これによって、物語作家、言語学者、キリスト者、家庭人としてのトールキンの素顔がより詳細に分かるようになったのに加え、『指輪物語』の構想と執筆過程を作者の「内側」から観察することが可能になった。

同年に出版されたクラッブの『J・R・R・トールキン』（Katheryn F. Crabbe, *J. R. R. Tolkien*, 1981）は、『指輪物語』の三つの主題として英雄の資質、善悪の諸相、言語の機能を挙げた。クラッブによると、『指輪物語』の英雄たちに共通の資質は、希望なき戦いの中で見せる勇気と慈悲である。英雄たちが追求する善は「創造、癒し、自然との調和」と結びついており、彼らが格闘する悪は「荒廃、搾取、自然破壊」と結びついている。また中つ国の諸種族の言語を「言葉遊び、格言、詩、音の響き」に焦点を当てて観察すると、その言語を用いる個人や集団の性質が浮かび上がってくるという。

翌八二年、シッピーが『中つ国への道』（*The Road to Middle-earth*）を発表した。この大著は「言語学は『指輪物語』の作者が望んだであろう、中つ国を考察する際の唯一適切な指針である」という考えに基づいて書かれた。本書の中でシッピーは、古英語と古ノルド語に加え、中世文学から一九世紀のファンタジー作品に到る中つ国神話体系の膨大な出典を調査した。そして『指輪物語』に登場する人名・地名の言語

図10　R・パーティル『J・R・R・トールキン――神話・道徳・宗教』（1984年）

学的意味と作品の主題を支える諸概念（「支配する指輪」がその保持者に及ぼす中毒性、神の摂理としての「幸運」など）を明らかにし、それらが『指輪物語』の文体と物語構造にいかに有機的に結びついているかを詳細に論じた。

ギディングズが編集した『J・R・R・トールキン――この遥かなる国』（Robert Giddings ed., *J. R. R. Tolkien: This Far Land*, 1983）が八三年に出版された。これは程度の差こそあれ、全体的に見てトールキンに批判的な論集である。この中でジョーンズ（Diana Wynne Jones）は、交響曲的に構成された『指輪物語』のプロット進行を「時として冗長で少し陳腐である」と評し、ロビンソン（Derek Robinson）は、トールキンの「言葉遊びの貧弱さ」ならびに「読者を退屈させ、混乱させる」擬古的な表現と倒置構文を批判した。ボールド（Alan Bold）は、『指輪物語』に挿入された詩を含むトールキンの韻文全般の傾向を「時代錯誤」であると評し、「トールキンは最上級の物語と描写力のある散文体をものすることができるわりには、事実上、中世以後の詩の言語的妙味を理解することができなかった」と批判した。そして青年時代に詩人になることを志していたトールキンが『指輪物語』を散文で書いたのは、「現実逃避者」である彼が中世の頭韻詩に傾倒しすぎたせいで、現代詩の形式で主題を表現する術を習得できなかったからであろうと解釈した。マクリーシュ（Kenneth McLeish）は『指輪物語』の欠点として、「女性の不在、成長しない登場人物、H・G・ウェルズからの多数の模倣、道徳的真理の深みのなさ、現実逃避」を挙げた。パートリッジ（Brenda Partridge）はフロイト流の心理分析とフェミニズムの視点から、フロドとサムに見られる「同性愛」と作品全体を覆う「女性蔑視」の要素を指摘した。作品論からは外れるが、ウォームズリー（Nigel Walmsley）は社会学的視点に立って、『指輪物語』が六〇年代後半の英米のサブカルチャーに与えた影響と、政治情勢の変化に伴うこの作品の影響力の衰退について論じた。

八四年にはパーティルの『J・R・R・トールキン――神話、道徳、宗教』（Richard Purtill, *J. R. R. Tolkien: Myth, Morality and Religion*）が出版された。その中で著者は、資料としてトールキンの書簡集を縦横に用いて、『指輪物語』の登場人物たちの英雄性と「死と不死」の主題に反映する作者のカトリック的な理想を読み取っている。そしてフロド（とビルボ）にキリストとの類似を認め、ホビットたちは「友人たちへの愛ゆえ凡人から英雄になる。そして自己に対する限界の認識、常識、謙遜ゆえに、彼らは蛮勇と誇大

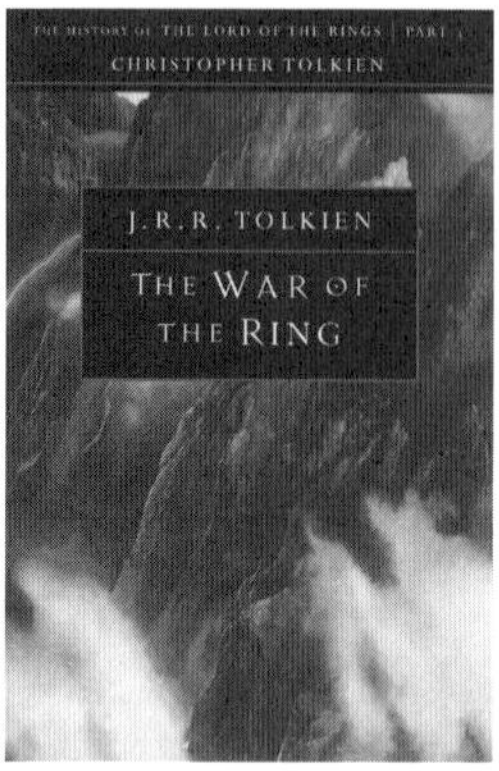

図11　トールキン『中つ国の歴史８―指輪戦争』（1990年）

妄想を免れている」と評した。

一九九〇年代　八〇年から九六年にかけて、中つ国神話体系に関するトールキンの草稿・遺稿が『終わらざりし物語』（八〇年）と全一二巻におよぶ『中つ国の歴史』（八三～九六年）として続々と出版された。特に後者の第六巻（八八）から第九巻（九二）は『指輪物語』の成立過程を辿っており、これらを資料とする新しい研究の可能性が開かれた。九七年にはイギリスの大手書店ウォーターストーンズと民間テレビ局チャンネル4が協力して、二〇世紀最高の文学作品を選ぶ人気投票を実施した。その結果『指輪物語』が一位の座を獲得したことが批評家たちの間に再び大論争を巻き起こした。この「事件」によって、本書が批評家たちの予想をはるかに越え、一般の読者に長く広く支持されているという事実が明らかになった。

九二年にチャンスの『指輪の力――隠された「指輪物語」の真実』（*The Lord of the Rings: The Mythology of Power*）が出版された。著者は「現実を秩序づける哲学的手段としての言語」と「家庭から国家に到るあらゆるコミュニティにおいて安全が物理的・精神的に脅かされているという感覚」が学者兼作家としてのトールキンの経歴を支える二つの柱であると論じた。『指輪物語』は登場人物たちが持つ政治性の成長の物語であり、暴力による強制よりも、異質性・多様性に対するキリスト教的な寛容と癒しの精神をもってコミュニティに奉仕するのがトールキンの理想とする政治である、というのが結論である。チャンスによると、「恵まれない者たちのための声」である本作品が六〇年代後半にアメリカの若者の間で人気を博した理由は、彼らを取り巻いていた当時の政治的状況と無関係ではないという。

ハモンドとスカルは九五年に共著『トールキンによる「指輪物語」の図像世界』（Wayne Hammond and Christina Scull, *J. R. R. Tolkien: Artist and Illustrator*）を出版した。これは中つ国神話体系に関係するトールキン直筆の風景画、物語の場面のイラスト、紋章などをまとめ、注釈をつけたユニークな書である。これにより、幻視者・画家としてのトールキンの特質、ならびに物語の執筆過程と画像の関係を考察する道が大きく開かれた。

フリーガーは『時の問題』（Verlyn Flieger, *A Question of Time: J. R. R. Tolkien's Road to Faërie*, 1997）で、トールキンの草稿・遺稿を手がかりに「中つ国に流れる時間の二重性」と「死と不死」の主題を研究した。フリーガーは「時間の止まった場所」であるエルフの森ロリアンに焦点を当て、同地の不滅の美に登場人物たちが固執する時、それが「支配する指輪」と同種の倒錯した所有欲という危険をもたらし得ることを指摘した。またフロドが見る「夢」を一種の未来透視として解釈し、来たるべき試練を前に彼を凡人から「選ばれた者」へと変貌を促す機能があると主張した。

九〇年代に高まった地球環境保護運動の流れに乗った批評もこの時期に現れた。カリーは『中つ国を護る』(Patrick Curry, *Defending Middle-earth: Tolkien: Myth and Modernity*, 1997) において、『指輪物語』に見られる自然対人工の主題が現代の環境問題に鋭い洞察を加えていると指摘し、モダニストの批評家たちが本作品に加える「時代錯誤」、「現実逃避」などの批判に反論した。

モダニストたちによる同様の批判に対しては、ピアスも『トールキン――人と神話』(Joseph Pearce, *Tolkien: Man and Myth*, 1998) で『指輪物語』を弁護した。ピアスはこの作品がカトリック信仰に裏打ちされた現代の神話であり、その本質は読者を現実から逃避させるよりは、むしろ前向きに生きる力を与えるものであると説いた。

二〇〇〇年代　最近の批評は、トールキンの文学的源泉のさらなる探索を進めながら、『指輪物語』の現代性の考察と二〇世紀文学におけるこの作品の位置づけを試みている。折しも、二〇〇一～〇三年にジャクソン(Peter Jackson) 監督の映画版『指輪物語』(邦題『ロード・オブ・ザ・リング』) 三部作が公開されたことによって、トールキンが社会現象化する一大ブームが再来し、ファン向けの各種案内書のほか、学術研究書の新刊と増補改訂版が続々と出版されている。『指輪物語』がＳＦ・ファンタジー小説の流れや、コンピュータ・ゲームその他の多様なゲームに与えた影響を考察したり、映画版と原作テクストの比較研究を通して現代におけるトールキン受容の新たな可能性を探る論文も現われ始めた。

クラークとティモンズは二〇〇〇年に『J・R・R・トールキンと文学的反響』(George Clark and Daniel Timmons eds., *J. R. R. Tolkien and His Literary Resonances: Views of Middle-earth*) を編集・出版した。従来見落とされてきたトールキンの想像力の源泉を調査することを目標に掲げたこの論集で、サリヴァン (C. W. Sullivan III) は、アイスランド英雄譚と『指輪物語』に共通の物語構造、そして後者の多重的な英雄像を

図12　第1次世界大戦時のトールキン（1916年）

指摘した。一方クラーク（George Clark）は、アイスランド英雄譚に見られるような古いタイプの英雄が第二次世界大戦時に不在であったことへの幻滅とトールキンのキリスト教信仰が、彼に新しい英雄像を追求させたと指摘した。ラッサム（Geoffrey Russom）は、トールキン作品に挿入された詩の韻律と意図を研究し、彼がチョーサーからロマン派に到る英国詩の特徴（弱強五歩格）に背を向けて擬古的ないし民謡的な韻律を多用するのは、より古い時代に対する憧れと、単一の韻律に支配されている近代・現代の英国詩の正典に対する不満から来ていると解釈した。ネルソン（Charles Nelson）は、トールキンがガウアー、ラングランド、チョーサーなどの中世の文人に倣い、登場人物たちにキリスト教における七大罪（傲慢、強欲、肉欲、怒り、大食、嫉み、怠惰）を体現させていると指摘した。樹木に対するトールキンの態度の二重規準を明らかにしたフリーガーは、『指輪物語』を環境保護運動の旗印として掲げる風潮に疑問を投げかけた。またシッピーは『指輪物語』に登場する怪物たちの特質を観察し、インクリングズ所属作家たちが共有するキリスト教的な悪の概念（「堕落した善」としての悪）について論考した。その他、一九六〇年代以降にトールキンの影響を受けた女性作家たちの軌跡を追うリンジェル（Faye Ringel）の論文と、トールキン作品における「喪失」のイメージと機能を考察するシニア（W. A. Senior）の論文が注目される。

シッピーは二〇〇〇年に発表した『J・R・R・トールキン――今世紀最大の作家』（*J. R. R. Tolkien: Author of the Century*, 2000）で、二〇世紀文学におけるトールキンの位置づけを試みた。シッピーによると、トールキンが同時代の作家たち（C・S・ルイス、オーウェル、ゴールディング、ヴォネガット、T・H・ホワイト、ヘラー）と同様に想像的な物語の形式を選んだのは、二つの世界大戦という「トラウマ」を抱えたからである。現代の悪は本質において昔と変わらないものの、その不条理さ・残酷さのイメージが著しく変化してしまった。そのような現実が「イギリス小説の偉大な伝統」に即した手法では表現できないと感じたので、トールキンは叙事詩ファンタジーという形式で『指輪物語』を書いたのだという。シッピーはトールキンがこのようにして選んだ手法に革新性と現代性を認め、またそれが後進のSF・ファンタジー作家たちに多大の影響を与えながら、いまだに凌駕されていないことを高く評価している。

二〇〇一年にフレデリックとマクブライドは『インクリングズの女性像』（Candice Frederick and Sam McBride, *Women Among the Inklings: Gender, C. S. Lewis, J. R. R. Tolkien, and Charles Williams*）を共著で出版した。

本書は「キリスト教と矛盾しないフェミニズム」の視点から、インクリングズ所属作家たちが書いた作品の女性像を批判的に検証した。そして『指輪物語』が出版された一九五〇年代の女性の社会進出を考慮に入れると、この作品の「女性軽視」は意識的であると感じられ、女性が読むことは奨められないと結論している。

ジンバードとアイザックスは一九五〇年代から二〇〇〇年代までに英語圏で発表された『指輪物語』論のベスト選集『「指輪物語」を読み解く』（*Understanding The Lord of the Rings: The Best of Tolkien Criticism*）を〇四年に出版した。その中で唯一の書き下ろしであるシッピーの「中つ国へのもう一つの道」（'Another Road to Middle-earth: Jackson's Movie Trilogy'）は、ジャクソン監督の映画三部作とトールキンの原作を詳細に比較分析した。シッピーによると、ジャクソンの映画版では神の摂理、悪の永続性、恐怖と悲観がもたらす誤った未来観測といった重要なテーマが追究されていない上、大衆迎合的な演出がいくつか見られるという。とはいえ、この映画が死に関する考察、非英雄的な主人公、善の脆弱さ、慈悲の強調など、ハリウッド映画界が忌避しがちな要素を敢えて採り入れ、原作の核心の大部分を伝達するのに成功していることを高く評価している。

今後も『指輪物語』研究は新しいテーマを開拓し、発展してゆくであろう。それによって、より多様で豊かな読書体験が広く共有されることに期待したい。

COLUMN

トールキンのオックスフォード

トールキンはその生涯の大半をオックスフォードで過ごした。一九歳でエクセター・コレッジに入学し、二年後に専攻を古典学から英語英文学に変更したのちに二三歳で卒業、その後すぐに結婚と第一次世界大戦参戦を経て、『ニュー・イングリッシュ・ディクショナリー』（『オックスフォード英語大辞典』の前身）の編集助手として再びこの大学街に帰還している。その二年後に二八歳でリーズ大学に英語学講師として着任、三二歳で教授に昇格したが、翌年にはペンブルック・コレッジにアングロ・サクソン語教授として就任すべく、みたびオックスフォードに舞い戻った。

オックスフォードでは当時モードリン・コレッジの新任の特別研究員だったC・S・ルイスと出逢い、一九三〇年頃から三〇年以上に亘って文学サークル「インクリングズ」を定期的に開催する。二人の他に主なメンバーとしてルイスの兄ウォレン、学友で同僚のネヴィル・コグヒルやアダム・フォックスらがいた。のちにルイスの教え子ジョン・ウェインやオックスフォード大学出版局にいたチャールズ・ウィリアムズ、トールキンの三男クリストファーらも参加する。レディングにいたヒューゴー・ダイソンやロンドンのオーウェン・バーフィールドらも当初から頻繁に参加していた。インクリングズの会合は主に火曜日の午前にセント・ジャイルズにあるパブ「イーグル・アンド・チャイルド」の別室で、木曜日の夜にモードリン・コレッジのルイスの部屋で行なわれた。ここで彼らは神学や文学を語り合い、自分が書いた未発表作品を読み上げて感想や批評を求め合った。『ホビットの冒険』も『指輪物語』も、あるいはルイスの〈ナルニア国ものがたり〉も、このようにして生まれたのである。

セント・ジャイルズの「イーグル・アンド・チャイルド」

のちの一九六二年に「イーグル・アンド・チャイルド」の別室が一般客用のテーブル席の一部に改装されたのを機に、会合の場は通りを挟んだ向かい側の「ラム・アンド・フラッグ」に移転した。

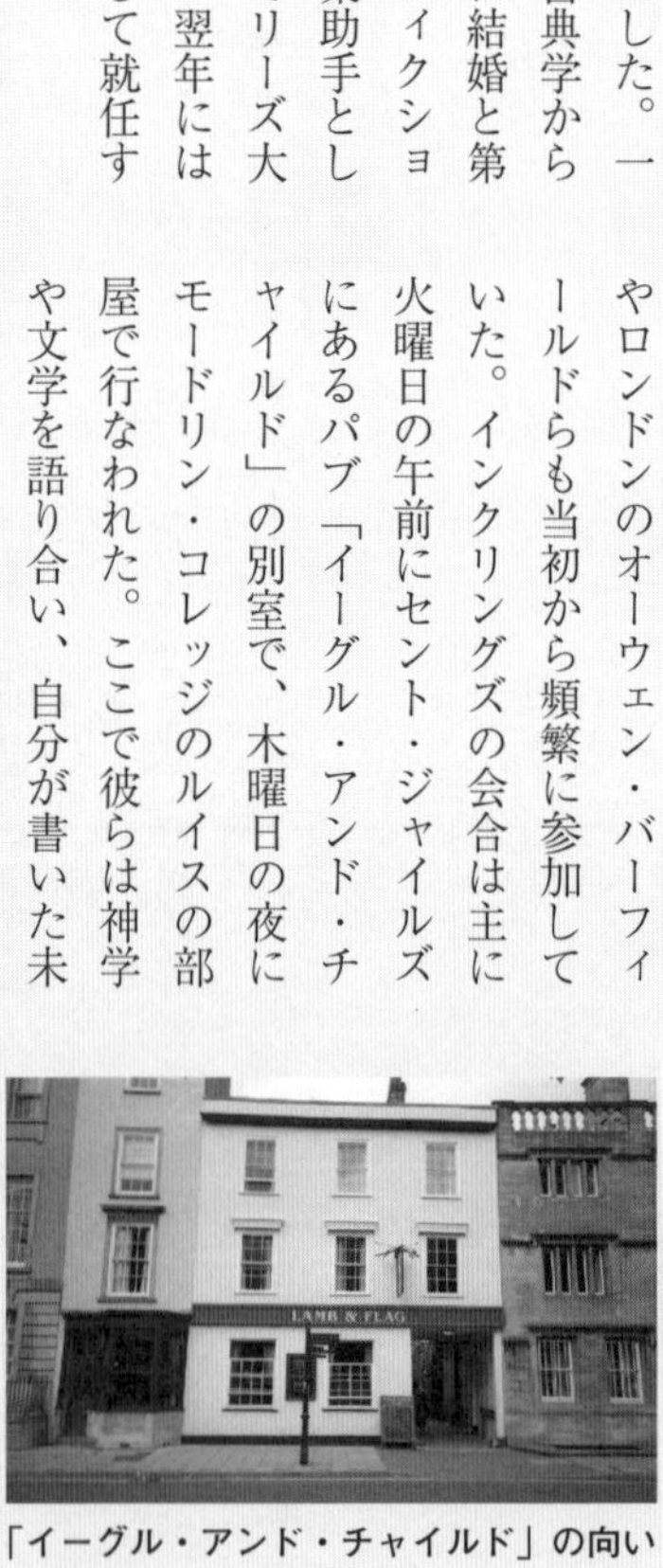

「イーグル・アンド・チャイルド」の向いにある「ラム・アンド・フラッグ」

トールキンが学生時代を過ごした頃のオックスフォードは、マシュー・アーノルドが「夢見る尖塔（dreaming spires）」と謳った頃のオックスフォードのままだった。しかしながら彼が教授として凱旋したこの街は、すでに郊外に自動車工場が建ち、それにともなって住宅地が拡大しつつあるという急激な変化の真っ直中にあった。トールキン一家はオックスフォードの中でも閑静な住宅街であるノースムーア・ロード二二番地に入居し、のちに家族が増えると隣りの二〇番地に転居する。ここには現在、トールキンが住んでいたことを示すブルー・プラークが掲げられているが、二〇〇四年一一月には歴史遺産大臣のアンドルー・マッキントッシュが「面白みのない家だが歴史的重要性から保存に価する」として永久保存を決定した。『ホビットの冒険』も『指輪物語』もここで書かれたという事実を考えれば、その歴史的重要性は議論するまでもなかろう。

トールキン宅（1930–47）：ノースムーア・ロード20番地

一九四七年にトールキンはノースムーア・ロードの家を引き払い、中心街にやや近いマーナー・ロード三番地に転居する。これは末娘のプリシラ以外の子供たちがみな成長して自立し、大きな家が必要なくなったためである。マーナー・ロードはモードリン・コレッジの北に位置する。この転居と前後してトールキンは一九四五年に、ペンブルック・コレッジからマートン・コレッジに移籍している。

一九五〇年にはマーナー・ロードにほど近いホゥリーウェル・ストリート九九番地の、さらに小さな借家に転居した。ここはニュー・コレッジの正門の近くだが、ハイ・ストリートに距離を置いて並行する車の通らない道路に面しているため、今でも当時と変わらず静閑な環境が保たれている。

『旅の仲間』出版と前後してトールキンは郊外のサンドフィールド・ロード七六番地に家を購入する。ここはオックスフォードよりもヘディントンに近いところである。トールキンの教え子の一人で当時この近隣に住んでいたW・H・オーデンはこの家を「言葉で言い尽くせないほどにひどい家」と称した。外から見る限り、白い壁の普通の家であるが。一九五九年に六七歳で教授職を辞任したトールキンはここで静かな隠退生活を送り、一九六八年から三年間はイングランド南海岸のプールに居住するが、その後オックスフォードに戻り、マートン・コレッジに近いマートン・ストリート二一番地で最後の数年を過ごした。そして一九七三年九月二日に彼は、休暇のために訪れていた南海岸のボーンマスで八一年の生涯を閉じた。トールキンがオックスフォードで過ごした歳月は半世紀を越える。

（安藤）

トールキン宅（1971–73）：マートン・ストリート21番地

CHAPTER

2

指輪の王と蠅の王

『指輪物語』とその時代

安藤　聡

図１　『指輪物語』表紙。ポーリン・ベインズがデザインした1968年版。

ファンタジー黄金時代としての一九五〇年代

John Ronald Reuel Tolkien

一九五〇年代はしばしば「第二次児童文学黄金時代」と称される（1―八八頁）。一般におよそルイス・キャロルの『不思議の国のアリス』（一八六五年）からF・H・バーネットの『秘密の花園』（一九一一年）までの約半世紀が第一次児童文学黄金時代と考えられているが、これら二つの黄金時代の中に、特に優れたファンタジーが集中している時代がいくつかある。最初の「ファンタジー黄金時代」はチャールズ・キングズレーの『水の子』（一八六三年）、キャロルの『不思議の国のアリス』、それに「軽い姫」（一八六四年）、「黄金の鍵」（一八六七年）などジョージ・マクドナルドの短編童話の名作が発表された一八六〇年代であり、次にJ・M・バリーの児童劇『ピーター・パン、あるいは大人にならない少年』（一九〇四年初演、一九一一年小説化）、ラディヤード・キプリングの『プックの丘のパック』（一九〇六年）、さらにケネス・グレアムの『たのしい川べ』（一九〇八年）に代表される一九〇〇年代が「第二次ファンタジー黄金時代」としてそれに続く。その後P・L・トラヴァースの『メアリー・ポピンズ』（一九三四年）、アリスン・アトリーの『時の旅人』（一九三九年）、あるいはエリナ・ファージョンの短編のいくつかが出版された一九三〇年代に小さな黄金時代があり、トールキンの『ホビットの冒険』も言うまでもなくこの時代を代表する名作ファンタジーである。しかしながら大きな流れとして第三次ファンタジー黄金時代と呼べる時代は、C・S・

図２『不思議の国のアリス』より（ジョン・テニエル画）

ルイスの『ライオンと魔女』（一九五〇年）に始まりメアリー・ノートンの『床下の小人たち』（一九五二年）、ルーシー・M・ボストンの『グリーン・ノウの子どもたち』（一九五四年）と続き、フィリパ・ピアスの『トムは真夜中の庭で』（一九五八年）で最高潮に達した一九五〇年代をおいて他にない。そして言うまでもなく、この時代を代表するもう一つの名作ファンタジーが『指輪物語』である。

不安と悲観主義　これら三期の黄金時代の背景には、それぞれ歴史的危機における不安と悲観主義がある。「歴史的危機」とは、オルテガ＝イ＝ガセットの定義によれば、「ひとつの世界観が崩壊し、それに変わる新しい世界観が未だ確立されず、その非連続的変化の狭間で人間が真の自己を見失い、方位喪失の不安に陥っている状態」である（2―一一四頁）。一方でハンフリー・カーペンターは、ファンタジーという分野に属する作品が常に内省的な性質を持ち、理想郷的世界を描きつつも現実生活に対する批判的な視点を併せ持つため、楽観主義的な社会からは生じない種類の作品であると指摘している（3―一六頁）。

第一次ファンタジー黄金時代の背景には産業革命の結果としての急速な工業化や都市化、またダーウィンの進化論に代表される近代科学によって伝統的なキリスト教信仰が弱体化したことなどがあった。『水の子』や「黄金の鍵」はダーウィニズムと信仰を折り合わせようとする試みであり、また『不思議の国のアリス』にも変化に対する当惑とその変化を受け入れようとする姿勢の双方が見られる。

他方第二次ファンタジー黄金時代は英国経済の「小春日和」と称された安定した時代であったにもかかわらず、この時期はヴィクトリア時代の終焉に象徴される帝国の衰退と、都市の拡大とカントリーハウスの衰退、あるいは自動車の普及に起因する田園の崩壊に対する不安が蔓延した時代だった。『プックの丘のパック』と『たのしい川べ』には明らかに田園の崩壊や伝統的生活様式の衰退に対する危機意識が見られ、また『ピーター・パン』では変化に対する不安と変化や成長の不可避性の両方が強調されている。

一九五〇年代は第二次世界大戦後の混乱に加えて、英国では植民地の相次ぐ独立による帝国の終焉という非連続的変化に直面した時代だった。この時代の作品には「過去との連続性の回復」を主題にしたものが多い。例えば『グリーン・ノウの子どもたち』では主人公トリーがグリーン・ノウ邸で自分の母方の祖先とのつながりを取り戻し、『トムは真夜中の庭で』ではトムが「真夜中」に過去の「庭」を発見することから「時間」について学ぶ。〈ナルニア国ものがたり〉の第二巻『カスピアン王子のつのぶえ』と第五巻『馬と少年』はそれぞれ王位継承権を奪われた王子が、過去とのつながりを回復して王位を奪回する物語である。『床下の小人たち』の小人たちは過去との連続性すなわち「伝統」を体現する。これらの作品にはいずれも、歴史的危機における変化に対する不安と過去への志向が見られる。『指輪物語』もまた、一面では「イングランドの神話の創造」を意図して書かれた作品であり（4―一〇三―一一一頁）、この意味では過去を志向した作品であると言える。

善と悪、光と闇

図３　堕天使セイタン（ウィリアム・ブレイク画）

『指輪物語』の中心的主題が「善と悪」の問題であることは、すでに多くの批評家が指摘している。サウロンによって造られたこの「すべてを支配する力を持つ指輪」は、その力があまりに強大すぎるために、それを所有する者のみならずそれを手に入れようとする者をも堕落させるという。この指輪の力によって堕落した実例がサルマンやゴクリでありまたボロミアである。ついにはフロドまでもがこの指輪の誘惑のために葛藤することになる。ここで言う「悪」とは自らが支配者になることを欲する「傲慢」であり、それは『失楽園』でミルトンが堕天使セイタンを通して描いた種類の根源的な悪である。

スペンサーが『妖精女王』第一巻第九編で「傲慢の女王とその馬車を引く六頭の獣」というイメージで提示しているように、「傲慢」はキリスト教における七大罪のうち最大の、最も根源的な罪である。サルマンの堕落の原因もまた傲慢である。この「白の会議」の主宰者は、『指輪物語』第三巻第九章でアラゴルンが説明しているとおり、人の心を支配する力を持ったゆえに堕落した。また第一巻第二章ではガンダルフが、サルマンは優れた知識のゆえに傲慢である、と証言している。サムやフロドでさえも指輪に対する所有欲に誘惑されていることからも明らかなように、この種の内在する悪としての傲慢は万人に共有される「原罪」であるということになる。

『指輪物語』と同じ年に出版され、ベストセラーとなった英国の小説にウィリアム・ゴールディング

図４『蝿の王』表紙

（William Golding, 1911-93）の『蝿の王』（*Lord of the Flies*, 1954）がある。この小説も『指輪物語』と同様、善と悪を扱ったものである。第三次世界大戦から疎開する少年たちを乗せたチャーター機が南海の孤島に不時着し、パイロットや引率者が死亡したのちの、少年たちの島での生存の物語であるが、彼らの社会は規律を重んじるラルフ派と狩猟に明け暮れるジャック派に分裂し、両者の対立が日増しに深刻化する。標題になっている「蝿の王」は『新約聖書』の「マタイによる福音書」および「ルカによる福音書」で言及されているベルゼバブ、すなわち悪霊の長を意味する。同時にこの標題は、物語中ではジャックらが島に棲む正体不明の獣を恐れるあまり、その獣への貢ぎ物として丘の中腹に置いた豚の頭という強烈なイメージで提示される。灼熱の太陽の下でこの豚の頭とその傍らに積み上げられた臓物は、わずかな時間で腐敗して無数の蝿を呼び集めている。この腐敗した豚の頭と臓物、すなわち「蝿の王」は、人間の内面の悪（つまり原罪としての傲慢）の象徴であり、少年たちの権力争いのみならず物語の背景となっている戦争の根源的原因でもある。一方で『指輪物語』の原題は『指輪の王』（*The Lord of the Rings*）であるが、この標題も『蝿の王』の標題と同様に、根源的な悪の力を意味する。

「闇」と「異臭」　いずれの作品においても「悪」は、「闇」と「異臭」というイメージで提示されている。『蝿の王』では文明から隔絶された島の夜の闇の中で、少年たちが獣（すなわち自らの内面の悪を外在化したもの）の襲来を恐れている。また最後の場面で主人公ラルフは、「無垢の終焉、人間の心の闇」を悲しんで泣いている。『指輪物語』においても「黒の騎手」は闇に紛れてフロドらを追い、またモリアの坑道では無数のオークや巨人バルログが彼らを待ち伏せている。そしてガラドリエルの水鏡の中にフロドは闇を見るが、ガラドリエルはその闇が「自分の心の中にもある」と説明する（第二巻第七章）。さらにフロドとサムがゴクリに連れて行かれたキリス・ウンゴルの洞穴は、邪悪な蜘蛛女シェロブとオークらが彼らを待ち受ける危険な場所である。さらに第四巻第六章でファラミアは、ゴクリの内面の悪を「心の中の鍵のかかった扉の向こうにある暗い部屋」に喩えている。これらの「闇」というイメージは、『失楽園』第一巻で地獄に転落したセイタンが見ている「目に見える闇（darkness visible）」を想起させる。このような文学的伝統をふまえて、二〇世紀中葉の作品である『指輪物語』や『蝿の王』においても、闇が悪を暗示するの

図5　悪臭を放つ糞尿の壕。『神曲・地獄編』第一八歌より（ギュスターヴ・ドレ画）

である。

一方で悪は異臭というイメージをともなって提示されることも多い。『蝿の王』ではパラシュートを背負ったまま死んだ兵士の腐敗した遺体が放つ異臭が自然な状態に放置された人間の最終的な姿、すなわち人間の本質を暗示し、同様に人間の本質の象徴である「蝿の王」としての豚の頭もまた腐敗臭を漂わせている。この作品では人間の堕落した本質をこのような悪臭というイメージで示しているのである。『指輪物語』においても「死者の沼」の腐敗臭（第四巻第二章）、オロドルイン周辺に立ちこめる火山の異臭（第六巻第三章）、そしてキリス・ウンゴルの洞穴の異臭、特にシェロブが発する悪臭（第四巻第九―一〇章）といった例が見られる。『神曲・地獄編』でダンテが人間の罪を悪臭というイメージで提示している（例えば第一一歌、第一八歌）ように、悪臭もまた闇とともに人間の本質、原罪を表わす確立された記号と考えてよいが、『蝿の王』と『指輪物語』には特にそれが明確に示されていると言えよう。

悪の諸相　リチャード・L・パーティルは『指輪物語』に描かれている悪を七大罪に当てはめて論じ、デネソールを「傲慢」を体現する人物として解釈している（5―八三―八五頁）。この箇所でパーティルはピピンらホビットの勇気と謙虚さ、またガンダルフの無私に対してデネソールの傲慢がコントラストをなして示されていると指摘している。この批評家はまたファラミアを、デネソールが元来あるべき人間像として解読している。デネソールはガンダルフが指摘しているように、「傲慢と絶望」のゆえに乱心し、焼身自殺に至る（第五巻第七章）。彼はゴンドールの執政者としての地位に執着するあまり冷静な判断力を喪失し、ガンダルフがゴンドールの執政者の地位を狙っているものと考え、戦闘で瀕死の重傷を負ったファラミアを死んだものと思いこみ火葬しようとする。パーティルはデネソールの最後の科白を「傲慢の声……悔悛することのない罪人の声」と称している（5―八六頁）。

パーティルはまた、この作品には七大罪のうち「色欲」を除くすべてが表現されていると述べている（5―一〇四頁）。例えばエルフらの「変化に対する抵抗」にある種の「強欲」、「傲慢」、「怒り」が、そしてホビットらの行動には時に「怠惰」と「暴飲暴食」が暗示されているという。この批評家はまた、「嫉妬」を最も具現化しているのはサルマンであるとも述べている（5―一一一頁）。だがこれまでに考察したように、『指輪物語』においてそれぞれの登場人物が堕落し破滅に至るのはほとんどの場合その「傲慢」のゆえであり、それ以外の「大罪」はさほど影響力を持っていない。チャールズ・モウズリーもまた傲慢とその他の大罪との関係を同様に考えているが、この批評家は『指輪物語』では「色欲」と「暴飲暴食」はあまり問題にされていないと述べている（6—六二頁）。『蠅の王』の場合にもやはり、少年たちの年齢が全員思春期前という設定になっていることからも明白なとおり、「色欲」は特に問題にされておらず、「嫉妬」、「怒り」、「強欲」、「怠惰」そして「暴飲暴食」はそれぞれに表現されているものの、彼らの堕落の根源的原因は「蠅の王」によって象徴される「傲慢」に他ならない。

リン・カーターもまた『指輪物語』はそのファンタジー的叙事詩の「下に潜むリアリティ」によって、嫉妬、強欲、傲慢、権力欲といった「人間の本質をめぐる永遠の真理」に言及している、と述べている（7—九三頁）。だが嫉妬、強欲、権力欲は傲慢の「結果」に過ぎない。「指輪」という強大な悪の力は結局のところ、闇や異臭によって象徴的に示される原罪としての傲慢なのである。そしてこの「指輪」は、「蠅の王」と同様、万人の内面に潜む根源的な悪の象徴に過ぎない。指輪そのものではなく、その力を行使する人間の傲慢や、その力を手に入れようとする人間の傲慢が、ここで言う根源的な悪なのである。

善と悪の相互依存

次に『指輪物語』における「善」のイメージについて考えたい。第一巻の第六章から第八章にかけて登場する謎の老人トム・ボンバディルは、カーターの言葉を借りれば、「完全な善の具現化」である（7—四七頁）。C・S・ルイスは死後出版されたスペンサー論『スペンサーにおける生のイメージ』でスペンサーの作品における善は「喜悦」、悪は「厳粛」のイメージを持って描かれていることを指摘している。さらに遡って叙事詩『ベーオウルフ』においても、宴が平和の象徴でありまた善の勝利と秩序の回復を表わす記号でもある。ルイスの〈ナルニア国ものがたり〉においてもそのことが継承されていて、善の勝利は必ず陽気な宴をもって祝われ、またアスランによる天地創造は美しく楽しげな歌をともなって行なわれている。

トールキンもまたこの意味においては、ルイスと同様な伝統の継承者であり、善のイメージとしての喜悦を体現するのがトムなのである。この老人は二度にわたってフロドらを危機から救出し、いつでも特に意味のない楽しげな歌を歌い、彼らを救出したのちには彼らに走り回ることを勧める。彼は第七章でフロドが隠し持つ指輪を見たがるが、これは単なる好奇心であり指輪の持つ支配力にはまるで関心を示さない。善を体現するこの人物は、原罪としての傲慢を内面に持つ通常の人間とは異なった存在なのである。彼がフロドらに宿泊をすすめる「躍る小馬」亭もまた、名前からして善のイメージである喜悦を表している。そしてここの主人のバタバーはそのイメージに違わない善意に満ちた人物である。

このような楽しげなイメージと共に、善は時に「光」のイメージをともなって表現される。これはもちろん、闇が悪を表すこととの対照である。例えばロスロリアンの森は夜であっても、黄金色の紅葉が星明かりに照らされて輝いている（第二巻第六章）。このエルフの世界における悪の不在は、トム・ボンバディルの場合とは違って、喜悦ではなく静謐のイメージを帯びている。またフロドらはケリン・アムロスの丘から見た美しい風景が「フロドの言語には呼び名がない」種類の光に照らされているのを見ている（第二巻第六章）。

善と悪の関係　『指輪物語』において善と悪はこのように、光と闇、あるいは楽しさ（喜悦）と不快さ（例えば異臭）といった両極をなすイメージで対照的に提示されるが、善と悪の対照や悪に対する善の勝利ばかりがこの作品の中心的主題というわけではない。ここではむしろ、善と悪との関係性、特に善と悪の相互依存という重要な問題が提起されているのである。

『蠅の王』の結末でラルフらは「人間の心の闇」と「無垢の終焉」を悲しんで泣いている。「無垢」とは「罪の欠如」ではなく、「罪に対する自覚の欠如」である。この主人公らはこの孤島での経験を通して「蠅の王」の存在を知るに至り、もはや無垢な状態でいることを許されなくなった。しかしながら彼らは、あるいは少なくとも主人公ラルフは、自らに内在する「蠅の王」を確かに認識して、それを悲しんでいる。『カンタベリ物語』の牧師の言葉を引用するまでもなく、罪を認識して悲しむことは贖罪への最初の段階である。『蠅の王』の少年たちは文明から隔絶された孤島で、通常なら文明によって隠匿されている人間の本質に基づいた「悪」を経験することによって、贖罪への道を歩み始めるという「善」に到達しているのである。トム・ボンバディルのような「完全な善」は原罪を背負った通常の人間にはあり得ないゆえ、通常の人間は悪の経験を通して善に至るしかないということであり、言い換えれば善のためには前提として悪が必要だということである。これが善と悪の相互依存関係である。

『指輪物語』にもこの主題を読み取ることができる。第二巻第六章でロスロリアンの森について語る文脈でハルディアは、「世界は危険に満ちていて闇も数多存在するが美しいものもまだ数多くあり、そしてどこにあっても愛と悲しみとは混在するものだが、悲しみがあるゆえに愛はより大きなものになる」と述べている。ここで言う愛と悲しみの関係はすなわち、光と影、善と悪の関係に等しい。第五巻第四章ではゴクリについて語る件でガンダルフが、裏切り者は自分でも意識せずに善をなすことがある、と言っている。この科白はのちの第六巻第三章におけるゴクリの「裏切り」とその結果への伏線になっている。また第五巻第五章ではエオメルが、敵の策略がしばしば彼らの悪意に反して当方に有益に働くことと、「この忌まわしい闇」でさえ身を隠すことには役に立つことに言及している。一方でオロドルインへの最後の行程を行くフロドとサムの場面でも、シェロブの毒の後遺症と疲労で思うように動けないフロドと残り少ない食糧に絶望したサムが、その絶望から新たな力が生まれ出るのを感じている（第六巻第三章）。同じ章で火口に到着したフロドが、指輪の誘惑に負けて捨てることを躊躇していると、背後から襲いかかってきたゴクリに指輪を奪われ、ゴクリは指輪を持ったまま火口に転落して行く。ここでも明らかに、ゴクリの悪意が結果として指輪を捨てるという「善」をもたらしているのであり、章の末尾でフロド自身が、ゴクリのお陰で指輪を捨てることが出来た、と自覚している。ゴクリの裏切りがなかったらフロドは指輪を捨てていなかったかも知れない。

この「すべてを統治する指輪」という悪の力は結果的に「旅の仲間」の友情を育み、ゴンドールへの「王の帰還」にも大きく関与し、フロドらホビットに成長をもたらした。原罪を背負った通常の人間に悪を否定することは出来ないが、通常の人間は悪から善を生み出すことが出来る。『指輪物語』の最も重要なテーマのひとつは、このような善と悪の相互依存関係なのである。

黄金時代の終焉

この指輪をめぐる冒険が行なわれた頃の中つ国は黄金時代の終焉を迎えていた。平和な時代が終わりを告げ、森林の破壊や河川の汚染に代表されるように環境が悪化して過去との連続性が危機に晒されていた時代である。エント族の女子の不在がそのことを象徴的に示している。第二巻第七章でサムはガラドリエルの水鏡を見て、ホビット庄に何か不吉な事件が起こっていることを知るが、第六巻第七章以降でこれはシャーキーなる悪党がこの地方を支配し、醜悪な工場を林立させて環境と治安を悪化させていたことだったとわかる。シャーキーの正体は魔法界を追放されたサルマンだったということが第八章で判明するが、このようなホビット庄の荒廃の描写には明らかにイングランドの田園の荒廃に対する危機意識が読み取れる。

図6 『たのしい川べ』より
（アーサー・ラッカム画）

都市拡大と田園の喪失　トールキンは南アフリカのブルームフォンテンで生まれ、幼くして父を失ったのちに母親の故郷であるバーミンガム郊外の小村セアホールに移り住んでいる。大都市バーミンガムの郊外とは言え当時この一帯はまだ典型的なイングランドの田園地帯であり、多くの批評家が指摘するようにその風景がホビット庄の原型になっている。しかしながらバーミンガムの人口が一九〇〇年からの五〇年間で二倍以上に急増していることからもわかるとおり、セアホールもまたバーミンガムの都市拡大に呑み込まれて、『指輪物語』が書かれた頃にはもはや大都会の一部となって昔日の面影を失っていた。モウズリーも『指輪物語』を工業化、田園破壊と結びつけて解読しているが（6―六五頁）、この作品にはおよそ半世紀前の『プックの丘のパック』や『たのしい川べ』と同様な危機意識が読み取れると言えよう。

ゴールディングは若い頃には人間の善性に対して楽観的な見解を持っていたが、第二次世界大戦に参戦した経験から人間の根源的な悪に対して悲観的な見解を持つようになった。このことから『蝿の王』が書かれたことは、この作品の読者には比較的よく知られている。ゴールディングは特に、理性を持った大人の人間が科学の力を行使して化学兵器を作りそれを使って「冷静に」大量虐殺を行なうという「傲慢」に対して、強い危機感を持っていた。トールキンもまたおそらく、田園を破壊して拡大して行くバーミンガムの街に、あるいはそこに林立する工場とその排煙に、人間の傲慢を感じ取ったのであろう。第二次世界大戦後の混乱と歴史的危機の不安の中で何人かの優れた童話作家たちが過去との連続性を探求していた一方で、当時の若い作家たちは自分が直面した矛盾に対しての怒りを表明していた。これら「怒れる若者たち」よりも一〇数歳年上のゴールディングは直接的に怒ることなくその矛盾の根源を洞察し、同じ頃さらに一〇歳弱年上のトールキンも同じような洞察をしていたのである。こうして『蠅の王』と『指輪物語』はそれぞれが互いの影響を受けることなく書かれ、同じ年に出版された。

引用文献

（1）Virginia Haviland, 'A Second Golden Age? In a Time of Flood?', in Haviland ed., *Children and Literature: Views and Reviews.* London: The Bodley Head, 1973.

（2）ホセ・オルテガ＝イ＝ガセット『危機の本質――ガリレイをめぐって』前田敬作・井上正訳『オルテガ著作集』第四巻（白水社、一九九八）

（3）Humphrey Carpenter, *Secret Gardens: A Study of the Golden Age of Children's Literature.* New York: Houghton Mifflin, 1985.

（4）Paul H. Kocher, 'A Mythology for England', in Harold Bloom ed., *J. R. R. Tolkien.* New York: Chelsea House Publishers, 2000.

（5）Richard L. Purtill, *J. R. R. Tolkien: Myth, Morality, and Religion.* San Francisco: Ignatius Press, 2003.

（6）Charles Moseley, *J. R. R. Tolkien.* Tavistock: Northcote House, 1997.

（7）Lin Carter, *Tolkien: A Look Behind "The Lord of the Rings".* New York: Ballantine Books, 1969.

CHAPTER
3

トールキンの言葉

文献学的に読むトールキン作品

伊藤 盡

トールキンと文献学

John Ronald Reuel Tolkien

トールキンの『指輪物語』は、それ以前に書かれた『ホビットの冒険』[1]およびトールキンの死後刊行された『シルマリルの物語』への視線がなければ理解できないものであるし、それ以外の小品、特に『星をのんだかじや』(図1)や『ニグルの木の葉』を理解しなければ見落としてしまう意味深長な場面も多い。ファンタジー論として有名な評論「妖精物語について」も重要だ。それらトールキンが書き続けた著作の根底にあるものを、もし一言で表すならば、「失われた『言葉』への希求」と言い表せるかも知れない。

図1 『星をのんだかじや』初版表紙。ポーリン・ベインズ画

トールキンと三つの言葉 英文学を学ぶ者にとって「言葉」という単語が連想させる最も有名な場面の一つに、シェイクスピアの戯曲『ハムレット』の次の台詞がある。ハムレットが本を読みながら舞台に登場する。そこへポローニアスがハムレットに話しかける「王子様、何を読んでいるのですか?」ハムレットの答えは「言葉、言葉、言葉(Words, words, words)」だった(1―II―ii―一九〇―九一頁)。私たちがトールキンの作品を読むとき、「何を読んでいるのですか?」と尋ねられたならば、まさに「言葉、言葉、言葉」と言うのも一つの答え方だ。なぜなら、トールキンの作品は言葉を愛する者(philologist)の書いたものだったから。ハムレットが「言葉」と三回言ったように、トールキンの作品の骨組みとなった「言葉」も三

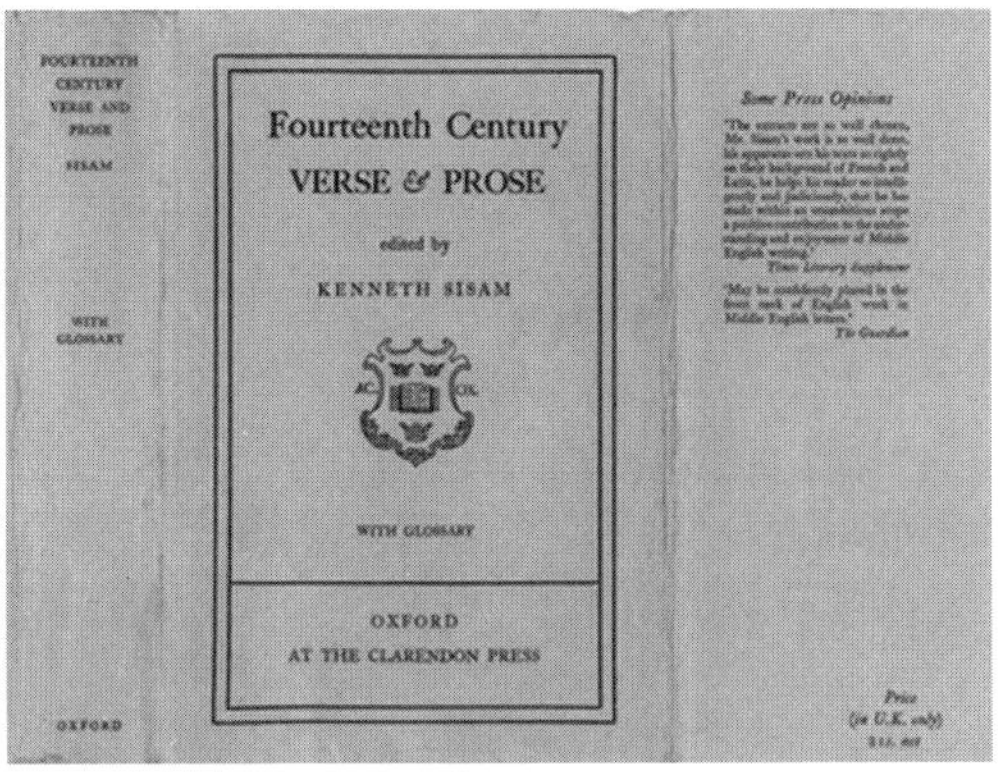

図2 『14世紀韻文・散文集』表紙

つの範疇に分けられる。「エルフの神話としての言葉」「キリスト教の言葉」そして「文献学者としての言葉」である。「エルフの神話としての言葉」は想像上の生き物にその文化と言語を与えたという点で、当時の目新しさも手伝って真っ先に人々の関心を買った。その影響は、様々なファンタジー作品や映画作品に見られる、歴史や文化的背景に支えられた人工言語創造として認識されよう。現在、エルフ語は、トールキンの手を離れて多くのファンによって作り続けられる人工言語であるという考え方と、トールキンの草稿中に残された言語資料の総体だと見る考え方がある。[2] 前者はファンの楽しみのために広がり、[3] 後者はトールキンの言語研究のために深まっている。[4] 一方、トールキンの「キリスト教の言葉」としての側面は、有名なC・S・ルイスとの議論から生まれた詩「神話の創造」（'Mythopoeia'）（2―六―八、九七―一〇一頁）や『シルマリルの物語』の中に確認される。それは神話が存在することとトールキンのキリスト教信仰の間の葛藤もしくは協調点を見つけ出すことでもあった（3―八一―八六頁）。しかし、三つの「言葉」の中で最も看過されているのが「文献学者としての言葉」である。それは或る意味で致し方ないことかもしれない。なぜならば、トールキンの存命中でさえ、英語文献学は学外から大きな理解を得てきたとは言い難かったからである。しかし、意外に思われるかも知れないが、英国から遠く隔たった国である日本には英語文献学研究の伝統が保たれている。また、本国イングランドでも中世英語文献学が最近再び活気を増してきた。トールキン作品の本格的な文献学的読解は、T・A・シッピーの論文（4―二八六―三二六頁）を嚆矢とし、彼のその他の著作によって称揚され（5―三三一―六三頁）、近年漸く他の研究者にも広がってきている。日本においても文献学者トールキンが紹介されたことはあったが（6―八七―九三頁）、彼の作品を「英語文献学的に読むこと」の必要性は近年増している。トールキンと文献学との関わりは長いので、ここではトールキンの文献学的業績から見ていくことにしよう。

トールキンの文献学的業績　J・R・R・トールキンはオックスフォード大学を卒業後、一九一八年に『オックスフォード英語大辞典』（*The Oxford English Dictionary*; 略称 *OED*）の編纂に関わり（7―二六五頁）、一九一九年秋には非常勤の個人指導教授をし、翌年春から、後に友人になるE・V・ゴードンを教えた。一九二〇年秋にはリーズ大学の英語学講師になったが、一九二一年に、自分の個人指導教授だったケネ

図４　『モールドンの戦い』校訂本（E・U・ゴードン編）表紙

図３　『ガウェイン卿と緑の騎士』写本（ガウェイン卿を誘惑する奥方の図）

ス・サイザムの編纂した『十四世紀英国散文・韻文集』（*Fourteen-Century Verse and Prose*）（図２）のための語彙集『中英語語彙』（*A Middle-English Vocabulary*）[5]をオックスフォード大学出版局から上梓できた（８―一六―一七頁）。その翌年から三年間、オックスフォード大学出版局から毎年出ている『英語研究年鑑』（*Year's Work in English Studies*）に書評を著してもいる。『英語研究年鑑』は過去一年間に出た英語研究の刊本と論文に対する書評であり、英語・英文学の研究成果を網羅する、研究者にとって必携の研究書評の一つであるが、トールキンの担当したのは「文献学―一般」（'Philology: General Works'）と呼ばれる分野だった。「文献学」とは英語「philology」（*OED* の定義では「文献と学びとを愛すること：文献研究」）の訳語であるが、しばしば「言語学」と日本語訳されることもある。しかしながら、「言語（language）」をそれ以外のものと切り離して研究することを旨とした「言語学（linguistics）」と区別するために、言語の歴史的背景や言語を用いる人々についての視線を含む学問「philology」には、多くは文献を資料とすることが多いためか、「文献学」という訳語が日本人研究者には好まれている。

　文献学の扱う範囲は広い。純粋に学問的資料として用いる「言語」を中心にして、その言語の音の歴史的あるいは地理的（方言）変遷、句読点の打ち方に至るまでの文字の使用の比較、また、文字にどのような紙やインクを用いたのか、その紙やインクを作ったのがどの地方で、どのような意図を持ってその言葉が用いられている文献が書かれたのか、また韻文や散文での言葉の使用の違い、言葉を使う人々の文化によってはじめて証拠立てられるような単語の存在、地名や人名が残されている伝承や歌謡など、おおよそ言葉を取り巻く周辺すべてを扱う学問である。特に重要なのは、音と意味の変遷ということになろうが、トールキンの作品世界の中にはまことに多くの「文献学的」要素が含まれている。

　英語文献学の分野でトールキンが著した業績は、他人の研究への助力に徹したことも多く、実際に出版された書物の数だけを挙げれば決して多くはないが（９―一―三四九頁）、その影響力の大きさは寡作を補って余りある。最も有名なものは、先に挙げた『中英語語彙』、古英語詩[6]『ベーオウルフ』の再評価を試みた講演「『ベーオウルフ』――怪物たちと批評家たち」（'*Beowulf*: The Monsters and the Critics'）、初期英語刊本協会から出版されたウェスト・ミッドランド方言の中英語文献『尼僧戒律』（*Ancrene Wisse*）の校訂本、中英語ロマンス『ガウェイン卿と緑の騎士』（*Sir Gawain and the Green Knight*）（図３）のE・V・ゴードンと

図５『ベオルフトヘルムの息子ベオルフトノスの帰還』扉絵

の共同校訂本出版がある。ゴードンは後に古英語の叙事詩『モールドンの戦い』（*The Battle of Maldon*）の学生用校訂本（図４）も編纂しているが、詩の理解にあたっては、トールキンがゴードンに多くの文献学的助言をしたことが序文に繰り返して記されている。またトールキンは、その古英詩を元にして「ベオルフトヘルムの息子ベオルフトノスの帰還」（'The Homecoming of Beorhtnoth Beorhthelm's Son'）（図５）と題する一編の詩的戯曲作品を著し、さらに詩の解釈について解説する論文を付けている。

文献学的想像力の産物

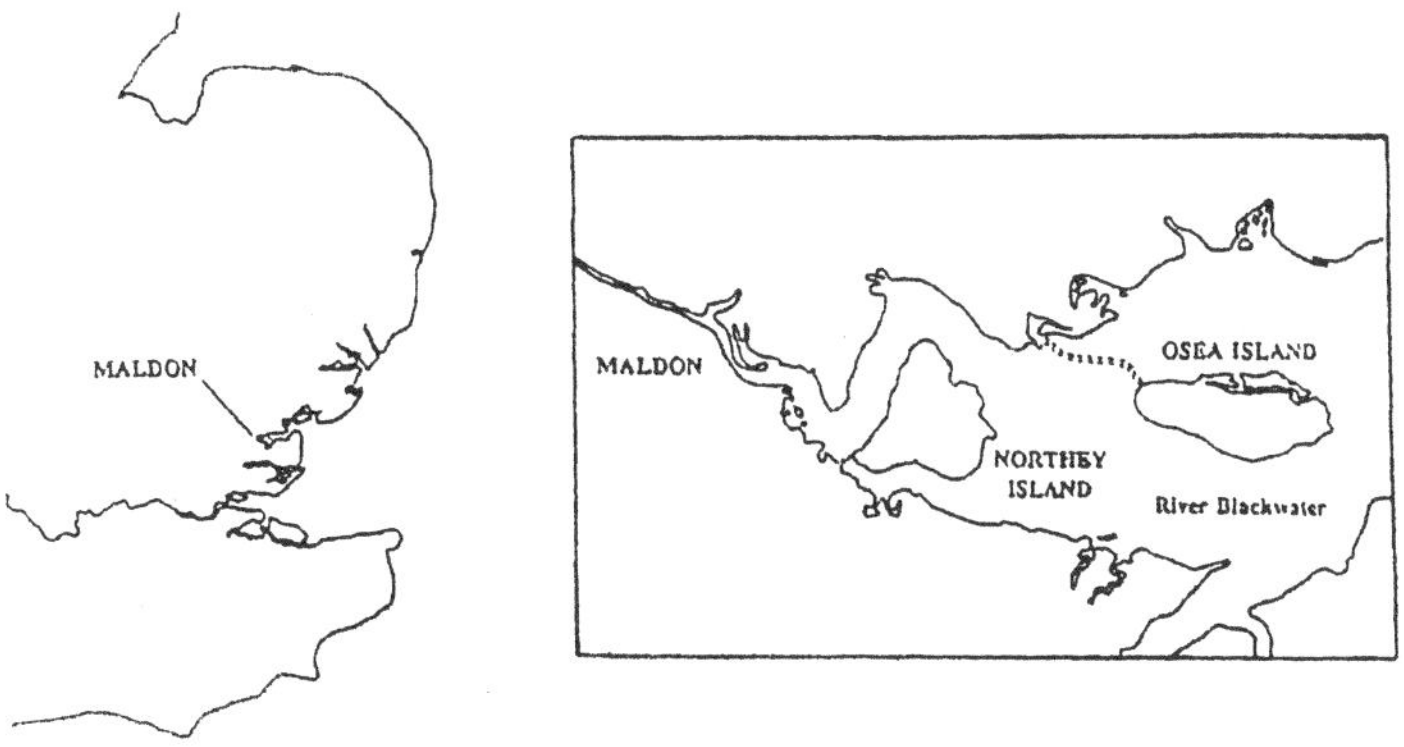

図６　モールドンの地図

英雄詩『モールドンの戦い』　古英詩『モールドンの戦い』は、イースト・アングリアのブラックウォーター河口近く（図６）でのデーン人とイングランド人の戦い（九九一年）を謳った頭韻詩だが、現在は断片しか残っていない。自分の主君が倒れたときにも見捨てずに、主君の側に残って勇敢に戦った忠臣たちの武勲を讃える詩歌である。このような英雄武勲詩の伝統は、基本的にゲルマンの伝統と考えられた。ゲルマン人の文化を記した紀元一世紀の書物『ゲルマーニア』一四章には、戦いに於いて自分の主人よりも生きながらえることを潔しとしなかった戦士のことが記されている（10―四三頁）。

このようなゲルマンの英雄武勲詩に属するものには、トールキンの愛した古北欧語で書かれたエッダ詩編[7]などに、歴史のかなたにいる伝説の英雄を謳った作品が残ってはいる。しかし、死ぬまで戦い通した戦士を讃える古英詩で、現存するものは数少ない。その中でも英雄詩『ベーオウルフ』は、トールキンの一九三六年の講演およびその講演論文によって、それまで低かった評価が一気に逆転し、現在でも古英詩の中の最も優れた作品と見なされている。この詩の中には、英雄ベーオウルフが死を賭けて戦った最後の場面や、トールキンがオックスフォードでの連続講義を行った「フィンスブルグの戦い」のエピソードが含まれていて（この講義ノートを元に死後出版されたのが『フィンとヘンゲスト――断片と挿話』（*Finn and Hengest: The Fragment and the Episode*）である）、主人と忠臣がともに並んで戦う姿や主人の復讐を果たす忠臣の姿が描かれている。

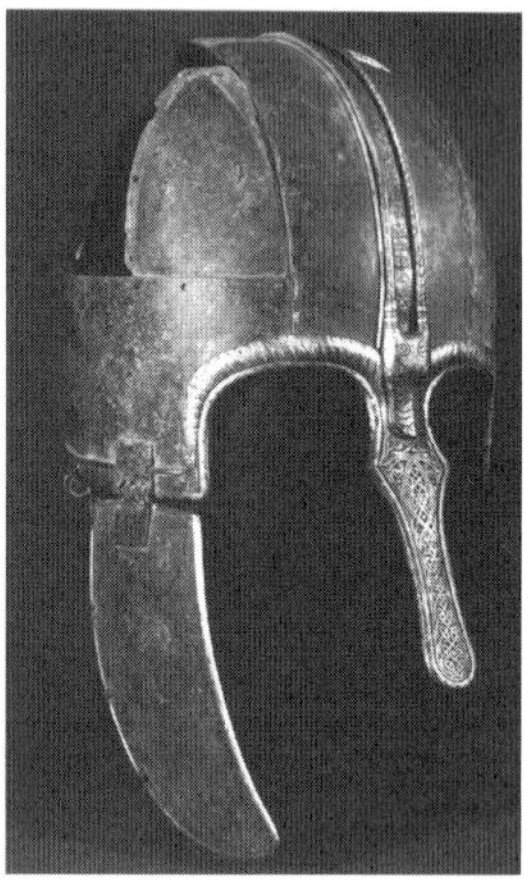

図7　ヨークシャーから出土したアングロ・サクソン人の兜

『モールドンの戦い』を扱ったトールキンの研究業績として論文部分が高い評価を受けている「ベオルフトノスの帰還」の劇詩の部分には、伝説の英雄武勲詩への言及が数多くある。若い詩人トルフトヘルムは英雄詩を愛しているが、年老いた農民ティードワルドはヴァイキングに対する防衛戦のために何度も徴兵されて戦争を経験したがために、現実の戦争は古い伝承の英雄を謳うのとはわけが違うと感じている。ここに、単に武勲詩をロマン主義的に称揚することのないトールキンの理解と想像力を見ることができる。このような文献学に根ざすトールキンの想像力は、古英詩の中に伝わる忠臣オッファの台詞を次のように扱う。『モールドンの戦い』では、オッファは戦いの前の軍議で「ここにいて大胆に語る多くの者が、いざというときには頼りにはならぬもの（þær **m**odelice **m**anega spræcon/þe eft æt **þ**earfe **þ**olian noldon, 11―二〇〇～〇一行。太字は頭韻を示す為に引用者による）」と言ったと記されている。トールキンはここから現代英語による大胆な翻案を試みつつ、古英詩の頭韻技法を現代英語で再現しようとしたようだ。「心のうちは雌鳥なれど　コケコッコーと声上げて　軍議に連なる臆病者ら　時をつくって大いばり（There are **cr**avens at council that **cr**ow proudly/with the **h**earts of **h**ens; 12―八五頁。太字は引用者による）」とオッファに語らせている。また、古英詩の中でオッファに褒められるマーシア国の貴公子エルフウィネの科白「蜜酒の席で語られたことを私は覚えている。館の酒席で私たち戦士が、激しい戦いについて誓いをたてた時に（Ge**m**unan þara **m**æla þe we oft æt **m**eodo spræcon,/þonne we on **b**ence **b**eot ahofon,/**h**æleð on **h**ealle ymbe **h**eard gewinn, 11―二一二～一四行。太字は引用者による）」をも、トールキンの劇詩は伝承の歌の一つとして、「蜜酒に吐いた誓いを果たすがよい　その翌朝に。さもなくば吐きちらしつつ　さらすは　酔いどれ　その正体（What at the **m**ead **m**an vows, when **m**orning comes/let him with **d**eeds answer, or his **dr**ink vomit/and a sot be shown; 12―八五頁。太字は引用者による）」と紹介する。しかし、この台詞はまた、『ベーオウルフ』の中で、酒宴の席上でデーンの廷臣ウンフェルスに罵られた英雄ベーオウルフが、グレンデルと戦い、それを破ることを豪語して次のように言う科白「私は今やまもなく迫った戦いに於いて、イェアート族の力と勇気とを示そう。そして朝の光、天上の太陽が人の子らの上に注ぐとき、できるものなら大胆に蜜酒の席に歩み行こう（Ac ic him Geata sceal/eafoð ond ellen **u**ngeara nu,/**g**uþe gebeodan. Gæð eft se þe mot/to **m**edo **m**odig, siþ þan **m**orgenleoht/ofer **y**lda bearn **o**þres dogores,/**s**unne **s**weglwered **s**uþan scineð!, 11―六〇一～〇六行。太字は引用者による)」をも思い出させる。[8] ゴードンも『モールドンの戦い』の解説で、戦いに臨んで大いなる勇気を示すこと、またそれが詩歌によって語り継がれることこそ古英詩の伝統に見られる大きな特徴だった、と述べている(11―二六〜三〇頁)。『指輪物語』でも、『二つの塔』の「ヘルム峡谷」の章で、セオデン王がまもなく迫った決死の戦いを前にして「罠にかかった老いぼれ穴熊のように」死ぬことをよしとせず、討って出て行く覚悟を示しながら、血路を開くことができなくとも「詩に歌われる値打ちのある終わりをまっとうすることになろう」と言う場面があるが、トールキンが心に描いていた王の姿は、『モールドンの戦い』で絶望的な戦いを前にして、なおも勇気を示した古英語時代のイングランドの英雄だったに違いない。

神話的想像とエント　このように、トールキンの文献学的業績は今で言う「言語学」とも「文学」とも異なっていた。彼が目指したものは、オックスフォード大学の古英語教授職への応募書簡に素直に表現されているように、「誤解なくしては、あるいは互いに傷つけあうことなしには、敵対するものとはなりえないはずの、言語学研究と文学研究の近接性を促進させ、若い学生たちに、より広く豊かな土壌の上で、文献学的な情熱をかき立て続けること」だった(13―一三頁)。残念ながら、トールキンが願った学問的発展の理想の姿は、いまだに誤解を受けたままのようである。しかし、トールキンの文献学的業績を見る時、彼が常に自分の理想の学問を追求しようとしたことが確認できる。

例えば「エント」という言葉を、『指輪物語』執筆の遙か以前にトールキンがどのように考えていたかの一端が、『英語研究年鑑』(一九二三年)で『オックスフォード英語大辞典』について書いた短評に現れている(14―二一―二二頁)。この辞典の原則によれば固有名詞は本来は見出し語にしないのだが、トールキンは「Watling-street」という固有名詞を扱った例に注目する。*OED* の定義によれば、第一の意味は「ノルマン征服以前に、ロンドンからセイント・オールバンズを通ってロクセターに至るローマ街道に付けられた名前」である。一方、第二の意味は「銀河、天の川」とされ、これは、中世で多くの巡礼街道が「銀河」の呼び名に転用されたのと同じく、ローマ街道の名前を「天の川」の意味に転用したものとする。

しかし、トールキンはそれに異議を申し立てる。ローマ街道には「Ermine-street」と英語で呼ばれる別の道もあるが、実はドイツ語の「Irminestrasse」は「天の川」という意味を持っている。また、スコットランドの水夫も銀河のことを「Vatland Streit」と呼ぶ。この事実から、ローマ街道の名前を天の川に付けた、というのはあべこべで、英語を話した人々（あるいはローマ文化に慣れていなかったゲルマン人）がはじめて白い石畳の続くローマ街道を目にした時、自分たちの神話の中にあった「銀河」を意味する名前で呼んだとするのが適切であろう、とトールキンは言う。それがどのような神話であったのか今は分からなくなってしまったが、驚くべき建築の偉業を、畏怖を込めて神話的なものと認識したのではないか。事実、イングランド人の祖先が自分たちの知らない不思議な築造物を指して「古きエントの業物（eald enta geweorc）」と呼んでいたことが、古英語文献の中に現れている。「古きエントの業物」という古英語は、幾つもの詩の中に用いられる表現で、大きな建物を指すこともあれば（『アンドレアス』（*Andreas*）一四九五行、『放浪者』八七行）、素晴らしい宝物を指すこともあり（『ベーオウルフ』二七七四行）、地面の下に建てられた（掘られた？）大きな住まいを指すこともある（『ベーオウルフ』二七一七行）。

　トールキンは、イングランド人の祖先がブリテン島にやって来た時にはさまざまな神話を持っていたはずだ、と考えた。彼らは、自分たちがやってくる以前から島に存在した事物に驚嘆し、「エント」という神話的な存在にあやかる名前と関連づけて呼んだのだから、夜空に天空を走る道の神話になぞらえて、ローマ街道を呼んだとしても不思議はない、と結論づけたわけだ。このことは『指輪物語』の中で「エント」と呼ばれる生き物が、「古いもの」として語られる背景を教えてくれる。『二つの塔』の「アイゼンガルドへの道」の章でガンダルフはエントについて次のように言う。「エルフが歌い、槌音が響くより早く、この地上を歩いていましたわい。鉄が見つかるより先、木が伐られるより先に、月の下に山が若かった頃に、指輪の作られる先、災いの出でくる先に、それは、遠い昔に森を歩いていた。」エントとは、すでに古英語の中においてすら、ほとんど正体を見極めることのできないほどぼんやりとした記憶に残る伝承の生き物だ。その言葉から生まれたトールキンの想像世界の生き物もまた、この世の最も古い生き物の一つであるとされた。英語の伝統、英語で書かれた文献とも一致する「文献学的創造」である。

古英語文献と竜スマウグ　『指輪物語』に先立つ『ホビットの冒険』にも、中世の英語文献に現れる表現が多く見られる。特に目立つのは、火竜スマウグについての記述だ。第一に「スマウグ（Smaug）」という名

図８『ホビットの冒険』表紙（宝物の上に横たわるスマウグ。トールキン画）

前は古英語の文献に由来し、さらにその意味も重層的である（5—一〇二—〇四頁、13—三二頁）。この名は「這い歩く」を意味する古英語の動詞「smugan」に由来するとトールキンは言う。一方で、人の皮膚に穴を開けて入る長虫あるいは蛇を古英語では「smea-wyrm」もしくは「smega-wyrm」と呼んだが、この語は意味が不明確である。古英語の接頭辞「smeag-」は、「頭の鋭さ、賢さ」を表す形容詞「smeah」もしくは「深く考える」という意味の「smeagan」と同語源だが、意味はむしろ「smugan」に近い。「ものごとの深みに入り込む」という更に古い意味の語源から両者は派生したとも考えられる。何故そのような語彙が生まれたのだろうか、とトールキンはいぶかしんだのかも知れない。その参考になるのが古北欧語で書かれた伝説時代を扱った詩「ファーヴニルの言葉」（'Fáfnismál'）である。ゲルマン伝説の英雄シグルズルがファーヴニルを殺した時、智慧と知識に富む竜（あるいは蛇）ファーヴニルは今際の息の中から様々な知識を彼に与える。その伝承は、竜が古い生き物であるが故に知恵と知識を豊かに持っているという、神話的な信仰に基づくものであろう。『ベーオウルフ』の竜はしゃべらず、洞の中で宝を護るだけだが、トールキンは『ホビットの冒険』の中で、狡知に長けた竜スマウグを饒舌なまでに語らせた。それは名前の持つ複合的な意味を体現する存在だった。トールキンは一見矛盾するかに見える古英語の単語を独自の見解で解釈しているわけだ。そもそも火を吹く竜は、ゲルマン人の伝説の中でも数が少ない。トールキン自身も「詩や物語に欠かせない本物の竜」として『ベーオウルフ』に登場する竜と北欧の伝説に登場するファーヴニルしか挙げていない（15—一二頁）。ところが、古英語で書かれた竜の記述にはもう一つあって、そこにも火を吹く竜が登場する。それは、『アングロ・サクソン年代記』の七九三年の記述である。「この年、ノーサンバーランド全体に亘って不吉な予兆があり、人々を恐れさせた。恐ろしい稲妻（ormete ligræscas）があり、火竜（fyrene dracan）が空を飛翔するのが見られた（16—五五頁）。」竜が空を飛び、火を吹くことは、『ベーオウルフ』中にも見られるが、この年代記の古英語そのものを理解すると、『ホビットの冒険』のスマウグが飛来する描写と見事に対応している。スマウグの飛来する直前に「山々の低まった辺りに大きなあかりが現れ」、湖が金色に染まったとあるが、『アングロ・サクソン年代記』の記述「ormete」は「大きな」、「ligræsc」は文字通りには「光の注ぎ」という意味がある。つまり竜の飛翔の前に「大きな光が現れた」ということだ。『ホビットの冒険』においてスマウグが湖の町エスガロスにやってく

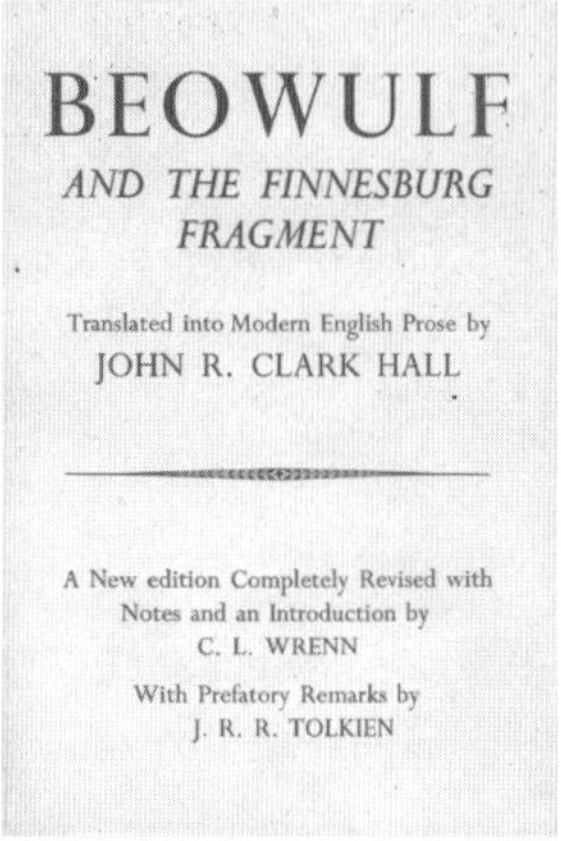

図９　クラーク・ホール訳『ベーオウルフ』トールキンの序「『ベーオウルフ』翻訳論」付表紙

る直前の現象は、古英語時代からの伝統を踏まえたものだった。

　スマウグの住んでいた「はなれ山」周辺の記述も、『ベーオウルフ』に描かれる竜の住まいとそっくりに描かれている。まず、多くのドワーフの死んだ後のはなれ山の下の宮殿にスマウグは住んでいるのだが、『ベーオウルフ』の竜の住まいは急峻な石の塚山となっている（二二一三行）。人の知らない秘密の道がその住まいに通じていて、一人がその道を通じて竜の棲処に入っていき、竜の護っている宝物の中から宝石のちりばめられた美しい酒杯を、竜の眠っている間に盗んでいく、というプロットもまったく同一だ（二二一六―一八行）。さらには、その酒杯を盗んだ者は「不可思議な技をもって竜の頭の近くに歩み出た」（二二八九―九〇行）という記述も、ビルボが指輪で姿を消して、竜と語らった場面の原型である。さらに、竜がその者を求めて地上に出た時、「荒れ果てた土地に人の影はなかった」（二二九七―九八行）のである。竜の住んでいる山の周りが「荒れ果てた土地」である、という記述が『ホビットの冒険』にあるのも、実は古英語の伝統に則ったものだと言えよう。いずれにしても、『ホビットの冒険』のスマウグの場面は、ほぼ完全に『ベーオウルフ』における竜やその住まいの描写と重なるものの、トールキンの描写の方がより鮮明に読者に情景を見せている。言うなれば、『ホビットの冒険』は部分的には『ベーオウルフ』に登場する竜の住環境を現代の読者にも分かり易く再現していると見てもよい。

「再建」の考え方　シッピーは、このようなトールキンの試みを「＊（アステリスク）付きの現実性」と呼んだ。文献学では、文献には現れないが理論的に再構築した仮説による言葉を「＊」を付けて表す。例えば、「人」を意味する英語「man」の複数形は、文献に現れない時代は「＊manniz」であると考えられる。語尾の「i」の音に影響を受けて「a」の音が変音し（「i母音変化」という）、「e」になったと理論づけるのである（5―二三―二六頁）。文献学者トールキンにとって『ホビットの冒険』に書いたものは、古英語の詩に現れるわずかな言葉を解釈し、暗に仄めかされただけの「不可思議な技」や、「秘密の道」というものをイマジネーションを用いながら、理論的に解釈した研究論文とも呼べる。先ほども記したとおり、竜の住まいは「エントの業物」と呼ばれ、その壮麗な柱の林立する地下の洞も、遙か昔の人物の手になるものと『ベーオウルフ』の語り手は説明する。また、竜の貯めていた宝物の出所は明らかにはされず、その宝物をもともと保持していた人物が、どのような技を持って地面の下に素晴らしい場所を造ったのかも語られていない。それを学術的に論ずることは不可能である。しかし、そこには何か、当時のアングロ・サクソン人ならば理解したはずの背景的知識があったはずだとトールキンは考え、語られていないこと、今では失われてしまった言葉を求めた。地面の下に壮麗な建築物を造り上げるような者について当時の人々はどのように考えたことだろうか？　文献学ならばそれに対するヒントを与えてくれる。アングロ・サクソン人が持っていたはずの背景的知識を、『ベーオウルフ』や他の文献の記述も利用しながら、トールキンは再構築して『ホビットの冒険』に描き出した。それ故に、読者は『ホビットの冒険』を単に一つの独立した物語とは見なさず、壮大な歴史を持つ世界のほんの断片と感じ、その続編あるいは物語の背景になるものを求めたのである。こうして、『ホビットの冒険』の続編となる『指輪物語』の執筆が、出版社からトールキンに要請された。

ホビットと英語文献学

『指輪物語』執筆は、トールキンにとっては難渋を極めた。というのも、ビルボの種族について、トールキンはもう一度練り直さねばならなかったからだ。『ホビットの冒険』に描かれるビルボは、ヴィクトリア朝からエドワード朝に実在した中流階級のイングランド人そのものだとシッピーは言う（5―六三―一〇六頁）。したがって、ビルボの話の続きもまた、イングランドから始めなければならない。そこに登場する自然、例えば丘陵地や川も、実はオックスフォード周辺の自然描写であることをシッピーは示したが（17―一八―二二頁）、つまりは、ホビット村や水の辺村のホビットたちが顔をしかめるバック郷の連中の愉しむ川遊びは、オックスフォードの大学生ならば誰もがやるチャーウェル川でのパンティング（竿で川底を押して平底船を進ませる）を意味しているということになるだろう。

ホビットの歴史の意味　自然ばかりでなく、英語文献学もホビットとイングランドが結びつく鍵を与えてくれた。ホビットの歴史について長々と語り、多くの初読者を挫折させたと噂される、あの(悪名高き?)「ホビットについて」という序章も、実はトールキンの文献学的知識を盛り込んだものだとわかれば、興味を持って読み進むこともできるだろう。歴史をひもとけば、ホビット族は三つの部族、ファロハイド、ハーフット、ストゥアに分かれたことは、ゲルマン人の中で現在のイングランドに住み着いたのが、「アングル人」「サクソン人」「ジュート人」という三つの部族であったと、ビード[8](六七二/六七三―七三五年)の著した『英国国民教会史』(*Historia Ecclesiastica Gentis Anglorum*)に記されていることに対応している(18―五〇―五一頁)。ストゥア族は鳴神川に沿って南下し、三角地と呼ばれるところに住み着いたという。この「三角地」とは英語では「Angle」すなわち「アングル」である。翻って、「イングランド」とはもともと「アングル人の土地」の意味であるが、「アングル人」の故郷もかつては「アングレ(Angle)」と呼ばれた「三角地」だった。このことから、ストゥア族とアングル人とを重ねて見ることもできよう。

しかし、トールキンが文献学者としての知識を大いに注いだのはファロハイド族だ。最も数が少なく、北に住み、エルフと親しく、言葉や歌に秀でていたとされるファロハイド族の中から出た二人の兄弟マルコとブランコが、バランドゥイン川を越えたことからホビット庄暦が始まったとされるが、このマルコとブランコという名前にもそれぞれ意味がある(5―一一六頁)。トールキンが『指輪物語――追補編』で記すとおり、ホビットの名前はそれぞれの家柄に伝わる名前を受け継ぎ、なかでもファロハイド族の家には仰々しい名前を付ける習慣があり、伝説のホビットや人間の名前を取られたこともあった。その多くは『指輪物語』の舞台となった中つ国第三紀のホビットには意味のないものであったが、マークに住む人間たちの名前に非常に似通っていた。ホビットの男の名前は「ア(-a)」で終わるが、現代英語の語感からすると男名は「オ(-o)」で終わる。そこで、このマルコとブランコをホビットの元の名前に戻してみると「マルカ(marcha)」と「ブランカ(blanca)」になる。マークの言葉として『指輪物語』に用いられている古英語の「blanca」は「馬」を意味する語である。一方、「マルカ」の「カ」はトールキンの綴りでは「-cha」となることからも分かるとおり[9]、「ハ」に近い音である。標準古英語(ウェスト・サクソン方言)には「mearh」という「馬」を表す語があり、北方方言では「marh」という語形になる。古英語の男性語尾「-a」を付ければ「マルハ」と発音されよう。現代英語の男名のように「ア」から「オ」に語尾を変えれば、ホビット庄に渡ってきた「マルホあるいはマルコ（Marcho）」の名前の正体が明らかになる。二人の兄弟ホビットはともに「馬」を意味する名前なのだ。ところで、『英国国民教会史』によると、ブリテン島に渡ってきたイングランド人の指導者は「ヘンゲスト（Hengest）」と「ホルサ（Horsa）」という兄弟だとされる（18―五〇―五一頁）。この「ヘンゲスト」も「ホルサ」も実はそれぞれ「馬」という意味を持つ古英語の名前である。このようにホビットの伝承とイングランド人の伝承とが見事な対応を示していることも、トールキンの文献学的考察が『指輪物語』の中に活かされている証拠である。文献学的な解読がホビットの歴史の持つ意外な意味を教えてくれることも理解されよう。

イングランドの神話再建　とはいえ、ヘンゲストもホルサも伝説の中に埋もれてしまい、今では地名や人名にその名残を残すのみである。事実、オックスフォード南に存在する「ヒンクスィー（Hinksey）」が、ヘンゲストの名前を冠した地名である可能性をシッピーはトールキンから直接教えられたという（17―五七頁）。『ベーオウルフ』中にヘンゲストの主人たるフネーフ（Hnæf）が殺された事件の話が挿入されていることもトールキンにとって重要だった。ベーオウルフも連なる酒宴の席上で、一人の詩人が、ヘンゲストはフネーフの仇を討つ前に、一冬その敵たちとともに過ごさねばならなかったと詠唱する（一〇六三―一一五九行）。見事フネーフの仇を討ったヘンゲストは、その後ブリテン島にやって来てイングランド人の祖先の一人となったわけだ。フネーフという名前が現代英語の人名「ニーヴ（Neave）」の語源だという仮説をトールキンは提唱しているが、その名はトールキンの伯母の嫁ぎ先の家族の名でもあった（19―五二頁）。トールキンにとってはヘンゲストの名も、その名前とともに記憶される英雄の武勲詩も、その英雄の主人たるフネーフも、自分に近しい関係の言葉と思われた。だからこそ、イングランドの伝説に埋もれた言葉を文献学によって取り戻したかったのだろう。『指輪物語』は、確かにトールキンの想像の世界を描く。しかし、ホビットたちの歴史およびホビットを巡る冒険物語は、イングランド人の伝承を、より鮮明な形で現代に甦らせた物語でもある。失われていた言葉は、トールキンによって再び見出され、今や私たちは、その伝統を次世代に語り継ぐことができる。ちょうど『指輪物語』の中でアラゴルンの剣が再び世に見出され、王国の復興を可能にしたように。

注

（1）『ホビットの冒険』からの引用は瀬田貞二訳（岩波少年文庫、二〇〇〇）、『指輪物語』からの引用は瀬田貞二、田中明子共訳（評論社、一九九二）に依る。
（2）伊藤盡「言語創造から生まれた物語世界」『文藝別冊　ナルニア国物語——夢と魔法の別世界ファンタジー・ガイド』（河出書房新社、二〇〇六）六四～七三頁「エルフ語紹介——トールキンの言語創作うらばなし」『文学』第七巻第四号、特集ファンタジーの世界（岩波書店、二〇〇六）七一～八二頁を参照。
（3）メッセージ・グループ Elfling〈http://groups.yahoo.com/group/Elfling/〉が代表的な研究グループ活動。
（4）「神話創造協会（Mythopoeic Society）」の言語分科となる The Elvish Linguistic Fellowship〈http://www.elvish.org〉が代表的である。
（5）中英語とは一一〇〇年頃から一五世紀頃までの英語。
（6）古英語とは、五世紀のアングロ・サクソン人定住から一一〇〇年頃までの英語。
（7）中世アイスランド語写本に記録された、北欧の神話や英雄に関する様々な詩の一般的な総称。
（8）古英語からの翻訳引用はすべて筆者による。
（9）北イングランドのウェアマスとジャロウの修道院に暮らした、中世ヨーロッパで高名を博した修道士。
（10）トールキンは、「CH」を鋭い「H」の音を表す綴りとして用いた。

引用文献

（1）William Shakespeare, *Hamlet*. Ed. Harold Jenkins. London: Methuen, 1982.
（2）J. R. R. Tolkien, *Tree and Leaf*, 2nd ed. London: Unwin Hyman, 1988.
（3）Tsukusu Itoh. 'Language as an Instrument of the Epicist: J. R. R. Tolkien's Mythopoeia.'『ねびゅらす』一八号（明治学院大学大学院文学研究科英米文学専攻、一九八九）
（4）Mary Salu and Robert T. Farrell eds., *J. R. R. Tolkien: Scholar and Storyteller*. Ithaca: Cornell University Press, 1979.
（5）Tom Shippey, *The Road to Middle-Earth*, 3rd ed. London: Harper Collins, 2005.
（6）忍足欣四郎「中世文学者としてのトールキーン」『ユリイカ』第二四巻第七号、特集トールキン生誕百年（青土社、一九九二）
（7）Humphrey Carpenter, *J. R. R. Tolkien: A Biography*. London: George Allen and Unwin, 1977.
（8）Douglas A. Anderson, "'An Industrious Little Devil': E. V. Gordon as Friend and Collaborator with Tolkien' in

Jane Chance ed., *Tolkien the Medievalist*. London: Routledge, 2003.

（9）Wayne G. Hammond with the assistance of Douglas A. Anderson, *J. R. R. Tolkien: A Descriptive Bibliography*. New Castle: Oak Knoll Books, 1993.

（10）コルネリウス・タキトゥス、國原吉之助訳『ゲルマニア　アグリコラ』（ちくま学芸文庫、一九九六）

（11）E. V. Gordon ed., *The Battle of Maldon*. London: Methuen, 1937.

（12）J. R. R. Tolkien, *Poems and Stories*. London: George Allen and Unwin, 1980.

（13）J. R. R Tolkien, *The Letters of J. R. R. Tolkien*, ed. by Humphrey Carpenter. London: George Allen and Unwin, 1981.

（14）J. R. R. Tolkien, 'Philology: General Works' in *The Year's Work in English Studies*. London: Oxford University Press, 1923.

（15）J. R. R. Tolkien, *The Monsters and the Critics and Other Essays*, ed. by Christopher Tolkien. London: George Allen and Unwin, 1983.

（16）John Earl and Charles Plummer eds., *Two of the Saxon Chronicles Parallel with Supplementary Extracts from the Others*. 2 vols. Oxford: Oxford University Press, 1899.

（17）Tom Shippey, *J. R. R. Tolkien: Author of the Century*. London: Harper Collins, 2001.

（18）Bertram Colgrave and R. A. B. Mynors eds., Rev. ed., *Bede's Ecclesiastical History of the English People*. Oxford: Clarendon, 1991.

（19）J. R. R. Tolkien, *Finn and Hengest: The Fragment and the Episode*, ed. by Alan Bliss. London: George Allen and Unwin, 1982.

主な登場人物相関図

自由の民

ホビット
ビルボ・バギンズ…フロドの養父
フロド・バギンズ…主人公。ビルボの養子
サムワイズ（サム）・ギャムジー…庭師。フロドの従者
メリアドク（メリー）・ブランディバック…フロドの友人
ペレグリン（ピピン）・トゥック…フロドの友人

人間
アラゴルン（馳夫）…ゴンドール王国の正統な王位継承者
ボロミア…ゴンドールの勇士
ファラミア…ゴンドールの勇士。ボロミアの弟
デネソール…ボロミアとファラミアの父。ゴンドールの執政
セオデン…ゴンドールの同盟国ローハンの王
エオメル…ローハンの勇士。セオデンの甥
エオウィン…エオメルの妹。のちにファラミアと結婚

旅の仲間

エルフ
エルロンド…裂け谷の王。半エルフ
アルウェン…エルロンドの娘。のちにアラゴルンと結婚
ガラドリエル…ロリアンの王ケレボルンの妃
レゴラス…闇の森のエルフ王の息子

ドワーフ
ギムリ…かつてビルボと旅をしたグローインの息子

魔法使
ガンダルフ…旅の仲間の指導者。中つ国の守護者
サルマン…アイゼンガルドの主人。サウロンと内通する

闇の勢力

モルドールの軍勢
サウロン…「支配する指輪」を鋳造した冥王
ナズグル（黒の騎手）たち…指輪の幽鬼。かつては人間の王だった
オーク鬼たち…闇の勢力に仕える凶暴で醜悪な魔物

その他
ゴクリ（スメアゴル）…指輪の魔力に取り憑かれ、醜悪な姿に変身したもとホビット

COLUMN

あらすじ

われわれの世界が中つ国《なか》と呼ばれていた神話の時代。ホビット族のビルボは、一一一歳の誕生日を迎えた夜、かつて冒険中に偶然手に入れた魔法の指輪を養子のフロドに譲り、ホビット庄を去る。時が巡ってある日、魔法使ガンダルフがフロドを訪れ、迫り来る危機を知らせる。フロドの指輪は、往古の世に冥王サウロンが邪悪な意志を封じ込めて鋳造した「支配する指輪」であるという。サウロンは、一度はその指輪を失って人間とエルフの同盟軍との戦いに敗れたものの、再びそれを手にして中つ国の覇権を握ろうと、闇の国モルドールから恐るべき追手たちを差し向けたのである。フロドは庭師のサムを従者に、指輪を持ってホビット庄を脱出する。まもなく秘密を知った友人のメリーとピピンが逃亡の旅に加わる。

ブリー村にたどり着いたホビットたちは、放浪の野伏《のぶせ》に身をやつした人間の王家の末裔、アラゴルンに出会う。そしてアラゴルンによる護衛と案内のもと、指輪の幽鬼ナズグルたちの襲撃をかろうじて振りきり、エルフの里、裂け谷に避難する。翌日、中つ国の運命を握る「支配する指輪」の取り扱いを話しあうために、裂け谷の王エルロンドがさまざまな種族の代表者たちからなる会議を招集する。用いることも、隠すことも、人力で破壊することもできないこの指輪をどうしたものか？　議論の末、サウロンの目を欺いてモルドールに潜入し、指輪が鋳造された滅びの山の火口に投じて破壊することが決まる。この使命を帯びた九人の旅の仲間が結成される。フロドを指輪保持者として、サム、メリー、ピピン、ガンダルフ、アラゴルンのほか、ゴンドールから来た人間の勇士ボロミア、エルフのレゴラス、ドワーフのギムリが加わる。こうして敵地モルドールを目指す危険な旅が始まる。

カラズラス山脈を越えようと試みる一行を、サウロンと内通するアイゼンガルドの魔法使サルマンが妨害する。やむをえず、山脈の地下を貫くモリアの坑道を通ったところ、思いがけぬ災いにあってガンダルフを失う。悲しみの中でエルフの森ロリアンにたどり着いた一行に、女王ガラドリエルが束の間の休息と癒しを与える。再び旅立って大河アンドゥインを下る一行を、今度はボロミアの変節と死が見舞う。追手のオーク鬼たちが迫る中、フロドとサムは他の仲間と別れ、怪人ゴクリの案内でモルドールへ向かう。

一方、アラゴルン、レゴラス、ギムリは、オーク鬼たちにさらわれたメリーとピピンを探索するうちに、騎馬戦士の国ローハンにまで達する。復活したガンダルフと合流したアラゴルンたちは、ローハンの年老いたセオデン王に協力してサルマンのオーク軍を打ち破る。廃虚と化したアイゼンガルドでピピン、メリーと再会すると、今度はサウロンの目を指輪保持者からそらすべく、闇の勢力に抗う同盟軍をゴンドールの都ミナス・ティリスに集結する。アラゴルンが率いる戦士たちとモルドールの大軍勢の決戦が火蓋を切るなか、フロドとサムはついに滅びの山の火口にたどり着く。フロドは土壇場で「支配する指輪」の誘惑に屈するものの、ゴクリの思いもよらぬ介入によって指輪の破壊がなされる。その瞬間、サウロンは完全に力を失い、モルドールの軍勢は敗退する。

アラゴルンはゴンドールの正統な王としてミナス・ティリスに凱旋し、中つ国全土に平和な治世をもたらす。フロド、サム、メリー、ピピンはホビット庄に帰郷し、留守中にそこを占拠していたサルマンと戦って勝利する。荒廃していたホビット庄は回復するものの、指輪保持者としてフロドが負った心と身体の傷はあまりにも深かった。フロドはビルボとガンダルフと共に、西方の楽土へ向かうエルフたちの船に乗って海を渡り、中つ国を永久に去る。ここに中つ国の第三紀が終わり、新しい時代、すなわち人間の時代が始まる。

（成瀬）

II

『指輪物語』と象徴的表現

心に残る名言

All that is gold does not glitter,
Not all those who wander are lost;
The old that is strong does not wither,
Deep roots are not reached by the frost.

（『旅の仲間』より）

日本語訳

すべての黄金が輝くわけではなく、
　すべての放浪者が道に迷っているわけではない。
古きものも力あれば衰えず、
　深く張った根に霜はとどかない。

解説

　引用の詩は、ビルボがアラゴルンについて歌ったもので、フロドはこれを裂け谷に避難した際に聞かされる。ものごとは見た目通りとは限らない。アラゴルンは馳夫《はせお》とあだ名される野伏《のぶせ》に身をやつし、中つ国の西境を闇の勢力から防衛している。しかし、何も知らない西境の人びとから怪しまれ、蔑まれているアラゴルンこそ、実はサウロンの指から「支配する指輪」を切り落としたイシルドゥア王子の末裔で、ゴンドール王国の正統な王位継承者なのである。

　アラゴルンという英雄の二面性は、無力に見える一人のホビットが中つ国の命運がかかる指輪投棄の使命を負う姿に重なる。アラゴルンとフロド――この二人の英雄を結ぶ共通点の一つは、他者のために身を低くして仕える者とならしめる「謙遜」である。

CHAPTER 4

『指輪物語』と根元的な悪

青木由紀子

図１　『旅の仲間』表紙（裂け谷。ジョン・ハウ画）

J・R・R・トールキンの『指輪物語』はいろいろな角度から読み解くことのできる作品だが、ここではトールキンが悪の問題をどのように扱っているかについて考えてみたい。

『指輪物語』は一九五四年から五五年にかけて、つまり第二次世界大戦後に出版されたが、物語の構想自体はそのはるか以前、一九三〇年代にさかのぼる。このため、この作品はトールキンが二三歳で従軍した第一次世界大戦の体験の産物でもあると指摘する研究者もいる（1―一二五頁）。いずれにせよ、トールキンは身をもって戦争という巨大な悪を体験したわけで、『指輪物語』にもこの戦争体験が落とした影を見てとることができる。それは何よりも、この物語が一つの時代が終わる前の最終戦争の物語として書かれていることに現れているし、その大きな戦争のなかで、自分たちが言わば将棋の駒にすぎないという感覚をアラゴルンのような英雄さえもが持つことには、トールキン自身の体験が色濃く反映しているのではないだろうか。

しかし、トールキンは戦争という形で悪を描いたとは言えない。戦士ベーオウルフの怪物や竜との戦いを描いた叙事詩『ベーオウルフ』の研究家であるトールキンにとって、戦いは悪ではなかった。『指輪物語』のなかでも、圧倒的な力を持つ冥王サウロンにたいして、自分たちの持てる力だけで正々堂々と立ち向かおうとするセオデン王やローハンの騎士たちの潔さに、トールキンは満腔の賞賛を表明しているように見える。無論『ベーオウルフ』の場合も、『指輪物語』の場合も、プラスの価値をもつととらえられているのは、防衛のための戦いであり、職業軍人同士とまで言えなくても、互いに自分の命をかけることを納得した者だけが戦闘に従事するという戦いである。

図２　『二つの塔』表紙（暗黒の塔。ジョン・ハウ画）

外なる悪

サウロンとその部下たち　それでは、トールキンは『指輪物語』のなかでどのような形で悪を描いているのか。問題は一見簡単に思える。主人公フロドの仲間たちが防衛のための戦争を戦う相手である冥王サウロンこそ悪であるに違いない。なにしろ「冥王（Dark Lord）」なのだから。しかし、そう思ってサウロンに注目してみると、不思議なことにサウロンの直接の言動は物語のなかでほとんど描写されていないことに気がつく。サウロンの意図や思考はもっぱらガンダルフやエルロンドによって説明される。そしてサウロンは一人の人物というよりは、一つの「眼」――すべてを見通し、強烈な意志を持つ眼――として描かれているのである。そしてサウロンの意志は、指輪の幽鬼である黒の乗手やオーク、トロル、南方や東方の人間たちなど、彼の部下たちによって実現される。

　黒の乗手は元は人間でありながら、指輪の力に支配されて不死身の幽鬼と成り果てた存在である。彼らに出会った人間やホビットは直感的に嫌悪と恐怖を覚える。視覚というより嗅覚をたよりに指輪を持つフロドを追跡するその姿は人間離れしており、彼らが個として描写されることはない。一方、超自然的な力を持たず、不死身でもないオークに関しては、常にその残酷さが強調される。彼らは人肉を食らい、人の苦しみを喜び、お互い同士でも憎みあってばかりいる。サウロンの国モルドールは「すべてよこしまなるものを引き寄せる」（2―一巻―一三一頁）ところであり、けんか、裏切り、残酷さばかりが横行する国なのである。戦争に際し、モルドール軍はゴンドールの砦ミナス・ティリスを大軍で取り囲み、ゴンドール軍の死者の首を弩《いしゆみ》の弾丸にして砦に放り込む。

> 次にもっと大量に投げられてきたものの中には、破壊力はなくとも、もっと身の毛のよだつものが、これまた雨霰と降ってくるのでした。……どれも燃えない小さな丸い弾丸でした。しかし何だろうと駆け寄った人々は大声を放つか啜り泣くのでした。なぜなら敵は、オスギリアスで、あるいはランマスの外壁で、あるいはペレンノール野で戦って死んだ者たちの首を全部都の中に投げ込んだのですか

（2―三巻―一九三頁）

ら。

サウロンと配下の者たちが、フロドや仲間たちにとって悪――外なる悪であることは明らかである。

サルマン　外なる悪として描かれるのはサウロンの部下たちだけではない。元は賢人会議の主宰者であり、最もすぐれた魔法使だったサルマンも、指輪に対する欲望に駆り立てられるまま、味方を裏切ってサウロンに内通したため、フロドたちの敵になってしまった。サルマンの場合は、サウロンと違い、その言動がはっきりと描写されている。サルマンは指輪のありかを突きとめるためにガンダルフをだまして呼びよせ、巧みな弁舌でガンダルフを自分の企みに引き込もうとするが、拒絶され、彼を高い塔に幽閉する。サルマンの特徴はことばで真実をねじ曲げ、人を操ることである。サルマンが虚言によって人を操ろうとする様は、エントたちの力により、サルマンの根拠地アイゼンガルドが水浸しになり、オルサンクの塔に閉じ込められたサルマンがセオデン王とガンダルフ相手に長口舌をふるう場面でも描かれている。

それでは、トールキンはこの物語のなかで悪をサウロンとその残酷な部下、そして裏切り者で嘘つきのサルマンという、外なる敵としてだけ描いているのだろうか。

内なる悪の可能性

勇士ボロミア　『指輪物語』は、登場人物がはっきりと善悪に分かれ、主人公とその味方が善であり、敵が悪であるというような単純な物語ではない。それを明らかにするために、ボロミアという人物をとりあげてみよう。ボロミアはゴンドールの執政デネソールの息子で、勇敢な戦士であり、選ばれた九人の「指輪の仲間」の一人である。「指輪の仲間」は指輪保持者であるフロドを助ける役割を担っているのだから、当然善の側の人物と言える。彼が勇敢で誇り高い戦士であることは繰りかえし書かれている。

「……ボロミアもそうであった。武勇の人であった。そしてそれゆえにかれはゴンドールの最良の人物と目されていた。そして事実かれは非常に勇敢であった。もう久しきにわたってミナス・ティリスにはこれほど艱難に耐え、これほど勇敢に戦い、あるいは大角笛をこれほど力強く吹き鳴らす世継はおらなかった。」（2—七巻—一九一頁）

しかし、ボロミアは古くから伝わる伝承にはあまり重きを置かない。また、エルフ族を尊重する度合いが、他の登場人物に比べ低い。エルフは古い高貴な種族であり、知恵に優れていて、フロドやサムはエルフを崇拝し、その詩歌をこの世ならぬものと評価するが、ボロミアにはこのような面はない。ボロミアの価値観は一元的である。彼は軍人らしい合理主義者、現実主義者なのだ。最初に登場したエルロンドの館での会議の場面からすでに、ボロミアは一つの指輪の力を味方のために使ってはなぜいけないのか、という疑問を口にする。

「なぜみなさんは隠すだの、破壊するだのということばかりを話されるのか？　なぜわれわれは、この大いなる指輪が、今やこの危急存亡の時にあたって、われわれに役立つべく、われわれの手中にはいったと考えてはならぬのか？　これを用いれば、自由なる民の自由なる王たちは必ず敵を破ることができましょう。かれが最も恐れているのはそこだと、わたくしは存じますが……勇気に必要なのはまず力です。それから武器です。その指輪に仰せのような力があるのなら、それをあなたがたの武器にされるがよい。それを使って、勝利へ邁進いたしましょうぞ！」（2—三巻—一二七頁）

これにたいしてエルロンドは、この指輪は持つ者を腐敗させ、必ず悪へと引きずり込むのだ、と答える。力ある賢者が、自由な民のためにサウロンを倒すという「善い」目的で指輪を使うとしても、その結果は第二のサウロンを生むだけだ、というのである。しかし、ボロミアはエルロンドの言うことに心から納得できなかった。ボロミアはフロドとともに旅の一行に加わり、何度も献身的な働きをするが、指輪を正義の目的のために使うという考えを捨てきれず、ついには指輪を自分のものにしようとして、フロドに襲いかかる。ボロミアのような考え方は現実の世界ではよく見かけられるものだ。トールキン自身、「著者ことわりがき」のなかで、物語が現実の戦争をなぞるのであれば「きっと指輪は押収され、サウロンと戦うために用いられたはずである」（2—九巻—三三九頁）と述べている。

ボロミアの躓き　ボロミアがエルロンドの言葉に納得できなかったのは、彼が自分のなかに悪がありうることを意識しなかったからだと思われる。フロドとの破局の場面でボロミアは次のように言う。

「だが各自、分に応じて動くもの。誠ある人間は堕落しませんぞ。われわれミナス・ティリスの人間は、長年の試練に耐えて節操を失わずに通してきたのだ。われわれは魔法使諸公の所有する力を望んでいるのではない。ただ自らを守る力、正義のための力が欲しいのだ。」（2―四巻―一九〇頁）

強大な外敵に圧倒されながら、その軍門に降ろうとせず、士気を保ってきたことをボロミアは「堕落」せず、「節操を通してきた」ことと考えている。もちろんそれは正しい。しかし、ボロミアは自分のなかの「悪」――内なる敵の可能性に気づいていなかった。自分こそは正義であり、善であると思いこんでいる人間は必ず、自分に劣る他の者たちは、必要があれば「正義のために」犠牲にしてもやむを得ないと考えるようになるのではないだろうか。しかし、正義のためであろうとなかろうと、それは強い者が強さにまかせて、自分の意志を押し通すために弱い者の意志を踏みにじるということで、本質的には冥王サウロンがしていることと変わらない。

フロドに向かって先の台詞を口にした直後、ボロミアは、体格的にも体力的にもまったく勝負にならないホビットのフロドから力ずくで指輪を奪おうとする。ただ、ボロミアはすぐに自らの行為を悔いて、オークの大軍から若いホビット、メリーとピピンを守ろうとして命を落とすのだが。

ボロミアが卑劣な、悪しき振る舞いに及んだのは、対サウロン戦争に勝つという「正しい」「善い」目的のためだった。そして、サルマンの裏切りも、もともとはサウロンに打ち勝つために、賢人会議の主催者であり、だれよりも位の高い魔法使である自分が指輪を手に入れようとしたことに端を発していたのである。こうして本来正義の味方だったはずの個人が悪の道に踏みこんでいく様を描くことによって、トールキンはすべての人間のなかに悪の可能性が潜むことを指摘しているように思われる。次に述べるように、このことは『指輪物語』のなかで別の仕方でも明らかにされている。

〈対〉となる人物群

図３　『王の帰還』表紙（ミナス・ティリス。ジョン・ハウ画）

ボロミアとファラミア　『指輪物語』に二人一組で〈対〉になっている人物が何組も登場することはつとに指摘されてきた（3―一二二頁以降）。非常によく似ていながら決定的に違う二人の人物がペアで登場するのである。ここでその意味を考えてみよう。たとえば、先に問題にしたボロミアにはファラミアという弟がいる。このファラミアはボロミアに「非常によく似ている」が、そこには違いもある。

　かれ［フロド］は心の底では、ファラミアがたとえ見たところはその兄に非常によく似ているとはいえ、兄ほど利己的ではなく、また同時により厳格であり、より賢明でもあると感じていました。

（2―七巻―一五九頁）

そしてファラミアはフロドと出会った時、指輪を奪おうとすれば奪える状況にありながら、むしろ指輪を自分にとって危険なものと判断し、指輪保持者フロドに同情と敬意を示すのである。そのうえファラミアはボロミアと違い、エルフや古伝承にも関心を持つ。戦いに勝つことだけをめざすのではなく、古代の英雄たちのように寛大さや慈しみを兼ねそなえることに価値を見いだすと言ってもよい。

　ボロミアとファラミアの他にも、〈対〉をなす人物として、この兄弟の父でゴンドールの執政であるデネソールとロハンの王セオデン、魔法使ガンダルフと魔法使サルマンなどを挙げることができるだろう。デネソール（Denethor）とセオデン（Theoden）についてジェーン・チャンスは、彼らがともにゲルマン的支配者であり、その名がほとんど互いにアナグラムになっていることを指摘している（3―一二二頁）が、このことは二人が本来同一人物であることを暗示している。セオデン王は、サルマンの密偵蛇の舌の妄言によって気力を失ってしまっていたが、ガンダルフが蛇の舌を退けると、本来の気力を取り戻す。それからのセオデン王が、勇猛果敢であると同時に情け深く、誠実な老戦士として、最後の戦いに出陣するのに対し、魔法使を思わせる知恵と底知れなさを持つ老人である執政デネソールは、ボロミアが指輪を自分のところにもたらさなかったことを公然と嘆く。そして最後は狂気に陥って、瀕死のファラミアと一緒に墓所に閉じこもり、自ら火を放って死のうとするのである。

ガンダルフとサルマンの外見がよく似ていることは物語のなかで何度か言及されているが、アラゴルン、レゴラス、ギムリの三人が復活後のガンダルフをサルマンと見誤って攻撃を仕掛ける場面が最もそのことをよく表している（2―五巻―一九八―二〇四頁）。そしてこれらの〈対〉はいずれも片方が悪に傾き、他方は善の側に踏みとどまるというように描かれている。先の場面でも、三人がガンダルフを本人と認めた後で、ガンダルフが以前のように灰色ではなく、白を身にまとっていることをギムリが指摘すると、ガンダルフはそれを肯定して「げにわしはサルマンだといってもよかろう。当然しかるべき筈であったサルマンなのじゃ」（2―五巻―二〇四頁）と答えるのである。

メリーとピピン　あるいは、これら〈対〉をなす人物群のなかに二人の若いホビット、メリーとピピンを加えることもできるかもしれない。この二人のホビットの違いは初めのうちはあまりはっきりしないが、注意深く読んでいくと、同じように陽気で、おいしいものに目がない二人をトールキンが細心に描き分けていることがわかる。マリオン・ジマー・ブラッドリーはメリーとピピンについて論じるなかで、ピピンがボロミアに尊敬の念を抱き、「ガンダルフに対してつねに反抗的」であることを指摘し、一方メリーは「ピピンより……分別もあって物静か」だと述べている（4―一二八―一二九頁）。そしてピピンはアイゼンガルドの廃墟で蛇の舌が一行に投げつけたパランティアという遠くの物が見える石をガンダルフの枕元からこっそり盗み出して、のぞいてしまうのだ。無論ピピンがこれをしたのはただの好奇心からのことで、サウロンと直接顔を合わせる（これはサウロンの行為が直接に語られる希有な例である）という恐ろしい経験をしたあげく、ガンダルフに叱責されてピピンはすっかり改悛する。しかし、見方を変えてみると、ピピンはパランティアに触るなというガンダルフの命令に背いたのである。してはならないこととわかっていたのに、その石が見たいという自分の欲望にピピンが負けてしまったことは、ガンダルフが彼に向かって言う台詞に明らかである。

「あんたは自分がまちがったこと、ばかなことをしてるのを知っておった。自分にもそういい聞かせたはずじゃ。もっとも自分の声に耳を傾けはしなかったがね。」（2―六巻―一二―一三頁）

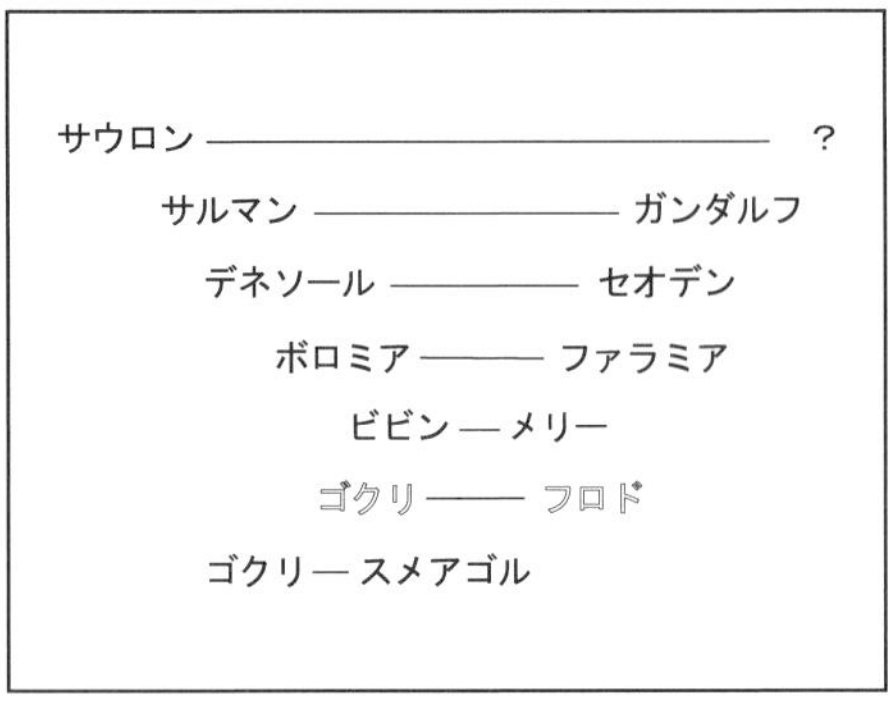

図4 『指輪物語』における〈対〉となる人物群

その意味で、ピピンのしたことは、規模はずっと小さくてもボロミアのしたことと同じなのだ。二人は、すべきことよりしたいこと——自分の意志の方を優先させたのである。一方メリーはファラミアのように実際に誘惑にさらされたわけではないが、悪の道に足を踏み入れることはない。メリーも命令に背くが、それは戦闘に参加してはならないというセオデン王の慈悲に基づく命令に背いたのであり、敬愛する王の側を離れたくないという愛に基づいた行為だった。ピピンがデネソール候に、メリーがセオデン王にそれぞれ臣従を誓うのは偶然の組み合わせではない。

こうしてみると、トールキンが、ごくわずかな違いしかない、言わばミニマル・ペアともいうべきメリーとピピンの〈対〉から始まって、強大な力を持つ魔法使同士であるガンダルフとサルマンの〈対〉にいたる数組の〈対〉を並べて、すべきこととしたいこと、どちらの行為を選ぶかに際し、エゴイズムに屈した場合と踏み止まった場合を対照させていることがわかる。これによってトールキンが言いたかったことは、あらゆる人間のなかに善悪二つの可能性がある、ということではないだろうか。同じような力を持ち、同じような容貌をしている、ということは、ある意味で同一人物である、とも考えられるわけで、これらの〈対〉を通じてトールキンは、同じ人間が悪にも善にも傾きうるということを強調したかったと考えてよいだろう。

フロドとゴクリ　ところで、主人公フロドにも、同じように〈対〉の片割れとなる人物がいる。それはゴクリである。一見すると、蜘蛛のような、あるいはぺちゃんこになったカエルのようなゴクリは、ふっくらした快活なホビットとは似ても似つかぬ存在のように思われるが、フロドが旅立つ前に魔法使ガンダルフは、ゴクリがホビット族の末裔と思われる、という話をして聞かせる。フロドはそんなことは信じられない、とむきになって否定するが、ガンダルフは、ゴクリの身に起こったことは「他の者にだって起こりえたじゃろうよ。わしの知り合いのホビットたちにだって、な」(2—一巻—一二一頁)と言う。そしてフロドとサムが二人きりで旅を続けていた時に、二人はゴクリに出会い、彼に道案内をさせることになるが、その時のフロドとゴクリはこんなふうに描写される。

しかしこの二人はある意味では同類でした。異質のものではありませんでした。二人は互いに相手の

心に届くことができました。　　　　　　　　　　　　　　　　　（2―七巻―四八頁）

ゴクリはフロドたちと旅をするうちに、少しずつ変わっていく。ゴクリ自身が「スメアゴル」（これが彼の本来の名前である）と「ゴクリ」という二つの人格に分かれているのだが、スメアゴルのほうは少し改悛して、誠実さを見せるようになる。そして疲れ果てたフロドがサムの膝に頭を乗せ、サムと二人で眠っているところを見た彼は、奇妙な表情を浮かべ、ほとんど老いたホビットのように見えた、と書かれている。

それから彼はまた戻って来て、震える片手をゆっくり差し出し、そっと用心深くフロドの膝に触りました――しかしその触り方はほとんどやさしい愛撫といってもいいほどのものでした。この束の間、眠っている二人のうちのどちらかにかれの姿が見えたとすれば、目の前にいるのは年老いて疲れ果てたホビットと思ったでしょう。　　　　　　　　　　　　　　　　　（2―七巻―二七八頁）

このゴクリの姿に、フロドが裂け谷で再会したビルボ――安楽な暮らしはしているが、時折記憶も混乱し、始終居眠りをしている老いたビルボ――を重ねることもそれほど無理ではあるまい。しかし、目を覚ましたサムのきつい言葉に、ゴクリはすねてしまい、それ以降このような姿を見せることはない。そして結局フロドたちを裏切り、シェロブという太古の大蜘蛛に彼らを引き渡そうとするのである。このようにゴクリ自身が、人間のなかにある善悪の二面性を表しているのだが、一方、フロドのほうも指輪の魔力にある意味ですっかりとらわれてしまっており、善悪両方の面を持っている。フロドは指輪を破壊するために滅びの山に行くという使命を諦めはしないものの、フロドが死んだものと思ったサムが指輪を手にし、そのあとでフロドに返そうとする場面では、浅ましい様子をあらわにする。

「だめだ、だめだ！」フロドはそう叫ぶと、サムの手から指輪のついた鎖をひったくりました。「だめだ、いけない、この盗っ人め！」かれは息を切らしながら、恐怖と敵意に大きく見開かれた目でサムを睨みつけました。　　　　　　　　　　　　　　　　　（2―九巻―四五頁）

そして、最後の最後、滅びの亀裂に指輪を投じるチャンスがようやく訪れた時、フロドは誘惑に屈し、指輪を我がものにしようとするのである。

「わたしは来た。」と、かれはいいました。「だが、わたしがここに来てするはずだったことを、もうし

ないことにした。そのことをするつもりはない。指輪はわたしのものだ！」（2―九巻―一二五頁）

このフロドに飛びかかって、指輪を奪い取り、それを持ったまま、はずみで亀裂のなかに落ち込んでいった――そして指輪を滅ぼした――のはゴクリであった。

フロドとゴクリがそれぞれさらに二人の人物に分かれる（フロドの場合はそれほどはっきりしていないが）ということは、生きているかぎり、人間には選択がつきまとうことを表していると考えられる。一度自分の悪しき意志を抑えて正しい道を選んでも、行く手にはまた新たな選択が立ちあらわれ、話はまた振り出しに戻るのである。そしてフロドは最後の選択で失敗するのだ。この結末は、自分のうちに潜む悪の可能性を発現させず、すべきことのみをするのがいかに難しいかということを物語っている。フロドは善い「人間」であったが、結局は「人間」であって、究極の誘惑には勝てなかった。しかし、「人間」にできなかったことが、ここでは「偶然」によって、いや「偶然」ではなく、トールキンがいくつかの場所でその存在をほのめかしている〈大いなる力〉によって成就させられているのである。

さて、ここで気づくのは、究極の敵であり、フロドたちにとって外なる悪の首魁であるサウロンに〈対〉となる人物のいないことである。これは何を意味するのだろうか。

サウロンとは誰か

〈対〉をつくらないサウロン　まず、〈対〉となる二人の人物は互いに非常によく似ている一方で決定的に違うことから、一人の人物の二つの可能性と考えることができた。ある行為をするかしないかに関して、それがまちがったことであっても自分の欲望ないし意志を優先するか、それとも自分を抑えることができるかの選択によって生じる二つの可能性が二人の人物として表されているのである。言い換えれば、選択の余地がなければ可能性は一つしか残されない。

サウロンも初めから完全な悪だったわけではない、とエルロンドは語っている（2―三巻―一二八頁）が、少なくとも〈一つの指輪〉を造りあげた段階でサウロンは自分の意志、欲望をまったく抑えない存在になったのではないだろうか。なぜなら、〈一つの指輪〉は人びとの意志を曲げ、自分の意志に従わせる力を持つからである。この指輪を作った時、サウロンは持てる力の多くをそれに注ぎ込んだとされている。サウロンは他者の意志を自分に従わせる力を、指輪に封じ込めることにより、固定的なものにしたのである。これ以降、サウロンにはもはや選択はなかった。他者を屈従させようとする悪しき意志が唯一のものとなり、それ以外の意志が彼にとって存在しなくなったからである。サウロンは指輪を作った時に、選択の自由を持つ存在であることをやめたと言える。だからこそ、もう一つの道を選んだサウロンとなるべき人物、「あるべき筈であった」サウロンは存在しないのである。

サウロンが選択の自由を持たないことは、最初に触れたように彼の意志・行動が直接描かれないことと密接に関連する。古典的な物語において、読者は登場人物の意志や行動が予測不可能だからこそストーリーの続きを読みたいと思うのであり、その人物の意志・行動がすべて決定済みで、一〇〇パーセント予測通りだとしたら、読者がページを繰る必要はないのだ。したがってサウロンがあらゆる存在を従属させ、己の意のままにしたいと望み、その意志が〈一つの指輪〉として固定され、不変のものとなった時、もはやサウロンの意志を改めて描く必要はない。サウロンはある意味で、滅ぼされないかぎり永遠に同じものを望み、欲しつづける「機械《マシーナリー》」になったのである。「あの巨大な砦、武器庫、牢獄、大工炉をかねるバラド＝ドゥア、すなわち暗黒の塔」（2—六巻—一二〇頁）はサウロン自身の適切な比喩となっている。サウロンは、改悛の機会を与えられ、迷いながらも結局それを拒絶するサルマンとは違う。ガンダルフは、エントたちによってアイゼンガルドの塔に追いつめられたサルマンに最後の機会を与え、「自由に」塔を去ってもよい、と言うが、サルマンは自尊心と憎悪に負けて「おのが古い陰謀の結果をかみしめることを選ぶ」（2—六巻—一七五頁）のである。

意志の自由と悪　このように、トールキンは一貫して、選択の自由とその結果が善悪をもたらすことを描いている。実はこれはカントの悪に関する考え方に非常に近い。カントは『たんなる理性の限界内の宗教』において、人間が自由な存在である限り、道徳は宗教と無関係に成立する（5—七頁）と主張し、悪を生み出せるのは選択の自由を持つ人間だけだと述べる。

人間は道徳的意味において何であろうと、善にせよ悪にせよ、人間はそれに自分自身でなるにちがいない、あるいはなったにちがいないのである。善も悪も自由な選択意志の結果でなければならないのであって、さもなければ、どちらも人間の責任に帰することはできまいし、したがって人間は道徳的には善でも悪でもありえないことになろうからである。（5―五九頁）

そして、

道徳法則を免れた、いわば悪意ある理性なるものは（端的に悪い意志は）、それにより法則そのものへの反抗が動機にまで高められてしまい（……）、かくして主体が悪魔的存在者とされてしまおう……（5―四七頁）

と述べ、このような主体はもはや人間ではあり得ないと言うが、これはまさにサウロンのあり方に他ならない。サウロンはあらゆる存在の意志を己の意志に屈従させることを欲し、〈一つの指輪〉を造り、そのことによっていかなる道徳法則よりも己の意志が優先するという意志を明らかにしたからである。

引用文献

（1）Mark T. Hooker, 'Frodo's Batman' *Tolkien Studies: An Annual Scholarly Review*, Vol. 1. Morgantown: West Virginia University Press, 2004.
（2）J・R・R・トールキン、瀬田貞二・田中明子訳『新版　指輪物語』一～九巻（評論社文庫、一九九二）
（3）Jane Chance, 'The Lord of the Rings: Tolkien's Epic' *Understanding The Lord of the Rings*. New York: Houghton Mifflin, 2004.
（4）マリオン・ジマー・ブラッドリー、安野玲訳「人間と小さい人と英雄崇拝」『ユリイカ』第三四巻第六号、総特集『指輪物語』の世界（青土社、二〇〇二）
（5）イマニュエル・カント、北岡武司訳『たんなる理性の限界内の宗教』カント全集一〇（岩波書店、二〇〇〇）

COLUMN

トールキンとC・S・ルイス

トールキンは、彼の親友であり、異次元世界を舞台とするファンタジー七部作〈ナルニア国ものがたり〉(**The Chronicles of Narnia, 1950–56**)の作者として知られるC・S・ルイス(**Clive Staples Lewis, 1898–1963**)としばしば比較される。ルイスが「トールキンに影響を及ぼした者は誰一人いない――『鏡の国のアリス』に出てくる謎の生物」バンダースナッチに影響を与えようとする方が、まだ見込みがあるだろう」と評していることからも伺えるように、トールキンがルイスに与えた影響の方が、その逆よりもはるかに大きかった。

二人が初めて出会った場所は、一九二六年五月一一日にオックスフォード大学でもたれた英文科のカリキュラム改訂を討議する教授会だったようである。ルイスは日記にトールキンの印象をうさん臭げにこう記している。「人あたりのいい青白い顔の能弁な小男で、スペンサーの詩がその形式のために理解できず、言語こそ大学で学ぶべき本当の学問だと考えている。」中世・ルネッサンス文学を専門とするルイスと言語学を専門とするトールキンは、カリキュラム改訂をめぐって、最初は異なる立場をとっていた。しかしまもなく、それぞれの学識の深さと洞察力に加えて、北欧神話と中世文学への共感がお互いを引きつけ、友情が芽生えた。

トールキンは敬虔なローマ・カトリック教徒、一方、当時のルイスは無神論者であった。ルイスの考えでは、キリスト教は神の死と復活を物語る他の多くの異教と同様に単なる神話、つまり「作り話」にすぎず、キリストを救い主として信じることがどうしてもできなかった。しかし一九三一年のある夜、転機が訪れる。トールキンはルイスにこう説いた――異教の神話は事実そのものではないにしても、人間の想像力に投影された神の真理の断片を宿している……そしてキリストの生涯は歴史上、唯一事実となった神話なのだ――と。トールキンの言葉をルイスは受け入れ、まもなく回心してイギリス国教会の信徒になった。さらには、ラジオ講演や数多くの著作を通して、生涯にわたって(超教派的な視点から)キリスト教の伝道に力を注いだ。

神話を――特にキリスト教の神話を――信じる作家として、トールキンとルイスは宇宙観、善悪観、創作態度などを共有していた。たとえば、トールキンの『シルマリルの物語』では、唯一神エル(イルーヴァタール)の使命を帯びた天使的な存在アイヌアが歌う「歌」によって、エア(世界)が虚空の中に創造される。ルイスの『魔術師のおい』(*The Magician's Nephew*, 1955)では、偉大なライオン、アスランの「歌」によって異次元世界ナルニアが創造される。言うまでもなく、これらの創造神話は神の「言葉」による天地創造を物語る旧約聖書の創世記を基にしている。

すべての被造物は本来「善きもの」として祝福されており、堕落した者でさえも創造主の秘められた計画のために存在しているという信仰が、トールキンとルイスの作品のあちこちに反映している。また彼らの作品においては、登場人物たちは善だけでなく、悪を選択しうる自由意志を持っていることが強調される。冥王サウロンでさえも、自らの傲慢によって堕落する前は、下級天使的な存在であるマイアールの一人であった。

悪の可能性を内包する自由意志を神が敢えて被造物に与えた理由について、ルイスは『キリスト教の精髄』（*Mere Christianity*, 1952）の中で次のように推測している。「自由意志は悪を可能にするが、持つに値するいかなる愛、善、喜びを可能にするのもまた自由意志だけなのである。生き物が機械のように動く自動人形の世界は、創造する価値などほとんどなかっただろう。」

トールキンとルイスは神話に宿る「真理の輝き」に魅了されていた。そしてこの物語を越えたものを表現するために物語を書いた。「言葉」によって天地を創造した神の業を模倣して、人間が「言葉」によって神話をつくる――トールキンはそれを「準創造」と呼ぶ。彼はエッセイ「妖精物語について」の結びで、「ファンタジーの創作において、人は神が創造された世界がさらに葉をのばし、豊かになる手伝いを実際にしているのだ、と敢えて推測してもよいのではないだろうか」と述べている。

一九四〇年代後半から、トールキンはルイスとの間に徐々に距離を置くようになったと言われている。ルイスとチャールズ・ウィリアムズの親交、〈ナルニア国ものがたり〉に見られる『指輪物語』のいささか不本意な影響、ルイスが離婚歴のある女性と密かに結婚したことなどが原因であったらしい。しかし六三年のルイスの死は、トールキンに深い悲しみをもたらした。「今までわたしは同年輩の人間が持つ月並みな気持ちを抱いて生きてきた――一枚一枚、葉を失ってゆく古木のような気持ちだ。だが、これは根元近くに打ち込まれた斧の一撃のようだ」とトールキンは娘のプリシラに告白している。六五年にあるアメリカの学者に宛てた手紙の中では、「ルイスの激励がなかったら、『指輪物語』の完成も出版も絶対にありえなかったでしょう」と、最大限の謝意を表明している。

（成瀬）

CHAPTER 5

トールキンの洞窟表象

水の洞窟と火の洞窟

井辻朱美

John Ronald Reuel Tolkien

はじめに

トールキンの二つの物語『ホビットの冒険』と『指輪物語』を旅するなかで、わたしたちは多くの洞窟——トンネルに出会う。旅のとちゅうに挿入されるそれらのほの暗い場所は、わたしたちの中に、闇への恐れやこだまの不思議といった太古の想像力を呼びさます。そもそも主人公のホビット自身が穴住まいである。丘の横腹にくりぬかれたアリの巣穴のような居心地のよいトンネルが、ホビットの家だ。この洞穴は多くの窓を持つ明るい場所で、すっかり〈家〉化されてはいるが、穏健なホビットの中に、荒々しい自然と武勲の世界への憧れがまだ残っていることをほのめかすかのようだ。ビルボとフロドは、わが家のそうしたルーツを探りあてるために旅に出て、多くの洞窟を踏破し、洞窟の達人となって、〈袋小路屋敷〉に帰ってくるが、そこはもはや以前の永住の地ではない。かれらは大地の母胎を去って、海原へ帰ってゆくのである。

旅に出たビルボが体験する洞窟をたどってみよう。首尾よく落命させたトロルの岩屋（食べ物と武器を獲得）から、ゴブリンの洞穴へ、そこから迷いこんだ地下洞窟でゴクリと遭遇（指輪を獲得）、森エルフの王の岩屋からドワーフらを助け出し、酒蔵の樽に詰めこんで地下水路から脱出、最後に竜のスマウグの住む山の中の洞窟へと入りこむ。最後にはスマウグも、かれを仇と狙ったトーリンも落命する。

危険な洞窟　いっぽう『指輪物語』のフロドらは第一部『旅の仲間』でトンネルをくぐって旅に出たあと、塚人にはだか山古墳の中にひきこまれてメリー、ピピン、サムが落命（しかけるが、武器を調達）。その間に魔法使ガンダルフは、サルマンとの一騎打ちに敗れ、アイゼンガルドのオルサンクの塔に幽閉されている。この谷間には坑を掘って地下工場が作られ、武器やウルク＝ハイなどのおぞましい改造怪物が作り出されている。ここも監獄的な洞窟と言えよう。さらに旅の仲間の最初の大試練は、カラズラス山脈中のモリア坑道を通りぬけることだが、ここはドワーフの洞窟宮殿の廃虚で、かつてバーリンを落命させた奈落に住む火の妖魔バルログのために、ガンダルフが落命する（かに見える）。ここまで見ただけでも、洞窟がけんのんな場所であることはよくわかる。

第二部『二つの塔』では、旅の仲間の分裂後、指輪所持者フロドとサムがゴンドールのファラミアに出会い、秘密の岩穴――ヘンネス・アンヌーン――に招待される。幸いに食事と寝床のふるまいにあずかるが、ファラミアの人格次第ではどう転んだかわからない危険な遭遇である。続いてふたりはゴクリの案内でキリス・ウンゴルの地下の洞窟に入りこみ、フロドは大蜘蛛シェロブに襲われて落命（したかに見える）。いっぽうアラゴルン、ギムリ、レゴラスはヘルム峡谷の戦いに参加し、ギムリはその側のアグラロンド――燦《さん》光洞――を発見し、その美しさに驚嘆する。

第三部『王の帰還』でアラゴルンは、援軍を求めて〈死者の道〉を通りぬける。地底種族であるドワーフのギムリさえ二の足を踏むこの地下道には、かつてアラゴルンの祖先に立てた誓いを裏切り、落命後も浮かばれずにいる霊の軍勢が解放を待ち望んでいた。この死霊軍を召集したかれは山の向こうに抜け出る。大詰めでフロド、サム、ゴクリは滅びの山にたどりついて、火口に指輪を投じ、ゴクリが指輪の道連れになって落命する（洞窟に関しては「落命」という事象がかなり多いことに気づくだろう）。

『ホビットの冒険』と『指輪物語』の二つの物語の洞窟には、興味深い対応が見られる。『指輪物語』のほうがスケールアップしているが、武器調達に利用されたトロルの岩屋が塚人の墳墓となり、「歯車や機械じかけや火薬がもともと大の好物だったばかりか、なるべく手を使わないですむ点からも気にいっていた」（1―二七―二八頁）ゴブリンの岩屋が、サルマンの作ったオーク（＝ゴブリン）の城砦になり、川岸にあって水が流れ出す洞窟という点では、森エルフの王の岩屋とヘンネス・アンヌーンが対応する。スマウグの洞穴とシェロブの洞窟は、どちらも迷宮の奥に怪物が住むミノタウロス・パターンを持つ。両者とも周囲に階段が多いことが強調されていて、人間の手の加わった迷宮であることがわかる。冒険の終点では、ビルボがはなれ山の竜の洞窟から宝をひとつ盗み出したため、火竜が怒って谷間の町を炎上させるし、『指輪物語』の終点の滅びの山は、火口に指輪が投げこまれた結果、大噴火を起こす。

　これらの洞窟を、もう少し細かくながめてゆくことにしよう。

水と火

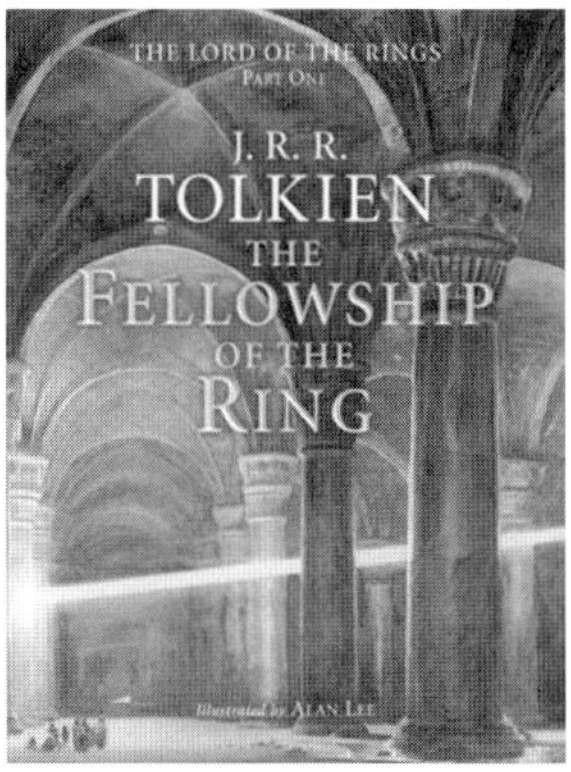

図１　『旅の仲間』表紙（モリアの地下宮殿。アラン・リー画）

二つの洞窟　洞窟はおおざっぱに見て「水の洞窟」と「火の洞窟」に大別できるように思われる。水に縁のある洞窟と、火山や火を噴く洞窟である。ゴクリの住んでいたのは、地下湖で魚がとれる水の洞窟であり、ここでビルボは指輪を獲得する。エルフ王の岩屋の地下には川が通っていてこれが脱出路となり、〈死者の道〉の出口のわきには「冷たい音を響かせながら、たくさんの滝になって流れ落ちて行」く川が流れており、この川は港に通じ、そこで死霊たちが主君のためにモルドール勢の船団をのっとる。

　水火の要素が時間軸上で入れ替わる場合もある。モリアの坑道は、もともと鏡の湖を擁した水の洞窟であったが、ドワーフらが滅ぼされた後、バルログが住んで火の洞窟と化した。逆に溶鉱炉や鍛冶場のある火の場所であったオルサンクは、エントたちに水攻めにされて陥落する。はなれ山もかつてはドワーフの宮殿が掘りこまれていた場所だが、スマウグにのっとられたため、岩壁には洞穴のような口が開いていて、「早せ川の滝つ瀬が、おどり出て」いるとともに、「同じその口から、一すじの湯気と、一すじの黒い煙とが、流れ出て」いる。この水と火の共存は、旧住民ドワーフの宝を守っている現在の住民、火竜スマウグという存在をよくあらわしている。

　こうしてながめてみると、洞窟は運命転換の危険な場所ではあるが、水の洞窟のほうが主人公らにとって好ましい意味合いを持つようだ。洞窟の権威であるドワーフの理想の洞窟論をきこう。

　広大な大広間がいくつもいくつもあって、それがりんりんと鈴のような音を立てて滴り落ち池となる、尽きることのない水の音楽に充たされているんだ。その池の美しいこと、星明かりに照らされたケレド＝ザラムにも並ぶくらいだ。
　そしてね、レゴラス、炬火に火が点され人々がこだまする円天井の下の砂の床を歩くだろう、ああ！　するとね、レゴラス、宝石や水晶や貴金属の鉱脈が磨かれた壁面に現れてぴかぴか光るのだ。それから襞のある大理石を透して明かりが見えるのだ。ちょうど貝殻を透すようにね。……（中略）……白に鮮やかなサフランの黄色、暁のばら色、それらが夢のような形にねじれたり、溝がついたりしてるのだ。それらの柱はさまざまな色合いの床からにょきにょきとのびて、天井から下がっているきらめく吊飾りと出会っててね。その吊り飾りは、翼のように張り出してるのもあり、ロープのように垂れてるのもある。また凍った雲とも見紛うばかりの目の細かなカーテンもある。槍があり旗があり、吊下げられた宮殿の尖塔がある！　静まりかえった湖がそれを映してるんだ。ちらちらと光を放つ世界が透明なガラスでおおわれた暗い池から上を見てるんだ。町また町。ドゥリンがその眠りにおいてすらほとんど想像もできなかったような町が大通りを通り、柱で支えた中庭を通り、どこまでも続き、しまいにどんな光も届かぬ暗い奥のくぼみに終わる。それからポツン！　銀の雫が一滴落ちる。すると硝子に円い波紋が広がって、塔という塔がゆがみ、まるで海の岩屋の中の海藻や珊瑚のように揺らぐのだ。やがて夕方がくる。すると水の中の姿は光が薄れ、きらめきも消える。炬火は別の部屋、別の夢の中にはいっていく。

（2―一〇二―〇三頁）

涼しい洞窟　これはギムリが、ヘルム峡谷の戦いのあとで見つけた燦光洞について、熱弁をふるうくだりである。よほど気に入ったのか、かれは指輪戦争ののちここへ戻って主となる。トールキンのドワーフは地下種族であり、洞窟を宮殿としてこよなく愛している。それはむろん工人の手が加わって完成される洞窟だが、基本的には石筍や鍾乳石が調度のように居並ぶ天然の大広間である。また注目したいのは、この記述の中で、水の音楽とともに光の反射、反映が最大の美点とされていることだ。モリアの坑道（カザド＝ドゥム）にも鏡の湖があって、そこにはドワーフの父祖ドゥリンの冠の光が浮かぶが、洞窟は「昔は少しも暗くはなく……（中略）……目もあやな美しさと光に満ちて」いた。

鉱石や貴金属は、熱いマグマを秘めた大地の胎内で生まれるものだから、そのような炎の鍛冶場こそドワーフにとっての生き甲斐かと思われるのだが、トールキンのドワーフ、ギムリが讃える洞窟にはふしぎと涼しさが漂っている。

水のしずかな滴りが鍾乳石を生み、石筍を生む。このたたずまいは火山活動が一瞬に作り出すものというよりも、むしろ水によるゆるやかな変成、変化が生み出した水性の洞窟のものなのである。さらにここには鏡のような地底湖が欠かせない。

ドワーフ族の七人の父祖は、創造主イルーヴァタールではなくヴァラールのひとりアウレによって創造される。かれらは生命のない自動人形のような存在で、地底で眠りについていたが、イルーヴァタールの息吹きによって目覚める。ほの暗い地の底における目覚め。無意識の場所における意識の出現。それはみずからをのぞきこむ、水鏡の反映によって示されていはしないだろうか。

エルフの貴妃ガラドリエルも水鏡を扱い、未来を見、予知を行う。エルフ族はイルーヴァタールの被造物であり、木の上や森を好んでドワーフ族とは相性が悪いが、ギムリがガラドリエルひとりには心を許し、その金髪のひとふさを所望するほど熱烈な崇拝者になるのは、彼女の〈水鏡〉ゆえではなかったのだろうか。

洞窟という建築　これらの水性の洞窟に関して背景に目を配っておくならば、ヨーロッパでは一八世紀末から一九世紀にかけて洞窟観光ブームが起きていた。

当時は、記念碑的な自然の形態を超人的な芸術作品として理解するという美学的な傾向が支配的であったのだ。山や岩、あらゆる海岸線やいまだ確実には人間の作品であるかどうかわかっていない巨石を使った記念碑的建造物でさえもが、自然による彫刻だとみなされていた。それと同時に、地中内部や洞窟の中に、自然がみずからを無類無比なる建築家であることを実証するような巨大な地下の建築物が発見されていったのである。

一八世紀から一九世紀への転換期にはヨーロッパ中で、芸術的な創造物の起源の地へ向かう巡礼の旅ともいうべき特徴を持った、洞窟観光なるものがはやりだした。建築的イメージを連想させるこの

図2　フィンガルの洞窟

自然観は、それ以降の北極世界や熱帯世界への科学的研究旅行にも影響を残していった。

(3—二四三頁)

洞窟を偉大な建築物として感受するこの「ドワーフ的」性向は、ピクチャレスク趣味の延長線上にあったもので、ことに「……イギリスで最も人気のあった洞窟は、スコットランドの西岸スタッファ島にあるフィンガルの洞穴であった。この洞穴は一七七二年に発見されたが、それ以来「大地のはるか遠いはずれでの世界のはじまり」のイメージとして、「神話的な色合いと……ほとんど宗教的な意味をまとわされてきた」(4—一二七頁) この洞窟は、図2のように海水が流れ入る堂々たる大聖堂のようであるとして人気を博した。

こうした洞窟イメージがトールキンのドワーフの水の洞窟に反映されていることは確かなように思われる。鍾乳石や石筍は、多年にわたるカルシウムをふくんだ水の滴りの成果であり、そのように壮麗な建築物と化した洞窟こそは遠大な時間のスケールを感じさせるものではなかったか。トールキンが物語中で水と洞窟を結びつけるとき、それは水鏡の反映や自己観照もふくめて、過去の時世への参照機能を持つことが多い。主要人物の多くが物語中でいくつも歌を吟ずるなかで、無骨者のギムリが一度だけ歌を披露するのは、カザド=ドゥムの廃虚内で「この世は若く、山々は緑だった」と偉大な父祖ドゥリンの事績をしのぶときである。この歌は「この世は黒ずみ、山々は老いた」の最終節を持ち、悠久の時を歌い尽くす骨太なバラッドである。

滝の裏側の洞窟　では別の水性の洞窟を見よう。ファラミアの手の者に目隠しをされた(それゆえにいっそう水の音が耳につく)フロドとサムは、ヘンネス・アンヌーンの洞窟につれてこられる。入口にはきらきらと滴り落ちる滝が水の幕をなす。滝の後ろにあるという点では、ここは桃源郷的な別世界でもある。水の幕の「背後にある夕陽の水平な光の幅が水に当たると、赤い光が砕け、無数の明滅する光の條《すじ》となって、絶えず色が移り変わってい」き、「ちょうど金、銀、ルビーにサファイア、それに紫水晶といった宝石が互いにつなぎ合わされたカーテンが焼き尽くすことのない火に隈なく赤々と照り生えている」(5—一七九頁)さまを思わせる。ここでも宝石は「焼き尽くすことのない火」としてたたえられる。宝石を生み出す源となったものであるにもかかわらず、火はさりげなく悪として退けられるのだ。ファラミアによれば「昔はこの洞穴を水が流れ、アーチから流れ出ていたのだが、古の技術者の手によって、この谷のずっと上の方で水路が変えられ水の流れは二倍の高さの滝となって、この洞穴の遥か上の岩から落下させられるようになった」(5—一八〇頁)。ここでの水は「夕陽の窓(ヘンネス・アンヌーン)」と呼ばれ、ドワーフの洞窟と同じく、たえまない水音と水鏡の反射ときらめきの場所である。

聖なる涼しさの隠れ家ともいうべきこの滝の裏側の洞窟で、フロドとサムは久しぶりに文明的な食事をふるまわれ、心地よい寝床を提供される。それは若い大将ファラミアが兄ボロミアの死の経緯をさらに聞きたいと望んだからである。ファラミアは一夜、アンドゥインの大河のほとりを、ボロミアの亡骸をのせた舟が下ってくるのを見た。その小舟は「透き通った水でほとんど一杯に満たされているように思」われ、「光はそこから放たれているよう」で、たちまち夜闇の中に去っていった。[1]

フロドは「どんな舟であれ、いったいどうやってあの大瀑布の泡立つ水を乗り越え、しかも逆まく水に落ちて壊れも沈みもせずにおられるのでしょう」と嘆ずる。ボロミアの水葬を執り行ったのはアラゴルンとギムリとレゴラスであり、フロドはその場に居合わせなかった。その舟はとどろくラウロス大滝へと放たれ、「大河はデネソールの息子ボロミアを受け取った」。そのことに思いを馳せるフロドの耳にいま響いているのは、ラウロス大滝の轟音を反復するかのようなもうひとつの滝の音だ。滝のライトモチーフが時を隔ててふたたび鳴り響き、ボロミアとファラミアの兄弟の絆を再認する。

野望に燃える英雄の器だった兄ボロミアが轟然たる大滝の中に消えたとすれば、指輪を求めず、思慮深く聡明なファラミアには、エルフの故国たる西海を望むこちらの滝が似つかわしい。「ヘンネス・アンヌーン」という言葉もエルフのシンダール語であるし、かれの中には西海の楽園であった「ヌメノールの風《ふう》」がある、とこの節の最後に書かれている。

死と再生

洞窟はまた大地の胎として、墳墓として、死と再生の体験の場所でもある。『指輪物語』では多くの人物がここで「落命」しかかる。神話をひもとくまでもなく、トールキンにおいても主要な人物は死と再生の体験をへて、新たな存在へと鍛えあげられる。最初の例は魔法使ガンダルフである。ガンダルフはモリアの坑道でしんがりを守って戦い、バルログと相打ちになって燃える奈落に落ちてゆく。みなはかれの死を嘆き悲しむが、ファンゴルンの森でかれは再び、アラゴルンらの目の前に、再生した姿をあらわす。エマオへの途上、復活のキリストに出会った弟子たちがそうであったように、かれらにもはじめ、それがガンダルフであるとはわからない。

長い長い間わしは落ち続けた。そしてあれもわしとともに落ちて行った。あれの火がわしを取巻いた。わしは焼かれた。それからわしらは深い水の中に飛び込み、あたりはすっかり闇となった。水は死の潮流のように冷たかった……（中略）……とはいえ、それにも行き着く底はあるのじゃ。光も知識も届かぬ所にな……そこへ、わしはついに着いた。底の底、いやはての石の土台の上じゃ……あれの火は消えておった……（中略）……わしらは生ある物の大地からはるか下の方で戦った。そこでは時が数えられぬ。……（中略）……ついにあれは暗いトンネルの中に逃げ込んだ。これらのトンネルはドゥリン一族によって造られたものではないのじゃよ、グローインの息子ギムリよ。ドワーフたちの掘った最も深いトンネルのはるかはるか下には名前も持たぬ者たちがいて、この世界を侵食しておる。サウロンでさえかれらのことを知らぬ。かれらはサウロンよりも年古りておる。……（中略）……わしらはどんどんどん高く登って行った。そしてとうとう無限階段にやってきた。

（6—二二〇—二二一頁）

下降から上昇へ　ガンダルフは炎をくぐり、水をへて世界の底の底の洞窟——時の源——に到達する。そしてふたたび山頂へとのぼっていって、そこから敵を投げ落とした後、暗闇に襲われ「思考からも時間からもさまよい出て、はるかな道を彷徨した……裸のままわしは送り返された」。そうして山頂に横たわっているあいだに星々が頭上をめぐってゆき「一日一日が地上の一生ほどにも感ぜられ」「耳にはすべての国々の噂が集まって」聞こえてくる。鷲のグワイヒアが最後にかれを見つけて運び去ったとき、かれは「白鳥の羽根一本」ほどにも軽い。エルフのもとで養生したのち、灰色のガンダルフは、サルマンにかわる最高位の魔法使、白のガンダルフへと衣替えする。奈落の底までの下降から一転、世界の山頂への垂直上昇という運動がその死と再生を形象化する。

これほどドラマティックではないものの、小さいひとホビットのフロドの場合にも、同じダイナミクスが見られる。フロドとサムは、モルドールへの近道を教えるというゴクリの言葉にのせられ、キリス・ウンゴルの塔の地下にある大蜘蛛シェロブのトンネルに誘いこまれる。そこはあやめも分かたぬ闇の世界で、太古の蜘蛛の巣穴のトンネルだが、その両側にオークたちはたくさんの抜け道を掘り、「死の都から山脈を越える一番の近道として」利用している。ゴクリがサムを押さえこんでいるあいだに、フロドは蜘蛛に刺されて仮死状態に陥る。サムは主人が死んだものと思い、指輪を取る。オークらはフロドの体をかついで、上のキリス・ウンゴルの塔へのぼってゆき、「一番てっぺんの部屋」に運びあげる。フロドが生きていることを知ったサムは、トンネルをのぼり、階段をのぼって塔に侵入する。「暗くて狭く、小塔の円形の外壁の内側の壁に沿ってぐるぐると曲がりながら小塔の上に登ってゆく」階段の上、通路の天井にある落とし戸の上に、フロドは囚われていた。仮死状態のフロドの身体は、塔のいただきの天井の隠し扉の上の部屋にまで上昇する。

蘇生したフロドもガンダルフと同じく、裸で見出されることになる。オークたちに身ぐるみはがれたところをサムに助けだされたかれがまとわざるを得ないのは、ガンダルフの光の白衣ならぬオークの服だ。かれはやむなくその上にエルフのマントをはおって、山をめざす。ここでも衣類の剥奪が、英雄ならぬ穏健小心なホビットからの脱皮をあらわしていることは確かだが、かれが新たに肌近く身にまとうのは悪であるオークの性質なのだ。このことは火口上での、フロドのアイデンティティの土壇場での転覆に通じてゆく。

図３　山の内部での金属の成長

錬金術的地形　ところで塔の下の地下迷路というこの特異な地形は、古来、錬金術と関連づけられたものでもある。「山の内部でかぎりなく長い時間をかけて自然に起こる金属の変化を」錬金術の炉の中で促進再現しようとするとき、「この化学的プロセスのすべての段階を象徴や寓意画で示す錬金術の表象言語では、炉は煙道や風戸のついた技術的器具としてではなく、塔として描かれている」(3―二二六頁)。すなわち山上の塔という風景は、錬金術のレトルトの表象であり、地下のトンネルで仮死の状態に陥ったフロドは、塔の上に運びあげられるプロセスで、アイデンティティの変成を被ってゆく。

ピーパーはさらに、塔と地下洞窟の組み合わせについて、次のように書いている。シェロブの巣穴は上に塔を持つことで、悪の世界への通路となったのである。

塔と洞窟という表象は錬金術だけにとどまるものではない。それは地形的な状況が建築物をシンボルや身ぶり《ゲステ》に高めているようなあらゆる場所に、塔表象からの連想――明晰さ、明確さ、巧みに構成されたもの――と、それに対する洞窟表象からの連想――曖昧さ、不明確さ、地中に埋められたもの――の作り出す、二つの元型的な対立としてあらわれ出る。特にこれをよく示しているのは、数多くの山城、すなわちきわめて高い山の上に建てられた壮大な施設にまつわる民衆的な表象である。山城に関する民間で節には、秘密の地下道についての話が出てくることが多い。それらの地下道は遠い世界につながっていたり、はるかな大昔に遡っていたり、あるいは山の内部を突き抜ける曲がりくねった道となって、山上にある城を魔法の谷と結びつけたりしている。(3―三六九頁)

『指輪物語』の中のもうひとつの「塔と洞窟」の組み合わせとはオルサンクの塔である。これは「一つの谷をすっぽりと城壁のようにとり囲んでいる切り立った環状の岩でできている」谷に建てられた、「多面の石を用いた四本の巨大な脚が一つに合わされ」た不気味な塔で、サルマンはそこを根城に、坑を掘って鉄工所を建て、ウルク＝ハイなる巨大オークの種族を作りだした。これこそまさしく錬金術的な変成の場であるが、ここではトールキンの嫌う現代の工場や機械仕掛けが重ねあわされ、人工、反自然のイメージが強められている。

大きな環状の岩壁がそそり立つ絶壁のように山陰から出てまた同じ所に戻っていました。そこには入り口はただ一つしか作られておらず、南側の壁にうがたれた大きなアーチ門がそれでした。そこに

図4　『二つの塔』表紙（アイゼンガルドのオルサンク。アラン・リー画）

黒い岩をえぐって長いトンネルがうがたれ……（中略）……部屋に広間に廊下、それがみな岸壁の内側に坑を切り開いて作られていましたので、円形の大広場は無数の窓と暗い入口から隈なく見渡されることになります。ここには何千という職工に召使い、奴隷に戦士たちが住まっており、おびただしい武器が蓄えられていました。狼たちはこの住居の下の深い穴で飼われていました。広場にも坑が掘られていました。地中深く立坑が掘り抜かれ、その上の口は石の丸天井のついた低い築山でおおわれていました……（中略）……これらの立坑はたくさんの坂道や螺旋階段ではるか下の洞窟に達していて、その多くの洞窟にサルマンは宝物庫、倉庫、武器庫、鍛冶工場、そして大きな炉を持っていました。ここでは鉄の歯車が絶えず回転し、重い槌音が響いていました。夜にはもうもうと排気口から湯煙が噴出し、それは地下の明かりに照らされて、赤く、青く、あるいは毒々しい緑色に見えました。

（2―一一七―一一九頁）

炎をあげているこれらの施設はモルドールゆずり（「暗黒の塔の、けちな模型」）で、火＝テクノロジーは悪に等しい。のちに落ちぶれたサルマンはホビット庄をのっとり、木々の伐採、生産の機械化という、同じ行為を縮小反復するが、アイゼンガルドならぬホビット庄には、錬金術を成功させるべき高い塔はないので、サルマンは腹心に裏切られて横死する。

もっともオルサンクのほうも錬金術的表象をになうとはいえ、小賢しいテクノロジーに頼る地下工場は、完全に新しいもの（黄金）を生み出すことはできず、自然を破壊し、もともとのオークやエルフを変形させてウルク＝ハイを作り出すのみで、真の創造の戯画化を行うにすぎない。この悪の火の洞窟は、自然の守護者、木の牧人エント族が堰を切った川の水の氾濫によって溺れさせられてしまう。

死者の道　洞窟体験によって、死と再生を体験する第三の人物はアラゴルンである。アラゴルンは、圧倒的な小勢という不利を逆転させるべく、精霊山の胎内を抜ける死者の道を行くことを決意する。この暗黒の道に踏みこむと、背後からわやわやと死霊の声がせまってくる。隅にきらりと光るものを見かけたアラゴルンがそちらへ近づくのを見送って、ギムリは不本意そうに呟く。「アラゴルンはちっとも怖くないんだろうか？　ほかの洞穴なら、グローインの息子ギムリが真っ先に黄金の輝きに向かって駆け出すところ

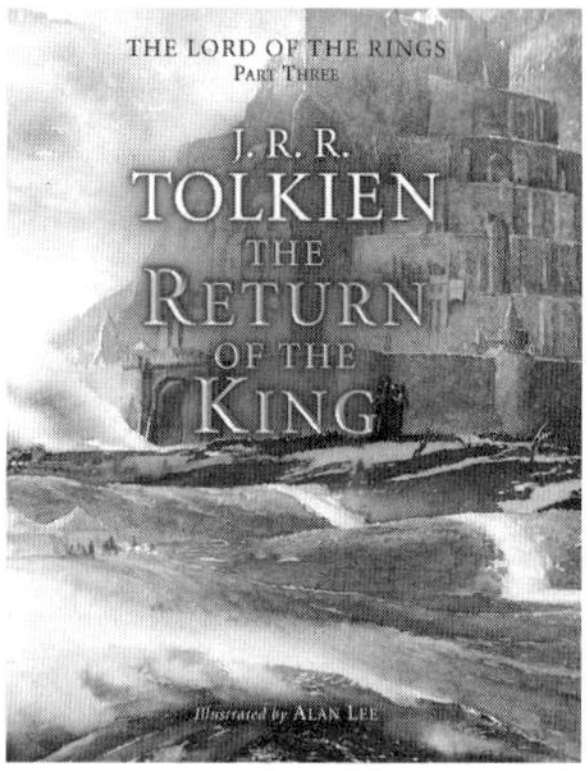

図５　『王の帰還』表紙（ゴンドールの都ミナス・ティリス。アラン・リー画）

なんだが」（7―一一〇頁）。

光っていたのは骸骨のまとう黄金の鎧兜で、そばには刃こぼれした剣もある。このトンネルはローハン国の行方不明の王子の墓ともなっていたのである。そんな無念の因縁の積もる場所で、ギムリは死霊の「たくさんの幻の足音ともいえるようなざわめきがあとからついてくる」恐怖に気が違いそうになるが、ようやく前方からの水音を聞きつけ、出口が近いのを知る。死者たちは主君の末裔アラゴルンに借りを返すために後について出てくる。アラゴルンはかれらを指揮して、勝利を得たのちに解放した。父祖の非業の死を引き受け、子孫としてその貸しを取り立てたことで、かれは一介の野伏、馳夫の風雨に汚れた衣をぬぎすて、ゴンドール王の嫡流の本性に居直ったのである。このとき、かれが具体的にまとったものは何か。

ペレンノール野の合戦場ではセオデン王とエオウィンが倒れ、エオメルもはやこれまでと覚悟を決めていた。そこに突如あらわれた黒い船団の先頭の船の旗じるしが、風にひるがえる。ゴンドールを表す白の木と、七つの星と冠のエレンディルのしるしだ。「もう数えられないほどの年月の間、これを身に帯びる王侯はいなかった……（中略）……こうしてアラソルンの息子アラゴルン、イシルドゥアの世継エレサールは死者の道を通りぬけ、海からの風に運ばれてゴンドール王国にやってきた」（7―二五五頁）。アルウェン手作りのこの旗を、アラゴルンはエレンディルの嗣子として、死者の道でかれらに見せ、ここで初めて身に帯びた。そして水は、ここでも浄化と運命の好転の役割をになっている。

洞窟とカタストロフ体験

これまで見てきたように、洞窟をめぐるさまざまの表象の中で、トールキンが善とみなすのは自然の象徴、転変する壮大な時間のしるしである水の要素であり、火の要素は暴力、破壊、そして人為的な（自然に敵対する）テクノロジーと関連づけられている。もちろん冥王サウロンの目も燃える炎の輪であって、根源的な悪をあらわす。

この図式は『指輪物語』のキーパースンというべきゴクリの上にも及んでいる。かれは大昔に身内を殺して指輪を手に入れ、地底湖のほとりに住んでいる。水の洞窟に長年隠れすむうちに、かれは水の変成作用を被り、ホビットのスメアゴルから両生類めいた怪物ゴクリに変化してゆく。ゴクリはなまの魚を主食とし、火を通したものは決して口にしない。『二つの塔』で、サムがウサギをシチューにしようと火を起こすと、ゴクリは「そのいけすかない赤い舌を作ること」をやめろと叫ぶ。「火だよ、火を燃やすことだよ！危ないよ、そうよ、危ないよ。やけどさす、焼き殺す、それに敵を連れてくる」（5―一三一頁）。

ゴクリは弱い存在ではあるが、火を恐れ、近づかぬかぎりにおいて、まだモルドールに屈しないスメアゴルの部分を生きながらえさせている。それゆえ指輪に滅ぼされきることがなく、野望も抱かず、何百年にもわたって指輪を保持することができた。しかし最後の土壇場になって、かれはついに火口に近づきすぎてしまう。

下方の火は怒って目覚め、赤い光がぱっと炎を上げて燃え立ち、洞窟の中は残るくまなく強烈な輝きと熱で充たされていました……（中略）……ゴクリの方は、狂った者のように踊りながら、まだ指が突きささったままの指輪を高くかざしていました。それは今、まことに生きた火から作りなされたもののように光り輝いていました。

（8―一二六―一二七頁）

ゴクリが悲鳴とともに奈落に吸い込まれると、「火が飛びはね、天井をなめ」る。フロドをかかえあげ、外に運びだしたサムの目に映ったのは、渦巻く雲の中にそびえたつ塔と胸壁が「数限りない坑を見おろして、堅固な山の台座の上に立っている姿」だった。この「塔と洞窟」の錬金術的表象は瞬時に砕け去り、「巻き上がる煙と、噴き出す蒸気とが巨大な螺旋状の渦となって上へ上へとうねり昇り、遂に怒涛のような巨浪となって、あれ崩れるよと見る間に、その荒れ狂った波頭は反転してあわ立ちながら地上にどっと落下して」（8―一二八頁）くる。

ここでは、魔王の企てのついえる直接因として、トールキンが幼い頃からしばしば悩まされたアトランティス滅亡のヴィジョンが重ねあわせられる。同じ光景を遠くから見たファラミアは、太古の島ヌメノールの海中沈没を連想し、自分はしばしばそれを夢に見るのだ、とエオウィンに語っている（8―一六六頁）。この水没の夢の崇高なヴィジョンは、水によるカタストロフが最終決着をもたらすというパターンを、少

図6　『アリスの地下の冒険』より（ルイス・キャロル画）

年トールキンの中に埋めこんで、ヌメノール、ベレリアンド、そしてここでの大波による世界の呑みつくしと、イメージを反復させたのかもしれない。

地殻変動への関心　なおトールキンの地質学的関心についてデイヴィッド・デイはこう書いている。「ダーウィンの進化論には目もくれなかったが、ライエルの地質学的発展の理論には熱狂していた。熱狂という言葉では足りないほどだ。彼は大陸移動説――大陸が何百万年ものあいだに徐々に速度を速めながら移動し続けているという理論――を採用した。トールキン世界ではヌーメノールの島王国が沈没したために、平らな神話世界が、歴史的な現実世界――ただし文書が残っていない先史時代の地球――に変容する。この事件は後世、アトランティスの災厄の神話として記憶されることになった。〈中つ国〉の大陸はちぎれ、漂いだして、しだいにこんにちの大陸の配置へと近づいた」（9―一五頁）。

これはむろんトールキンひとりの関心ではなく、一九世紀半ば頃からの趨勢である。この頃地質学の確立やダーウィンの進化理論の提唱によって、地底世界への関心は高まっていた。ルイス・キャロルの『不思議の国のアリス』の初題は『アリスの地下の冒険』といい、この地底下降物語が出版されたのは、ジュール・ヴェルヌの『地底旅行』と同じ一八六五年であった。古い時間が地層としてとどめられている地底の洞窟探険には、人類の起源を探り、はるかな太古の時代へ到達しようというアルカディアへの希求がこめられていた。ライダー・ハガードやコナン・ドイルを筆頭に、地下や洞窟をめぐる多くの幻想的な物語が書かれた一九世紀後半から二〇世紀初頭にかけての流れの中に、少年時代のトールキンもいたのである。オルサンクの塔とアイゼンガルドに関しては、かれ自身が「妖精物語について」の中でふれているH・G・ウェルズの『タイムマシン』（一八九五年）の未来社会の地下種族モーロックに呼応するものがある（10―一三、六四頁）。

さきにも触れたが、この地質学的発見に先立つこと一世紀、エドマンド・バークの唱えた「崇高」という新たな美意識の目で、人々はすでに洞窟や火山など雄大な地形の観光に向かうようになっていた。

そんなわけで、洞穴観光旅行が、わざわざ崇高体験を味わうためにはじまった。ヨーロッパでもイギリス諸島でも、十八世紀には中流・上流階級の美を求める巡礼たちが、それまでは奴隷にされた者や不運な人たちしか出入りしなかった地下の領域へ下りていった。……（中略）……あらゆる山の中でいちばん崇高なのは火山だった。火山は地球の内奥に通じる導管のようにみえた。一七五〇年代以来、ヨーロッパ中の旅行者兼ナチュラリストが、ヴェスヴィオ火山――ずっと前から大陸巡遊旅行の宿泊地になっていた――はもとより、オーヴェルニュやシチリアの火山地方へもやってきた。……（中略）……外的な自然の中に崇高さが発見されたことは、近代地質学のいろいろな考え方が出現する上できわめて重要な役目を演じた。崇高さの感動はとりわけ、おそろしく大きなスケールの知覚と関係がある。おそろしく長い時間は、おそろしく大きな空間とともに、恐怖と畏敬の念をひきおこし、人は偉大な自然の力の前に自分がどんなにつまらない存在であるかをさとってふるえおののく。時間がどれほど広大無辺なものであるかという認識は、自然の崇高さのイメージに対する愛好と手をたずさえて発展していった。

（4―一二七―一二九頁）

地下世界の旅とは、「人類の最も古くからあり最も強力な文化的伝統の一つである旅、つまり地面から下に降りることによって何かを発見するという隠喩的な旅をもう一度たどることでもある」（4―一九頁）とともに、トールキンは『指輪物語』の旅の中で流れるわずか一年という時間の中に、上代からの壮大な時空のパノラマをたたみこみ、読者にそのおぼろげな奥行きを感受させるために、多くの歌謡の挿入[2]とともに、洞窟という「崇高」の表象装置を用いたとも言えるのではないだろうか。

注

（1） 水と光の結びつきの象徴は、ガラドリエルがフロドに与えた玻璃瓶で、この中には「エレンディルの星の光がわが泉の水に映じたの」が集められていた。その光で見るフロドの死顔もまたサムの眼にはこう映る。「その光で見るフロドの顔は再び美しい色合いを帯び、蒼ざめてはいるものの、あたかもとうに暗闇をぬけた者の、エルフ的な美しさを備えていました」（5―三三一頁）。水は主人公らが船出する永世の世界の海原でもあり、水の光とは浄化された死であることがわかる。例えば後述するが『王の帰還』でアラゴルンがたどる地底の死者の道とは、「ドウィモルベルグの山の下にある入口はその山の下を通って、ある忘れられた終着地に出る秘密の道に通じ」（7―一三四頁）て海に開ける道である。死霊たちはここで解放される。

（2） 井辻朱美『ファンタジーの魔法空間』（岩波書店、二〇〇二）参照。

引用文献

（1）J・R・R・トールキン、瀬田貞二訳『ホビットの冒険』上（岩波少年文庫、一九七九）
（2）J・R・R・トールキン、瀬田貞二・田中明子訳『二つの塔』上二巻（評論社文庫、一九九二）
（3）ヤン・ピーパー、和泉雅人監訳、佐藤恵子・加藤健司訳『迷宮――都市・巡礼・祝祭・洞窟』（工作舎、一九九六）
（4）ロザリンド・ウィリアムズ、市場泰男訳『地下世界――イメージの変容・表象・寓意』（平凡社、一九九二）
（5）J・R・R・トールキン、瀬田貞二・田中明子訳『二つの塔』下巻（評論社文庫、一九九二）
（6）J・R・R・トールキン、瀬田貞二・田中明子訳『二つの塔』上一巻（評論社文庫、一九九二）
（7）J・R・R・トールキン、瀬田貞二・田中明子訳『王の帰還』上巻（評論社文庫、一九九二）
（8）J・R・R・トールキン、瀬田貞二・田中明子訳『王の帰還』下巻（評論社文庫、一九九二）
（9）デイヴィッド・デイ、井辻朱美訳『図説　指輪物語の世界』（原書房、二〇〇四）
（10）J. R. R. Tolkien, *Tree and Leaf*. London: Harper Collins, 2001.

COLUMN

トールキンとイングランドの田園

トールキンは南アフリカで生まれたが、三歳にして母親に連れられイングランドに「帰省」した際に、初めて見るその風景に「懐かしさ」を覚えたと述懐している。多くの批評家がトールキンの作品におけるイングランドの田園風景の影響を指摘していて、確かにホビットのシャイア（ホビット庄）の風景は古き良き時代のイングランドそのものである。

両親は共にバーミンガム出身であり、三歳のトールキンが見たのもこの大都会の郊外の風景だった。幼いトールキンは母親と共に再び南アフリカに戻る予定だったが、その地に残っていた父親が急死したことから、そのままイングランドに留まることになる。母と子はバーミンガムの南の小さな村セアホールに定住した。

幼年時代の４年間を過ごしたウェイク・グリーン・ロード264番地

セアホールは現在ではバーミンガムの都市拡大によって完全に市街地の一部となり、その地名さえも（通りの名前以外には）現存しないが、当時は典型的なイングランド中部の小村だった。トールキンが幼年時代の四年間を過ごした家はウェイク・グリーン・ロード二六四番地で、当時新築されたばかりであった。家の裏にはモウズリー・ボッグという沼地が、また通りを挟んだ反対側には古い水車小屋セアホール・ミルがあり、トールキン少年や彼の弟の遊び場になっていた。のちの一九六〇年代にトールキンは荒廃していたこの水車小屋の保存運動に協力し、復元された水車小屋は現在では博物館として一般公開されている。

バーミンガムの人口は二〇世紀前半の五〇年間でほぼ二倍に急増している。そうなると一八九五年にこの大都会の郊外の村に移り住んだトールキンは、古き良きセアホールの最後の時代にかろうじて間に合ったことになる。そして『ホビットの冒険』や『指輪物語』が書かれた時代は、彼が愛した美しい田園風景が都市の肥大化によってまさに失われようとしていた時代だった。これらの作品は幸福だった幼年時代の背景としてのセアホール周辺の田園風景の記憶を保存する試みでもあり、また特に『王の帰還』の最後の二章には田園の破壊に対する危機意識がきわめて明確に現れていると言えよう。

（安藤）

セアホールの水車小屋

CHAPTER
6

庭師サムのグランド・ツアー

なぜサムを重視するのか

John Ronald Reuel Tolkien

小野俊太郎

図１『旅の仲間』表紙（裂け谷。アラン・リー画）

サムの重要性　私たちはサムの存在を忘れがちではないだろうか。

登場人物のファン投票でも、上位に来るとは思えない。論文やエッセイの題名をみるかぎり、フロド、ガンダルフ、アラゴルン、ゴクリに人気がある。サムの名はその中で埋もれている。

第一の理由は、個性的な登場人物が多い点だ。この壮大な指輪廃棄の旅を実行したのは、ホビット、エルフ、ドワーフ、賢者、人間からなる混成チームであり、各自が活躍するエピソードが用意されている。いわゆるパーティを組んだ集団劇にみえる。中心となるのは指輪所有者のフロドを含むホビットたちである。とはいえ、前作の『ホビットの冒険』では、ドワーフと旅をしたホビットはビルボだけだったが、今回は四人もいる。指輪の獲得ではなく廃棄という複雑な問題のせいだろう。

それに、サムはいつもフロドといっしょである。二年に亘る旅を描いた『指輪物語』の三部作全六巻を考えると、この二人組こそ重要である。サムは、メリーやピピンのようにプロットの上で、フロドと離れて行動することもなく、従者としてたえず結びついている。彼には独自性を与えられていないようにさえみえるのが、目立たない第二の理由だろう。

けれども、物語の後半ではサムの役割が大きくなる。第四巻で大蜘蛛シェロブの毒にフロドが倒れて仮死状態になった時には、彼が死んだと思い込み代わりに指輪を捨てようとする。そして指輪で姿を消してフロドを救出する。最終となる第六巻は、ミナス・ティリスの塔でのサムの視点で始まっている。サムは衰弱したフロドを滅びの山の火口まで背負っていくし、裏切ったゴクリを殺すかどうかに悩み、殺さないという判断をくだす。どれもが指輪のゆくえを決める重要な決断だった。

指輪戦争が終結した後、ホビット庄へ帰還したにもかかわらず、フロドは衰弱しきり、船に乗って西方へと旅立ってしまう。彼が新しい指導者となるわけではない。ピピンたちとともに彼を見送ったサムは、帰宅すると娘のエラノールを膝に乗せて、戻ってきたという台詞をはき、これが第六巻だけでなく『指輪物語』全体の締めとなる。

こうしてみると、全編を通じてサムの役割は小さくない。

サムの解釈　もちろん、いままでにもサムに関していくつかの解釈が存在する。トールキン自身は、自分が体験した第一次世界大戦時の忠誠心をもつ兵士を思い浮かべていたようだ。

全巻を通じてサムとフロドが受けるさまざまな苦難から、「フロド＝イエス」で「サム＝使徒ヨハネ」とする解釈がある（1―七二頁）。イエスと使徒ヨハネを持ち出すまでもなく、フロドとサムは、対照的な「聖なるもの」と「俗なるもの」の結合である。旅を通してフロドの身体ばかりか、精神もあらゆる危機にさらされる。フロドは「重い」という表現で心苦しさを述べるだけでなく、怪物たちを倒すのではなく、戦いのなかで傷ついてしまう転倒した英雄の姿をしめす。こうした傷つきやすさは「ヴァルネラビリティ」に他ならないが、指輪の力が原因とはいえ、この点こそ、フロドが力に頼る英雄よりは、聖者である証となる。傷つくからこそ、フロドの旅がもつ意味が高まる。つまり、多くの犠牲者を出した指輪戦争で病んだ中つ国と、フロドの傷ついた身体は相互関係をもつといえるだろう。

それに対して、たえず食事の心配をし、傷ついたフロドの世話をするサムは、庭師という身分を越え、後半で時には主導権を握るようにさえみえる。こうした家事の働きをになう従者のサムが、現実政治をおこなう資格を得ていく。家庭と国内の双方の意味に使う「ドメスティック」という語がふさわしいように、サムがつねに気づかうのは、ホビット庄での生活やそこの秩序である。グローバルな使命をもったフロドと、ローカルな関心をもつサムが組み合わさっている。

近年の議論でのサムの解釈としていちばん説得力をもつのは、ジェーン・チャンスが『指輪の力』で展開した議論だろう。サムをエデンの園と直結する「最後のアダム」とみなす。その理由となるのは、「社会の維持は、世話をするものにして庭師――秩序を守り、他者を養い育て、家族の仕事を続けるもの――によって、もっともよく果たされる」（2―一二三四頁）という考えだ。社会の変革とその維持は別の役目とされる。

こうした過去の議論をふまえて、本章で強調したいのは、指輪の廃棄が目的となるフロドの旅にたいして、補完する従者であるサムの旅は別の位相をもち、働きが異なるということだ。サムがフロドに盲従しなかったからこそ、実は最後の瞬間まで正気でいられたと主張したい。指輪所有者となったにもかかわらず、滅びの山での指輪の誘惑に打ち勝ったのはただひとり、フロドでもゴクリでもなくサムだった。この事実は重い。

サムと旅

グランド・ツアーの観点から　では、サムの旅はどのような文化的伝統を背景にしているのだろうか。

フロドによる指輪廃棄の旅が、英雄叙事詩から中世ロマンスまで、旅や冒険をモチーフにした文芸に起源をもつのは間違いないだろう。ところが、サムがおこなう旅は、フロドと同じ旅程をたどりながらも意味あいが違っている。その特徴を明らかにするために、彼の旅を「大旅行（グランド・ツアー）」という観点から検討してみよう。

指輪の消去を試みるフロドの旅が、竜や魔法使を退治して宝を手に入れるパターンの転倒だとすると、庭師サムが庄長となる資格をもつようになる旅は、教養小説的なパターンをなぞっているのではないか。その鍵となるのが、異国の地での体験をふるさとに持ち帰る「大旅行」としての旅なのである。

そう考えると、「行きて帰りし物語」の担い手は、ビルボ、フロドと単身者であるがゆえに家系がとだえ

料金受取人払

山科局承認

4

差出有効期間
平成21年2月
28日まで

郵便はがき

607-8790

（受　取　人）
京都市山科区
日ノ岡堤谷町1番地
（山科局私書箱 24）

㈱ミネルヴァ書房
読者アンケート係 行

◆ 以下のアンケートにお答え下さい。

お求めの
書店名＿＿＿＿＿＿＿＿市区町村＿＿＿＿＿＿＿＿＿＿＿＿書店

＊ この本をどのようにしてお知りになりましたか？ 以下の中から選び、3つまで○をお付け下さい。

A.広告（　　　　）を見て　B.店頭で見て　C.知人·友人の薦め
D.著者ファン　E.図書館で借りて　F.教科書として
G.ミネルヴァ書房図書目録　H.ミネルヴァ通信
I.書評（　　　　）をみて　J.講演会など　K.テレビ・ラジオ
L.出版ダイジェスト　M.これから出る本　N.他の本を読んで
O.DM　P.ホームページ（　　　　　　　　）をみて
Q.書店の案内で　R.その他（　　　　　　　　）

書 名 お買上の本のタイトルをご記入下さい。

◆ 上記の本に関するご感想、またはご意見・ご希望などお書き下さい。
「ミネルヴァ通信」での採用分には図書券を贈呈いたします。

◆ よく読む分野（ご専門）について、３つまで○をお付け下さい。

1. 哲学・思想　2. 宗教　3. 歴史・地理　4. 政治・法律
5. 経済　6. 経営　7. 教育　8. 心理　9. 社会福祉
10. 高齢者問題　11. 女性・生活科学　12. 社会学　13. 文学・評論
14. 医学・家庭医学　15. 自然科学　16. その他（　　　　）

〒

ご住所　Tel　（　　　）

年齢　性別

お名前《ふりがな》　歳　男・女

ご職業・学校名
（所属・専門）

Eメール

ミネルヴァ書房ホームページ　http://www.minervashobo.co.jp/

図2　バーミンガムのセアホール・ミル。トールキンの生まれ故郷こそ、ホビット庄の原型となった。旅の出発点のイメージである

てしまうバギンズ家ではなく、ロージーと結婚をし、子どもを生むサム・ギャムジーこそふさわしい。なぜなら、体験を語り伝える後継者をもつからである。グランド・ツアーの前提は、旅そのもので自己完結をしない点にある。人生を旅とみなすことと、旅が人生となることは違う。この物語は遊牧民や漂泊者が主人公になっているわけではないし、馳夫ことアラゴルンといえども、最後には王として帰還する。

もっとも、何年も外地に滞在するこうした大仕掛けな旅行は、一八、一九世紀までの流行で、トールキンがこの物語を構想し始めた一九三〇年代には、すでに下火となり過去の習慣になっていた。トーマス・クック旅行社による観光旅行の大衆化によって、多くの人がパック化された旅行を楽しんでいた。「トラベル」の語源が艱難辛苦だという事実も忘れさられつつあった。すでに、冒険や探険が終わり、物見遊山の旅が主流となっているのだ。

サムの旅の出発点となるホビット庄という田園的な理想地が、大英帝国はおろか大ブリテン島ですらなく、狭義の「イングランド」をさすのは間違いない（3―一五四頁）。一九五八年一〇月に作者がデボラ・ウェブスターにあてた手紙では、「私は（体のサイズをのぞけば）ホビットです」とある（4―二八八頁）。また「ウェスト・ミッドランド」への愛着をトールキンは述べ、ウェールズへの関心を語るが、その中心にあるのはケルト的な要素への愛情だ。こうしたトールキンが生み出した以上、サムという一庭師がりっぱな庄長となるには、たんなる観光旅行では不十分だろう。

旅の動機　サムの当初の旅の動機は、なによりも外部を知りたいという要求であった。まさに観光旅行の観点である。第一巻第二章「過去の影」で、サムは粉屋のテドと言い争いをする。それは、楡の木をまたぐ巨人の木男や灰色港から去っていくエルフに関してである。この対立は、後のテドとの争いの伏線だが、ビルボたちの話を信じない点で、テドのほうが現実主義者である。だからこそ、彼は第六巻では「お頭」の手下として幅を利かせているのだが、他方サムは当初からホビットとしては特異な外への志向をもっていたことがわかる。

エルフを見たいというサムの欲求は、美しいガラドリエルとの出会いで果たされる。ここではカトリックのマリア信仰に似た態度が描きだされている。このロリアンの奥方への思慕は、サムとドワーフのギム

図３『指輪物語詩歌集』表紙（サムの憧れの対象としての妖精の女王。アラン・リー画）

リが共有するが、まさに中世ロマンスを通じて提示されている騎士道的な愛と同質のものだろう。こうして、サムはエルフと出会うことで、中世の騎士的世界へと組み込まれる。エルフの女王がマリアの位置に重なることで、異教的な意匠にキリスト教的な意匠がつながるわけである。中世の間に、ケルトの神話の「器」が「聖杯」の探求へと変貌していった。そうした重ねあわせをトールキンは存分に利用しているのだが、サムが発揮するヒロイズムが単なる従者の身分を越えた要素をもつのは、こうした超越的な存在への感受性を所有するせいである。

また、ホビット庄を離れたせいで、サムはかえって故郷への思慕をかきたてられる。サムの場合は、中世ロマンスの騎士のように、遍歴をしている間に恋人を見つけたのではなく、あらかじめ出発の地にいたという設定なのだ。フロドが最後に言う「お前はいつも二つに引き裂かれているわけにはいかない」（５―三二七頁）とは、サムの気持ちが外と内に引き裂かれる二重性をもつ点を見抜いている。そして、フロドが西の地へ離れるという形で意識的に断ち切った。おかげで、サムは、エルフであり人妻であるガラドリエルへの超俗的な愛ではなく、コトン家のロージーに立ち戻るわけである。ビルボやフロドにとっては、宝探しの旅あるいは指輪の因業消滅の旅だったが、サムにとっては、ホビット庄の内部での家族という「宝＝フォーチュン」を見つけるクエストだった。ホビット庄の価値を再認識する目を養ってくれたのが、外部の体験であった。

「文明」か「野蛮」か

他者との出会い　グランド・ツアーがイタリアを中心とする地中海地方に向けておこなわれ、旅行者はアルプスのような崇高な風景やナポリやヴェニスの風光明媚な景観を見る期待をもっていた。それとともに、ヨーロッパ文明の起源としてのギリシアやローマの遺跡との出会いも楽しみのひとつだった。

これは『指輪物語』全体の旅でも同じだろう。サルマンの計略で失敗するとはいえアルプス越えならぬカラズラス越えがあり、森林や火山といった風景が登場する。そして、エリアドール、ローハン、ゴンドールと南にたどる旅程は、ホビットの世界から、騎士の世界、そして妖精の世界への旅となる。それとともに、より古い一族や言葉が登場する。さらにフロドとサムはゴクリとともに、東に位置した口にするのもおぞましい場所モルドールに至るのだ。

どうやら地政学的に、中つ国がヨーロッパを投影しているのは間違いない。ただし、南にあるのは、ギリシアやローマではなく、エルフ＝ケルトの古層をなす部分という図式なのだ。地理的な南が、時系列上の過去とかかわるように仕掛けられている。トールキン自身、フランス語やフランス料理を嫌い、イタリア語よりもスペイン語が好きと述べ、しかも、地中海文明よりは北方を志向していた。だが、カトリックの中心地ローマへの志向と、ケルトや北方への偏愛を取りこむために、北と南を入れ替えたねじれが起きているのだろう。

何年も遊学するグランド・ツアー自体は、二〇世紀には過去の遺物となっていた。トールキン自身がそうした旅をおこなったわけではないが、一九一一年の夏にはスイスに行き、一九一三年の夏にはフランスを訪ねている。一九一四年の夏にコンウォルを訪問しているが、第一次世界大戦の勃発で、ランカシャー・フュージリア連隊に所属し、結婚後の一九一六年六月には、フランスの激戦地ソンムへと派遣された（6―一一〇頁）。ただし「塹壕熱」にかかり、本国に送還されている。動員された結果、ほかの文化と否応なしに直面させられたわけである。トールキンにとって、異なる価値観と遭遇するグランド・ツアーの代用物が、第一次世界大戦の従軍体験だった。

中つ国の第三紀の終わりをもたらす指輪戦争が、数々の出会いと別れを用意した出来事として描かれているのも不思議ではない。しかも、争いなどの廃墟の形で残っている歴史との出会いは大きい。伝承や歌が本当だという証拠でもある。たとえばモリアの鉱山では、バーリンの墓と出会い、ビルボの話が真実だったことがわかるのだ。またモルドールへ行く途中に過去の遺物である巨大な坐像があったりする。そこから興亡を繰り返してきた中つ国の歴史が垣間見えてくる。

人工と自然　第二巻三章が「指輪、南へいく」と題されたように、「ひとつの指輪」の側から見ると、この旅は指輪自身が鍛えられた滅びの山への帰還の旅に他ならない。大地の中から生み出されたものが還って

図４　『二つの塔』表紙（アイゼンガルド。アラン・リー画）

いくイメージである。火の中で融解する金属は、人工的なものをしめすのにふさわしいし、道具や機械といった仕掛けに通じている。

アイゼンガルド（この地名は「鉄」という意味を含む）に巣くうサルマンと、牧人としてエントたちが守る森との対立はそのまま、「人工」と「自然」の争いのようだ。森の木を切り倒し、人工的な兵士（ウルク＝ハイ）を作り出すサルマンは、職人が道具を作るのではなく、機械から機械が作られるという産業革命以降の生産のしくみを体現しているようにみえる。木の鬚は、「今こそやつが何を企んでいるのかわかったように思う。やつは一大権力になろうと企んでおるな。やつの心は金属と歯車でできてるのよ」（７―一五五頁）と断定する。ここでは、金属が森を滅ぼす道具としてイメージされている。

だが、実際にはサルマンと戦う側にも、金属の武器はあり、みな武装している。たとえば、「つらぬき丸」は、フロドが携帯していた刀だが、サムが怪物シェロブを倒す時にも活躍する。これは職人技の成果だから、許容されているのだろう。トールキンが育ったセアホールという産業革命以前の田園的な田舎のようすが、ホビット庄に投影されているのは間違いないだろうが、それは金属や道具の完全否定ではない。だが、「お頭」ことサルマンが支配したホビット庄では、そうした仕組みが過剰になる。サンディマンの粉ひき場は大きな建物にかわり、「その中に機械と見たこともねえような珍妙な仕掛けをいっぱい入れ」（４―二八八頁）た空間に変貌した。明らかにこれは大工場的な生産への嫌悪である。

ひょっとして、庭師のサムとエントたち森の住人との対話があれば、人工と自然をどう調停させるかの示唆を与えたはずだが、このテキストでは、エントとかかわるのはピピンやメリーのほうであり、明確な答えはない。それでも、ホビット庄の復興とともに、森を回復する観点からすれば、サルマンのような過度の機械化をサムが選ぶはずはない。

食べ物をめぐる争い　ところが、森を守るといった素朴な自然観ではすまないのが、食べ物をめぐる問題である。こちらでは「火」を使わず人手をかけない「自然」なことが「野蛮」とつながるのだ。『指輪物語』では、文化人類学的な「生のもの」と「料理したもの」の対立は深刻である。

第四巻第四章の「香り草入り兎肉シチュー」では、まさにこの点をめぐってサムとゴクリとの間に口論が起きる。わざわざ一章をさかれた兎肉の問題は、『指輪物語』全体を考える場合に決して小さなものではない。兎肉を生のまま食べるかどうかをめぐって、ゴクリの意見にさからって、サムが庭師兼料理人として、兎肉シチューを作ったことは、異国の地にあってもホビット流をつらぬこうとする態度を示している。そして、加工するのに使用する火こそは、文明の刻印となる。だがフロドが危惧したとおり、煙のせいでファラミアたちに発見されてしまう。その後、彼らの夕食に招待されるのだが、今度はその食事に感激する。「清潔な手と清潔なナイフと皿を用いて、ひんやりといいにおいのする淡黄色の酒を飲み、パンとバター、塩漬け肉、そして乾した果実に上等の赤チーズを食べる」(8―一八五頁)という献立には、生の魚や生の兎にはない、文明の匂いがたちこめている。

じつは火が自然と対立する文明の力をもつからこそ、第二巻第四章でワーグたちが襲ってきた時、ガンダルフはホビットたちに「火にどんどんそだをくべろ」(9―一九九頁)とたきつけるのだ。そして火で加工された金属からなる剣を抜いて、野蛮な狼たちと戦う。

どうやら、重要なのは「火」の適切なコントロールらしい。ゴクリが「いけすかない赤い舌」と嫌悪する火は、強大化すると滅びの山の火となり彼自身を飲み込んでしまう。つまり、適度に使われると兎肉のシチューを作るが、悪用されると森を滅ぼし、人工の兵士を作り出すのにもつながる。サムが学びとらなくてはならないのは、適度の火によって、社会を保っていくバランス感覚に他ならない。それは庭の手入れと同じように、自然の力を利用しつつ、征服しきることなく、それでいて放置をしないことなのだ。

庭師から庄長へ

秩序の回復　このグランド・ツアーから、庭師サムは何を学び取り、旅による教育の効果はどのような点に現れているのだろうか。

庭師というサムの設定は、庭や木を愛したトールキン自身の関心に由来するのは間違いない。ただ、この庭が政治的な秩序感覚のメタファーともなり得る。イングランドを囲まれた庭、第二のエデンにたとえるのは、シェイクスピアの『リチャード二世』などにもみられるが、ホビット庄のイメージとつながっている。

サムはフロドの家の庭を手入れする以上に、ホビット庄の安泰を保つのに力を注ぐ。その場合でも庭の手入れというきわめて日常的な行為の延長上にある。サムの意識の変化は、自分たちが物語の主人公となる可能性への自覚からくる。第四巻で、旅の半ばであるにもかかわらず、サムはフロドと「フロドと指輪」の話についての冗談を言いあうが、この場面にサムの本音が表出している。

「なんでもない当たり前の休息と眠り、それから目が覚めて朝の庭仕事を始める。おらが終始望んでたのはこれだけじゃないかと思いますだ。天下の大事なんてものはどれもおらなんかには向かねえです。それでもやっぱり思いますだ、おらたちが歌やお話の中に入れてもらえることがあるのだろうかってね」。（8―二七三頁）

自分の行為の意味をこのように自覚するのは、成功を夢想するヒロイズムにおぼれるのではなく、自分の状況を客観視しているのだから、庄長の資質にふさわしい。

しかも、ビルボからフロドと書きつがれてきた赤表紙の本を完成させる役目が、サムにゆだねられる。仮死状態のフロドが知らなかった側面を書くことで、『ホビットの冒険』から『指輪物語』の連続性をたもつばかりでなく、ホビット庄における「年代記」の作者となるのだ。フロドは「お前は赤表紙本の中からいろいろなことを読み、過ぎ去った時代の記憶を絶やさずに伝えるだろう。そうすればみんなは大いなる危険を忘れることなく、それだけいっそうかれの愛する国を大事に思うだろう」（4―三二八頁）と命じ、サムはその役目を無事はたすのだ。いろいろな証言の要約も含んだこの歴史書が、そのまま庄長としての知識の源泉となっている。

また、戦争への参加を通じ、サムは積極的に現実の政治へ入りこむ術を身に着ける。とくに、ホビットたちにとって、指輪戦争の終結とは滅びの山ではなく、一四一九年の水辺の村の戦いに他ならない。その一部始終が、第六巻第八章「ホビット庄の掃蕩」に描き出される。ホビット庄での正義の戦いは、従軍体験をもつトールキンが選びとった答えでもある。指輪を消滅させるだけでは、この地に平和は訪れないのだ。そのさなか、サムは、コトン家に出向きロージーを獲得する。争いに加わることが結婚や家庭と直結

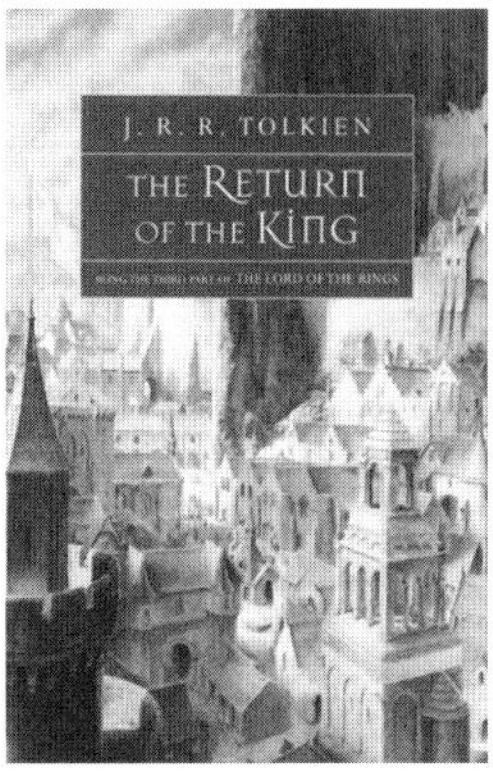

図５ 『王の帰還』表紙（ミナス・ティリス。アラン・リー画）

しているのだ。

サムの新しい出発

サムにとっていちばん大きな試練は、第六巻第三章の「滅びの山」で指輪を破棄する最後の瞬間だったのではないか。

そのとき、フロドは心変わりをし、「わたしはここに来てするはずだったことを、もうしないことにした。そのことをするつもりはない。指輪はわたしのものだ！」（4―一二五頁）と宣言する声とともに消えた。同時に生じた衝撃で、サムは一瞬気を失う。次に彼が見たのは、ゴクリがフロドを襲っている場面である。この意識の欠落によって、援助者としてのゴクリがいなくて、サム単独ならば、指輪の力に魅入られたフロドを阻止できたのか、という難問は回避される。忠実なサムが、世界の救済のために、主人をためらわず攻撃できたかはあやしいが、代理としてゴクリがサムをも救ったわけだ。

こうした驚愕の体験をつうじ、引き裂かれた思いを味わったせいで、現実を見るサムの目が拡張したのは間違いない。サムという無二の体験をもつ者によって、その後のホビット庄は運営されていく。新しい視点が必要だったのは、パイプ草がホビット庄から世界に流通するように、この田園空間が閉鎖していないからである。それに、サルマンの手下になるホビットも存在する複雑な利害社会だからだ。しかも、サムは、得意な歌という形式で過去の出来事とつながり、さらに赤表紙の本に歴史記述を書くという役割を担っている。過去だけではなく、物語作者として未来も生きなくてはならないのだ。

サムたちが帰宅し、ホビット庄がサルマンの支配から解放され、再建されたといえども、過去が単純に回復されたわけではない。サムも加わった旅によって、中つ国は指輪なき世界となった。平凡な毎日の繰り返しに見える日常にもどったとしても、じつはそこが違う。つまり、サムが最後に言う「さあ、戻ってきただよ」とは、新しい出発を告げる言葉に他ならない。ただし今度は外へと旅だつことのない旅である。

以上のように考えてくると、トールキンがサムに掉尾を飾る役を与えたのには何の不思議もない。

＊本文中では全体が三部六巻に分かれている点を尊重している。

引用文献

（1） Bradley J. Bizer, *J. R. R. Tolkien's Sanctifying Myth: Understanding Middle-Earth.* Wilmington: ISI Books, 2003.

（2） ジェーン・チャンス、井辻朱美訳『指輪の力』（早川書房、二〇〇三）

（3） Joseph Pearce, *Tolkien: Man and Myth.* San Francisco: Ignatius Press, 1998.

（4） J. R. R. Tolkien, *The Letters of J. R. R. Tolkien*, ed. by Hamphrey Carpenter. London: Harper Collins, 1995.

（5） J・R・R・トールキン、瀬田貞二・田中明子訳『王の帰還』下巻（評論社文庫、二〇〇二）

（6） Humphrey Carpenter, *J. R. R. Tolkien: A Biography.* London: Harper Collins, 2002.

（7） J・R・R・トールキン、瀬田貞二・田中明子訳『二つの塔』上一巻（評論社文庫、二〇〇二）

（8） J・R・R・トールキン、瀬田貞二・田中明子訳『二つの塔』下巻（評論社文庫、二〇〇二）

（9） J・R・R・トールキン、瀬田貞二・田中明子訳『旅の仲間』下一巻（評論社文庫、二〇〇二）

（10） 本城靖久『グランド・ツアー』（中公文庫、一九九四）

（11） 本城靖久『トーマス・クックの旅』（講談社現代新書、一九九六）

III

『指輪物語』を今どう読むか

心に残る名言

'It is wisdom to recognize necessity, when all other courses have been weighed, though as folly it may appear to those who cling to false hope. Well, let folly be our cloak, a veil before the eyes of the Enemy!'

（『旅の仲間』より）

日本語訳

「他のあらゆる方策を熟慮したうえで、必然的な道を受け入れるのは叡知のなすところだ。それが偽りの希望にしがみつく者たちの目には、たとえ愚かに映ろうともな。さあ、愚かさを我らがまとう外套に、かの敵の目を欺く覆いとしようではないか！」

解説

「支配する指輪」の取り扱いを話しあう会議で、エルロンドはそれを滅びの山の火口に投げ込んで破壊することを提案する。驚きと反対の声が上がるなか、ガンダルフがエルロンドを支持して発言するのが上の引用の内容である。ガンダルフが批判する「偽りの希望」とは、指輪を最終兵器として用いることである。というのも、たとえ指輪の力を用いてサウロンに勝利しても、用いた者自身がいずれ必ずサウロンと同様に堕落し、新たな冥王と化す定めにあるからである。ガンダルフは、サウロンの悪の本質が「傲慢」であることを知っている。その「傲慢」のゆえに、圧倒的な力を手にした者がそれを放棄することなど想像できないのである。だからガンダルフは、指輪を破壊することを、愚かさを隠れみのにした叡知と呼ぶのである。

CHAPTER 7

大シャーマンの旅の跡

上橋菜穂子

John Ronald Reuel Tolkien

シャーマンを追って洞窟の中へ

魔物と向かい合う　『指輪物語』についての文章を書くということは、大変な重圧を感じる仕事である。なにしろ、『指輪物語』は、私にとってはかけがえのない物語なのである。一六歳の時に出会い、熱に浮かされたような異常な読書体験をして以来、ローズマリー・サトクリフの著作と共に、私の中に「物語」の核を植え付けてしまった決定的な本だ。たとえ短文といえど、この本について書くには、やはり、かなりの覚悟がいる。

なに、それほどの作品じゃないでしょう、と笑う人も多いだろう。そういう人には、私が向かい合っている魔物の姿がまるでみえていないわけで、みえない魔物には脅威を感じようもない。騒いでいる人びとをみて、何をあんなに騒いでいるのだろうと心底不思議に思うだけだろう。

人は本当に様々だ。ある人にとっては、この魔物は、バラバラに解剖しなければ安心できない存在らしいし、また、ある人にとっては、その匂いを感じただけで全身の毛が逆立ち、尻尾をうちふりながら、追いかけていきたくなる存在であったりする。

私は後者の口で、『指輪物語』は、どうしても姿をとらえきれぬ、この魔物――私を捕らえて離さぬもの――の匂いを最も濃厚に感じた物語なのである。だから、この物語について語ることは、その魔物について、とにかく、語ろうと努力することに他ならない。

新たに見えてきたもの　約二〇年ぶりに『指輪物語』を通して読んでみると、さすがに随分印象が異なっていた。

人類学の世間に住んでいる今の私には、面白すぎるものが、この物語には満ちていて、ついそちらへ鼻をつっこみたくなってしまう。

例えば、エドモンド・ウィルソンが、『指輪物語』を評して、「子どものよろこぶがらくた」と述べたという話などは（1―一〇頁）、面白くてたまらない。「子ども」という言い方で彼が示したものと、かつて植民者たちが、異文化の民に対して使ったレトリック「未熟な子ども」との相似など、前足でひっかいて掘り起こしたくなる、いい匂いがしているのだ（『指輪物語』の世界観には、東・南に暗黒のイメージがあることなども面白い）。

けれど、作家としての私は、そっちへ行ってしまったら魔物を見失う（あるいは見誤る）ことになるぞ、という予感を感じている。

社会的背景が物語の創造に与える影響を探るのは、それを本業とする人にまかせるべきだろう。また、これが「文学」であるかどうか論じるのは、「文学」という概念を生み出し、壊しては創り、真の形を見極めようとし続けている人たちの仕事である。

『指輪物語』に関する評論ならば、もう本当に山ほどある。例えばブライアン・アトベリーの『ファンタジー文学入門』（2）は、わかりやすく、私には面白かった。近現代の、特に西欧における「ファンタジー」の扱われ方を客観的にみる、この著者の作業は、西欧における「文学」とはなんであるのか――なぜ、リアリズムの手法を評価に値するものと考え、ファンタジーを「文学」の名に値しないものと認識してきたのか――その心性を、うまく浮かび上がらせているからだ。

それは、「未開（という概念でくくられていたもの）」の中に、なるべく虚心坦懐に踏みこんでみることで、それまで「成熟した正常な文明社会」だと思われていたものの構造が逆投射され、客観的にみえてきた、文化人類学における相対化の経験によく似ている。

図1 『旅の仲間』表紙（ホビットたちとギルドールの邂逅。アラン・リー画）

近代西欧が、合理的な思考を獲得するために、あるいは社会的に成熟していくために、脱ぎ捨てる必要があると考えたもの——神話や伝説、昔話を「客観的に楽しむ」のではなく、心の底から動かされ、畏怖する心性——と、多分、「ファンタジー」を描きたい・読みたいという心は、どこかで通底している。しかし、「神話」や「昔話」そのままの形では素朴過ぎて、すでに近代を経験してしまった人びとは、心を動かされなくなっている。アトリーは、『指輪物語』の書き方について、ブルック＝ローズの言を引いて、「人物造型が単純な点では驚異の文学的であり、人物についてしつこく説明する点では写実小説的である」（2—六七頁）と説明しているが、「神話的物語」と、「写実的な描写」という手法を混交してもちいることで、『指輪物語』のようなファンタジーは、現代人の心に届く声を獲得したのではなかろうか。

ともかく、こういう「魔物」の方は、すでに大勢の有能な狩人たちが追っているわけで、私はそっちの方へ走っていく人を、多少のうらやましさをもって見送りながら、自分の道をたどるしかない。物語に関しては、私は狩人ではない。彼らが魔物を捕らえることに成功し、隅々まで分析して正体を明かしても、決して捉えることのできないものが欲しいのだ。

分不相応を承知で白状するなら、私は魔物が生まれ出る瞬間にざわめきたつ力——人びとに乗り移り、広がり、人の生に躍動を与えていく——その力を使いたいのだ。魔物をこの身に降ろすシャーマンになりたいのである。

『指輪物語』は、いわば、大シャーマンの旅の跡である。未熟な修行者にとって、その物語を読むことは、身に降ろしたい魔物が眠る洞窟に足を踏み入れるのに似ている。この小文では、洞窟の中で見いだした物語の姿について、語ってみたい。

物語の分裂とダイナミズム

神話的なノスタルジー　若い頃は気ままに旅した洞窟に、ようやく火を灯す技を覚えた小さなランタンを掲げて、再び踏み込んでみて、なにより驚いたのは、ホビットたちの輝きであった。

図2 『二つの塔』表紙（ローハンにて。アラン・リー画）

かつては、野伏の馳夫のカッコよさに惚れ、ギムリとレゴラスの友情に酔い、ガンダルフを頼りつつ、物語が紡ぎ出す道を進んだものだったが、今回の旅では、真の旅の仲間はホビットたちだった。それも、フロドやビルボではなく、メリーとピピン、そして誰より、偏屈で頑固なサム、小さな世間から逃れられぬ（逃れようとも思わぬ）彼が、真の主役ともいえるほどに強く、この旅を導いていることに気づいた。

彼らの存在が、この叙事詩の格調の高さを乱してしまったという意見もある。それは確かにその通りなのだろう。彼らは物語の中にありながら、私たち「物語を読む者」と同じ視点をもつ存在として描かれているからだ。

この物語世界は二つに分裂している。けれど、その二つが、時に離れ、時に絡み合うことで、独特のダイナミズムが生まれているのだ。

一方の世界は、めくるめく深度をもった「時（あるいは歴史）」と、果てもみえぬ「世界」であり、そこには、魔法使や、エルフやドワーフ、英雄たちが暮らしている。

遥かなる、驚異に満ちた山々と緑野、妖精が歌い、エントが静かに立つ森。そして、もはや滅び去った地下の都や、そこに巣食う恐ろしき闇の生き物。王たちと魔法使と、騎士たちの織り成す世界。……それを、トールキンは、言葉自体に独特の響きを織り込んで、自らが愛してやまぬ黄昏ゆく美しきものとして、丹念に織り上げていった。

この世界の魅力を、「単なるノスタルジー」と片付ける評論もあるようだ。それに反論しようとして、「いいや、この物語にはノスタルジーなどでは片付けられないものがある」と、別の要素へ目を向けてしまう評論家もいる。けれど、私は、評論家たちに嫌われている、この「ノスタルジー」というものに、とても大切な鍵があるように思えてならない。

前にも書いたが、この世界に読者が感じる魅力は神話や伝説がもつものと同質である。それは、構造分析しても、構造の網の目ではすくいきれぬ、人の心の奥底をゆらす魔力だ。

たぶん、この魔力をすくいあげて、物語にこめるためには、自らが、心底この魔力の虜になっていなければならない。トールキンの耽溺ぶりは並みではない。「語りたいテーマ」や「ドラマ」を描くための「舞台」として世界を創造したのではなく、自分が惹かれて止まぬ世界（エルフ語などの言語の響きや、ありとあらゆるものを含めて）自体を描くことに強い喜びを感じていたからこそ、この物語は、魔力をもち得たのだろう。

ホビットたちの輝き　そして、この物語には、こういう神話的世界の他に、もう一つ「ふつうの人びとが平凡に暮らしている世界」がある（ホビットは、私たちより純真で素朴だろう。けれど、彼らがもっている「善きもの」「悪しきもの」は、きっと私たちの誰もがもち得るものである）。

ホビット庄と粥村は、いわば村落的な常識人が住む「日常」であり、ホビットたちは、故郷（日常）から滑り出て、彼ら自身、伝承物語でしかないと感じていた黄昏の世界へと入っていくことになる。

メリーやピピン、そしてサムは、その健全さゆえに、あるいは、王の前にあっても妖精の妃の前にあっても変わらない、その日常性ゆえに、黄昏の世界から浮き上がっており、しばしば、低音で響いている物語の一定のリズムを崩すことになる。

けれど、どうだろう？　もし、彼らがいなかったとしたら。この物語は、ここまで私の心を惹きつけただろうか。――否。私は、黄昏の世界のうつくしさに目をみはり、酔いながら旅をしたけれど、そこは完全に入ることを拒絶している異界だといつも感じていた。

ところが、ホビットのお陰で、その世界に、受け入れられる一瞬が時々訪れるのだ。

「さあ、行け、飛陰よ！　走れ、勇敢なる者よ！　かつて走ったことがないほど速く走れ！……」

飛陰は頭を高く掲げると、高くいななきました。……かれの足許からは火花が散りました。夜が飛ぶように通り過ぎていきました。（3―三六九頁）

広大な星空のもと、火花が散るような速さで駆けて行く馬の背に乗せてもらいながら、うとうとしているピピンと共に、私は確かにその世界にいた。

また、モルドールで、絶望的な飢えと乾きと疲れに倒れたサムが、一瞬味わう明晰な思考は、一條の冷たい光となって、私を貫いた。

……サムは白い星が一つ雲の割れ目からのぞいて、しばらくの間きらきらと瞬いているのを認めました。……結局かの大いなる影も束の間の些々たる一事象にすぎないのではないかという考えがまるですき通った冷たい一條の光のようにかれを貫いたからです。かの影の達し得ぬところに光と高貴な美が永遠に存在しているのです。……（4―六〇頁）

いつからか、フロドは黄昏の世界に滑りこんでいき、私はサムとともに彼を哀しい思いで見守っていた。また、メリーやピピンが思わぬ武功（追いつめられれば、私だってこのくらいの勇気なら示せるかもしれない）を立てた時は、誇りで胸がふくらむ心地がした。

うまい食事と、ゆっくり眠る楽しみなくして、なんの人生だろう？　黄昏ゆく世界を描く絵巻物の中にあって、頑固に人生を楽しんでしまう彼らがいなかったら、この物語は、遠く美しい伝承の影に過ぎなかっただろう。

フロドに代わって、わずかの間「指輪」を担わねばならなかったサムのエピソードで示される、「日常を心底愛し、満足している者」の毅《つよ》さは、私には、もう、たまらない。指輪の誘惑にさらされて、偉大な英雄となる自分の幻をみながら、彼を引き戻すのは、フロドへの愛と、もう一つ――「大き過ぎも小さ過ぎもしない自分の姿」に満たされている思いである、という所など。

旅の終わりに近づくにつれて、どんどん、サムの存在が大きくなっていく。頑固で偏狭（ゴクリに対する態度など、本当に嫌な奴である）、しかし、「分別」というものの本当の意味を体現している彼。それでいて、エルフを一目見たいと思い続け、この旅に巻き込まれてしまう好奇心をもっている彼。彼のような「英雄」を描きだしたことで、『指輪物語』は独特の輝きを放つのだ。

物語の二つの流れ　つまり、この物語は英雄詩に似ていながら、描く英雄の姿もまた、物語世界のように、二つに分かれているのである。

ふつうの英雄譚であれば、指輪を担うのはアラゴルンではあるまいか。指輪を解放しながら我欲によって指輪に滅ぼされ、災いの元をつくった英雄の末裔が、野をさ迷いながら、多くの友や賢人のたすけを得て、やがて指輪を捨てるという筋書きが最も基本的だろう。

図３『王の帰還』表紙（ペレンノール野の合戦。アラン・リー画）

この物語に触発されたと側聞する映画『スターウォーズ』も、一見ふつうの若者を主人公に据えながら、結局は、この「よくある英雄物語」の筋をなぞってしまっている。

しかし、フロドをはじめホビットたちは、まったく「指輪を巡る英雄譚の筋書き」の外にいるのだ（ビルボによって、途中からひっぱりこまれるにしろ）。

彼らを、この物語に巻きこむのは、いわば、突然人にふりかかってくる、天災やら試練やらと同じ「運命のいたずら」なのである。だからこそ、そのとんでもない運命の中で、必死で使命を貫こうとする彼らの姿が、けなげで、胸をしめつけられるのだ。

とはいえ、ホビットの視点のみで構成されていたら、この物語も、ほかの多くの物語と似通ったものに堕していたかもしれない。

まるで、写真のフォーカスを変えるように、トールキンは、黄昏ゆく世界と、ホビットとに、気ままに焦点を変えていく。ホビットに焦点が当たるたびに崩れていたリズムも、焦点が絞られたり拡散されたりしながら、長く、長く続いていくことで、いつしか、独特の物語のイメージへと溶けていく。「長すぎる」と非難される欠点が、逆にこの物語を救っているともいえる。きっと、物語自身が、この長さを求めたのであろう。

物語を紡ぎたいという思い

それぞれの結末　トールキンが何を思って物語を紡いでいたか、それはわからない。けれど、ひたすらに、「物語世界をつむぎたい」という衝動に突き動かされていたことだけは、あきれるほどの細かい描写に読みとれる。その自分を誘ってやまぬ「物語世界」と、「物語世界に惹かれる人間」との関係をも、トールキンは物語の中に織り込んで行ったように思えてならない。

『スターウォーズ』を観ればわかるように、他の多くの物語と同様のパターンを構想していたなら、指輪が滅びの山で投げ捨てられた所で物語は結末を迎えていたはずだ。大団円は、せいぜい、王からの褒美を頂いたり、結婚したりという場面でしめくくられるくらいであったかもしれない。

しかし、『指輪物語』は、そういう終わり方をしない。ホビットたちを、ゆるやかに日常へともどしていきながら、彼は、様々な小さな物語に、丹念に小気味よい結末をあたえていくのだ（なんと、小馬のビルにさえ、仕返しのひと蹴りをさせてやっている！）。

まるで、「ねぇ、あの小馬はどうなったの？　あの人は？」と、身をのりだして尋ねる物語の聞き手たちの声に、答えるように。――答えずにいられなかったように。

ホビットたちは、はるかなる伝承の世界で名誉を得ただけでなく、自分たちが暮らす、狭いけれども、彼らにとって最も現実的な世間で、苦難に満ちた旅を終えたことの褒美を得るのである（「絵空事」と揶揄されるものが、日常を小気味よく変えるカタルシスを描きたくなってしまったのかもしれないと思うのは、私の読みすぎだろうか）。

しかし、物語は、そこでもまだ、真の結末には至らないのだ。


物語の魔性　カタルシスや成長を語るだけでなく、最後にトールキンは、ふつうの暮しとは断絶している異界――深く関わってしまえば、決して戻ってはこられない異界としての「物語」の性《さが》をも描くのである。

物語にあまりにも深く関わりすぎることで、傷ついてしまったフロドとビルボは、自分たちの旅を「物語」に紡ぎ変え、妖精たちや魔法使と共に黄昏へ溶けていく。彼らの「成長」は、日常へ還元されて終わることをゆるされない「変性」であることが示されるのだ。

そして、家族の待つ我が家へと帰るのは、主人公のフロドではなく、サムなのである。彼は、物語の中に溶けることができなかった哀しみを抱えながら、日々の暮しへともどっていく。――憧れても、決して、その中へ入ることはできないことを知っている、物語の読み手のように。あるいは、紡ぎ手のように。

「物語世界」は船出することで、日常へ溶けて卑小化して消えることを免れ、はるか黄昏の彼方へと広がって行く。物語を紡がせる魔物は、ここで静かに黄昏へと去り、作者は、我が家へ帰っていく。サムが、ほーっと一つ深いため息をつき、「今、帰っただよ。」というラスト・シーンに（4―二七六頁）、私は、物語を書き終えた瞬間の、あの、魂が、疲れ果てた我が身に戻ってくるような感覚を味わった。

この魔物は、否応なく人にとり憑き、抑えることのできぬ衝動によって旅へと駆り立てる。疲れ果てても、休ませてくれぬ無慈悲なものだ。これにとり憑かれた者は、たとえ一つの旅を終えて帰宅しても、そこに安らぐことはできず、いずれまた、つぎの旅へと出発せねばならないことを知っている。『指輪物語』は、その魔物にとり憑かれた者の業と、喜び哀しみ苦しみを、なまなましく描いている物語だといえるかもしれない。

「物語」という魔物は、「指輪」のように、その魔力で、人をとらえるのである。

＊本稿は『ユリイカ』第三四巻第六号〈総特集・『指輪物語』の世界〉（青土社、二〇〇二）に所収の「大シャーマンの旅の跡」を改訂したものです。

引用文献

（1）コリン・ウィルソン「トールキンの樹」『子どもの館』二月号（福音館書店、一九七五）
（2）ブライアン・アトベリー、谷本誠剛・菱田信彦訳『ファンタジー文学入門』（大修館書店、一九九九）
（3）J・R・R・トールキン、瀬田貞二訳『二つの塔』下（評論社、一九七九）
（4）J・R・R・トールキン、瀬田貞二訳『王の帰還』下（評論社、一九七九）

C O L U M N

心に残る名場面

Where now the horse and the rider? Where is the horn that was blowing?
Where is the helm and the hauberk, and the bright hair flowing?
Where is the hand on the harpstring, and the red fire glowing?
Where is the spring and the harvest and the tall corn growing?
They have passed like rain on the mountain, like a wind in the meadow;
The days have gone down in the West behind the hills into shadow.
Who shall gather the smoke of the dead wood burning,
Or behold the flowing years from the Sea returning?

あの馬と乗り手とは、何処へいった？　吹きならされた角笛はいまどこに？
兜と鎧かたびらは、かぜになびいた明るい髪の毛は、どこに？
竪琴をかなでた指は、紅く燃えた炉辺の火は？
春はどこに？　稔りの時と丈高く熟れた穀物は、どこへいったか？
すべては過ぎていった、山に降る雨のように、草原を吹く風のように。
過ぎた日々は、西の方に、影を負う山々のうしろに落ちてしまった。
燃えつきた焚木の煙を集める者があろうか？
流れ去った年月の海から戻るのを見る者があろうか？

古英詩『放浪者』(*Wanderer*) 九二―九六行には、有名な「ウビ・スント（何処にやある）」のモチーフが繰り返される。その始まりは、トールキンのこの詩節と同じく「馬はどこにある？　男はどこにある？ (Hwær cwom mearg? Hwær cwom mago?)」である。詩節はその後「宝物を授けし者はどこにある？　酒宴の席はどこにある？　館の喜びは何処にやある？　ああ、輝ける杯よ！　ああ、帷子をまといし男子よ！　ああ、民の栄光よ！　暗き夜の冠の下で如何にして、今はなきかの時は去っていったのか！」と続く。アングロ・サクソン人が、主君とともに館の宴席に連なることにより、ともに馬を駈けることにより、如何に喜びを見出していたかを偲ばせる。トールキンのローハンの民の喜びもまた、主君とともに馬で戦場を駆け、暖かい炉辺の宴席でともに愉しむことにあった。しかし、一切がいつかは過ぎ去ることも知りながら、戦場に赴く時に何を恐れるものがあろう。戦いにおいて死ぬとしても、詩に歌われ、覚えられることこそ、彼らの本望であった。戦いのさなか、死を前にして歌いながら戦う彼らローハンの騎士の姿は、トールキンの思い描いた、武勲詩の中に生きる最高の英雄たちの姿でもあった。

（伊藤）

CHAPTER

8

リングワールドふたたび

『指輪物語』、あるいはフェミニスト・ファンタジーの起源

小谷真理

John Ronald Reuel Tolkien

トールキンの娘たち

トールキン以前と以後では、ファンタジー・ジャンルそのものの意味合いがまったくちがう。リン・カーターは『トールキンの世界』(図1)の冒頭、アメリカにおける『指輪物語』受容状況を語りながら、次のように熱弁をふるっている。「『指輪物語』という題をもつ、おそろしく長大でおそろしく奇妙な本を、ほとんどだれもが読んでいるという状況が、突然やってきてしまったようだ」(1—一一頁)。

一部SFファンの手から一般大衆の手へ。カルト・ヒーローから国民的ヒーローの座へ。その反響の分析はひとまずカーターの手に委ねるとして、いまここで特筆しておきたいのは、イギリスからアメリカのポップ・カルチャーのなかに投じられた『指輪物語』の舞台である中つ国が、多くの読者を多くの模倣者に変貌させる魔力を秘めていた事実である。魔法が可能な異世界を冒険すること——この魅力的なシナリオをもとに、七〇年代にファンタジー・ブームが巻き起こった。さらに読者参加型ファンタジーの決定版ともいえるロール・プレイング・ゲームの勃興は、まさに『指輪物語』世界冒険への渇望が実を結んだ結果であろう。なぜ、多くの読者はかくもやすやすと創造者への道を歩もうとしたのだろうか。その創造への渇望はいったい何を映しだしているのか。

ある人は、それをかつてのフロンティア・スピリット再現への夢と賛美した。また、ある人はそこに、

図1　リン・カーター『トールキンの世界』の原書

図２　スージー・マッキー・チャーナス

図３　ジェシカ・アマンダ・サーモンスン監修の女戦士（アマゾン）ファンタジーのアンソロジー

牧歌的中世主義を奨励し機械文明への危機を憂える趨勢を読み取り、本質的なアナクロニズムを認知する。そのようなかで、七〇年代後半に、トールキン人気とともにフェミニズム運動の影響を受けて一群のフェミニスト・ファンタジーが勃興したとき、それは次のように「宣言」された。家父長的制度を離脱し新天地を探求するため、彼女たちはフェミニスト・ミドルアースを探求するのだ、と。だが、そのフェミニストたちの方法論と「父」なるトールキンをめぐって、「トールキンの娘たち」の間にはしばしばアンビヴァレントな感情が浮上していた（2―二―一五頁）。

たとえば、不朽の名作とされる『指輪物語』のセクシスト・ファンタジーとしての側面を糾弾したのは、アメリカ女性作家スージー・マッキー・チャーナス（Suzy Mckee Charnas）（図2）である。一九九〇年四月『ニューヨーク・レヴュー・オブ・サイエンス・フィクション』誌上のことだ（3―一一頁）。

かつてアーシュラ・K・ル＝グウィンをして、最も完璧な物語であると感嘆せしめた『指輪物語』。その「完璧な」作品はまさに男根的完璧さゆえの不完全さを露呈しているのではないか？――というのである。

もっともチャーナスといえば、過激なフェミニスト作家として、ジョアナ・ラスと並んでたえず「ご意見番」の役割を果たしてきた重鎮である。そして、同誌同号の特集というのが、ほかならぬ女性ヒロイック・ファンタジーであった。とりわけ特集内部には、サブジャンルとしての「女戦士（アマゾン）もの」が近年のサイバーパンク作家ら「男性作家」によって搾取を受けたことを糾弾する論調が見逃せないことを振り返れば、チャーナスの過激なアジテーションもなるほど……と思わざるをえない。

アメリカのファンタジー作家でアマゾンのアンソロジー（図3・図4）（4・5）を編んだ作家のジェシカ・アマンダ・サーモンスンによれば、「アマゾン」の歴史はギリシア神話にまで遡ることができるというが、ポップ・カルチャー内のカルト・ヒーロー（あえてヒロインとはいわない）としての登場したのは、三〇年代のアメリカン・パルプ雑誌時代であったろう。怪奇幻想小説専門誌『ウィアード・テイルズ』で活躍していた当時のパルプ花形作家ロバート・E・ハワードは、大衆作家のつねとして「売れ線ヒーロー」を次から次へと創造し、女性ヒーロー群も実は当時すでに彼の手によって作り出されていた。コナンばりの筋骨隆々とした女剣士ダーク・アグネス、レズビアン戦士ヴァレリアといったアマゾンは、パルプ

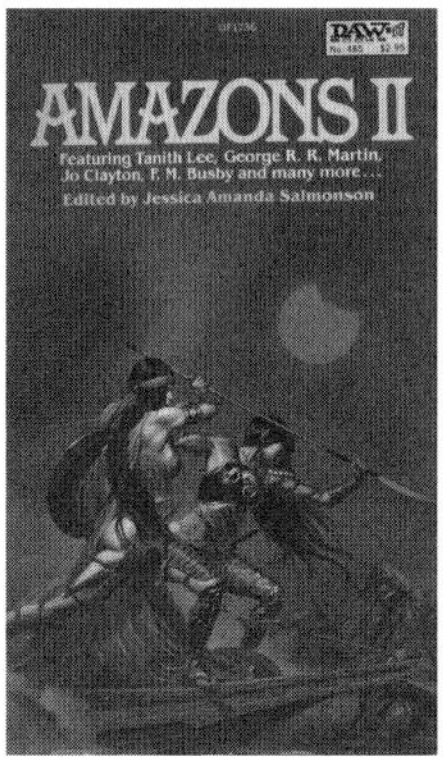

図4　ジェシカ・アマンダ・サーモンスン監修の女戦士（アマゾン）型ファンタジーのアンソロジー

図5　C・L・ムーア『ジョイリーのジレル』の原書

作家として絶大な人気を誇っていた女性作家C・L・ムーア描くところの女剣士ジョイリーのジレルとともに、「闘う女戦士像」の原型を提示していたのである（図5）（6）。

そのアマゾンたちは、六〇年代後半からのフェミニズムSF&ファンタジーの流れのなかで、女性作家ならではの、新たなテーマを確立する。つまり、七〇年代中葉からのファンタジー・ブームの渦中で、女性ファンタジー作家たちは、意識的にせよ無意識的にせよ、トールキンの造り上げた中つ国創造への方法論を踏襲しつつも、父権的現代社会から離脱した、現実ではない幻想的世界、すなわち第二世界に、女性自らの新天地を探求しようと試みた。

今日、多かれ少なかれ、大多数の女性作家たちは幼年時代にトールキンに傾倒し、その偉大さを崇めつつも、同時に不満足を覚えたと告白している。たとえば、こんなふうに……「小さい頃、『指輪物語』を貪り読んだものでした。でも、女性の登場人物があんまり活躍しなくて、物足りなく思っていたのです。それで、自分でも描いてみたくなった。それが作家になるきっかけだったのではないでしょうか」

「トールキンの娘」でありながら、まさに父に反抗するパンク・キッズでもあった女性作家たち。しかし、第二世界創造への方法論とその欠損部分の探求は、混迷するフェミニズムの諸問題を彷彿とさせる。いわく「父なる」神による準創造を踏襲することとは、その方法論自体に内包されている支配への意志、超越主義を反復することにほかならないのではないだろうか、と。

そもそも女性による「ヒロイック」の意味とはなにか、と疑義を表明したのはチャーナスだった。「トールキンを見よ。彼の作品には、レイシズムやセクシズム、君主制にはじまって、さほど容易には分類しえないような言説群が顕著に認められる。トールキンによって翻案された叙事詩の方法論は、それ自体がきわめて性差別的なファンタジーなのだ」（3—一一頁）

なるほど、トールキンの準世界創造は、父なる神=作家の手になるリプロダクションの方法論によって英国男性優位社会の構造をそのまま反復したため、人種・性差・階級の構造上の問題点をそっくり含んでいる。しかし、皮肉にも今日のポストフェミニズム批評の成果であるガイネーシス理論を適用するならば、チャーナスの指摘はまったく逆の意味合いをも指摘していることにもなるだろう。すなわち、英国男性優位社会をそのまま反復したため、じつのところ『指輪物語』は、女性的なものも内包せざるをえなかった。

でなければ、どうしてあのように女性作家たちが大量に輩出したのか説明がつかない。中つ国には、単純に割り切れぬ問題も多く含まれていたとは考えられないか。

今日、トールキンをとりまくファンタジー論は、彼の作品そのものよりも、彼を影響下で大量生産された作品群のために、後続作品において増幅・単純化された特徴をトールキンのそれに重ねて指摘するものが多い。それはむろん、トールキン自身が自らの作品の「受けとられ方」を規定しかねない勢いで情報を乱射しつづけたこととも無縁ではないだろう。そして、評論家たちは作家の意見を重視するあまり、作品に対してひどく臆病になってしまったかのようだ。そのいっぽうで「トールキンもの」創造へのアプローチは日夜盛んで、いわゆる「トールキンもの」と一括されるサブ・ジャンルの基本構造は『指輪物語』を書くための作家養成講座で熱心に議論されているほどなのである。

たとえば、光対闇の闘い、「巻き込まれ型ヒーロー」の憂鬱と成長物語、魔法使の援助といった構造は模倣作品において反復され、同構造をあたかもサブジャンルの定石とするファンタジーが輩出されていったのだ。その結果、その単純化された図式が、あたかも『指輪物語』自体の構造として容認されているかのようなのである。だが、『指輪物語』自体への「読み」としては、これらはあまりに単純すぎる。

魔法をあやつるガンダルフと大いなる〈影〉の首謀者サウロンは、なるほど「白い魔法と黒い魔法の闘い」なるものに還元できるかもしれない。しかし、過剰なまでに情報を注ぎ込んだ『指輪物語』作者のトールキンは、生前の書簡で、「サウロン」絶対悪説と対決していた。彼によれば、サウロンは、あらゆる暴君と同じように、はじめは良く、ついには支配欲にもえ、絶対悪への限りない接近をこころみていく存在だという。

原典にはたしてなにが隠されているのだろう？　フェミニスト・ファンタジーの現在的構造を解析するために、もういちど中つ国を再読する必要があるのではないか。トールキンの半生をかけて書かれた中つ国は、本篇ほか異話も含めると、物語・神話・伝説が膨大な量に及ぶ。その情報過剰ゆえに、容易に割り切れぬ問題が内包されていたとみるべきではないだろうか。

本論では、『指輪物語』のフェミニズム的読解を試みながら、フェミニスト・ファンタジー勃興においていったいどのような構造が錯綜していたのか、その足取りを探求することにしよう。

破棄された円環の物語

「指輪」とは何か　アメリカのフェミニスト・ファンタジー批評家シャーロット・スピヴァックによれば、ファンタジーにとって、主なるテーマは「魔法」と「探求」だという(2—三～一五頁)。そして「魔法」とは幻想世界を保証するものなのだ。そしてスピヴァックは、その幻想世界を保証する「魔法」を「何かが何かに変わること」、すなわちメタモルフォセスとして説明する。作中に登場する「魔法」という非合理現象は、作中の事象を変貌させるとともに、作品そのものを現実世界から幻想世界へと「変貌」させる。

中つ国では第三期の終りの「指輪大戦争」の折、「指輪」は火山に投げ込まれ、世界は、エルフの時代から人間の時代へと変貌して行く。『指輪物語』とは、「指輪の王」の物語であるにもかかわらず、それは「指輪」を喪失する王、すなわち魔法の死を描いた作品なのだ。「指輪大戦争」の後、エルフたちは西の太陽の沈む国へと去って行く。魔法の死は幻想世界の終りにほかならない。ほろびゆく魔法世界。スピヴァックのいう直線的な時間の流れ＝西欧的キリスト教的歴史性を「男性的」とするならば、異教的「女性的」時間の概念は円環構造として現わされるという。したがって、「指輪」＝円環の死は、ひとまず女性的なものの死を意味しているといえるかもしれない。

なるほど、『指輪物語』に登場する女性たちは物語中、自身の能力とは関係なく一様に「挫折」を体験する。性的な魔力は封じられ、「妻」として「怪物」として、制度のなかに組み込まれてしまう。たとえばエオウィンは、セオデン王の姪にして優れた女性武人として登場する。しかし、アラゴルンへの愛に破れたのち、絶望的な死地へと赴き、重傷を負い、回癒の後には、ファラミアの妻かつ「治療士」としての社会的役割に傾倒していくことになる。

また、川の娘であり妖精のゴールドベリは、トム・ボンバディルの貞淑な理想の妻として描かれている。ゴールドベリよりもさらに個性的なエルフの長ガラドリエルもまた、夫以上に印象深い魔力やカリスマ的魅力とはうらはらに、貞淑な妻として控え目な生活を送る。また、ルシアンとアルウェンは人間の男性と結婚するために不死であることを捨て有限の生命となる。これらの妖精の女たちの異教的相貌にはもちろん、ラファエロ前派の「宿命の女」や北欧神話やケルト伝説の地母神が反映しているものと思われる。興味深いのは、その古代女性神話的地母神像を設定するにあたり、聖母マリアとの構造的折衷が試みられている点であろう。

メアリー・コンドリンによれば、アイルランドのカトリック布教において、現地のケルト的土着宗教を克服するため、中世キリスト教宣教師たちは、女性聖者ブリジットや聖母マリア崇拝を用い、女性崇拝を聖母（妻&母）崇拝として大衆への浸透をはかったという（7―ix～xiii）。そこには『指輪物語』の女性像を彷彿とさせる構造が窺える。とりわけ、『指輪物語』の異話として残された断片『終らざりし物語』に登場する「ケレボルンとガラドリエル」などガラドリエル関係の資料をみるとき（8上―三二五～三六八頁）、そこでは、中つ国をめぐる覇権争いが、むしろサウロンVSガラドリエルといった対立像としてみえてくる。サウロンが帝国主義的・キリスト教的家父長制を示し、ガラドリエル自身は異教的古代神話的なものとして描かれている。『指輪物語』では聖母マリア像としての表層をとりつくろわれているガラドリエルは、トールキン自身のゆれる視線のなかで、魔力と均衡にゆらぐ危うい存在としての印象を免れ得ない。

だが、制度に囲い込まれる女達のなかにあって、最も「制度」との確執を演じているのは、むろん「グレンデルの母」を彷彿とさせるシェロブであろう。巨大女郎蜘蛛のシェロブでさえ、サウロンの「ペット」として飼い馴らされているけれども、彼女ほど怪物としての女像として隠喩化されているキャラクターはいない。しかもその禍々しい吸血鬼じみた「怪物性」ゆえに、シェロブは退治されてしまう。制度に囲い込まれる女性たちが、そのつつましやかな妻然とした姿とは逆に、かえってその制度ゆえに発揮できない「才能」をもつこと。この点が強調されていることは忘れることができない。トールキンは女性の才能を認め、「結婚」によりその才能が埋没する恐れを機会あるごとに口にしていたが、いっぽうで自身の妻イーディスとは、学問上・文学上のどのような会話も共有しなかったという。文学的快楽を共有する可能性を認めてはいるが、同時に制度にも忠実であるという矛盾した「葛藤」がそこにはある。これは、あたかも『指輪物語』のなかの女性たちが制度と自身の才能の拮抗するバランスのなかで感ずる「葛藤」に肉薄するものといえないだろうか。

このような才能の可能性と、その不可能性の間の葛藤は、「指輪」のもつ個性と、その運命を反復しているようだ。そして、それが女性性やセクシュアリティの隠喩構造と解釈できるなら、それひとつの性差混乱として再考できることにもなるだろう。

ところで、「指輪」や女たちのもつ性差混乱性を反復しているのが、ホビットたちではないかと考える。

ホビットのポストモダニズム

トールキンは『ホビットの冒険』で「ホビット」について次のように説明している。「ホビットは小人で」、「ひげがなく」、「魔法の力がなく」、「たいていおなかがふとってい」て、「足の裏が川底のように丈夫になっていて、おまけにふかふかした茶色の毛がぴっしりはえている」。

児童書として描かれた『ホビットの冒険』と違い、『指輪物語』は大人の観賞にも耐え得る物語である、とトールキンは強調するが、主人公のホビットをよくよく観察すると、そこではそもそも「大人」／「子供」といったカテゴリーが解体されているのだ。ホビットはひげがなく、よくふとった「大人」の顔をした「小さい人」なのである。のちに、旅の仲間として加わるアラゴルン、ボロミア、ギムリらは、この「大人の意識をもちながらもこどものようにかよわい」ホビットに対して一様に「父性」的役割を果たす。また、大人／子供だけではなく、彼等の存在には、男／女、人間／動物といった間の境界をも侵犯しているような描写が提示されている。たとえば、『ホビットの冒険』の主人公のビルボはエプロンをつけ、『指輪物語』で孤独な旅をするフロドに忠誠を誓い同行するサムは道中涙をのんで「料理道具」を捨てねばならなかった。

そして、このホビットの存在こそ、トールキンにとってあらゆる意味で憧憬の的であった。トールキンの伝記作家ハンフリー・カーペンターを引用して（9―一〇三頁）、パートリッジはこのホビットの友情に、オックスフォード時代のスカウト、兵役時代の同僚、文学愛好会インクリングズ会員の面影を見出そうとする。ある意味ではホビットこそ、こうした「永遠の少年団」を象徴するものといえよう。小さい人ホビットたちの「旅」。そしてその運命共同体は、同じ世界探求を共有する楽しみをもつ。サムにとってはエルフを眺める旅、メリーとピピンにとっては「冒険」それ自体のための旅、そして、フロドにとっては愛憎いりまじった「指輪」を捨てる旅だった。

パートリッジは、こうしたホビットの友情が、インクリングズでのC・S・ルイスとの同性愛的関係を反復し、それが、サム・ギャムジーのフロドに対する献身的態度などにも濃厚に表出されているとみる。確かにトールキン自身も、サムの一部が兵役時代の従卒をモデルとしていることを認めている（10—一八一〜一八七頁）。

また、当時のオックスフォードの常として、郊外に家族を住まわせ、教授陣が食事すら構内で取らざるをえなかった事情や、独身主義者C・S・ルイスのカリスマ的魅力、チャールズ・ウイリアムズが現れた後のルイスの心変わりへの怒りなどを考慮するかぎり、男ばかりのキリスト教徒たちの文学同好会がいかにホビット像構築の背景に絡んでいたかを推察できるだろう。だが、この楽しい「男性中心的集まり」は制度によって正当化されていたいっぽう、その同性愛的気質は一触即発的な危機をも内包していたに相違ない。イブ・セジウィックに倣うなら、ホビットのエピソードのなかに、ホモソーシャリティとホモセクシュアリティをめぐる境界線闘争の多くを見出すことができるだろう。

前述したように、その矛盾したベクトルは、「指輪」とその持ち主との関係のなかで複雑に機能しているのではないだろうか。「指輪」は「すべてを統べる」絶大な力を有するという。そこで提示されるのは、権力と支配欲への誘惑であり、何よりも支配的制度への意思を誘発するものと読むことができる。そのいっぽうで実際の「指輪」の効果は、ビルボの使いみちによれば「姿が見えなくなること」なのだ。「この世から見えなくなること」。フェミニズム理論が、西欧家父長的制度により、歴史からも社会からも「見えざる存在」であった女性たちを「見える」存在にしたことに鑑みれば、「指輪」は存在を不可視にする「権力」と関わっていると考えられるのだ。

また、「指輪」に性差混乱の象徴を読み込むのに、最も適した人物は、元ホビット族であるスメアゴルことゴクリであろう。ゴクリは、あたかもゴブリンが王女さまを愛するように、「指輪」を「いとしいしと」と呼ぶ。「指輪」を所有していたゴクリは、寿命が伸び、怪物化してしまう。ゴクリの所有欲は、性的であり、「指輪」への愛憎を吐露している場面は、セクシュアリティの匂いを感ぜずにはいられない。「指輪」に執拗な執着をみせるゴクリは、それをフロドの指ごと噛み切って「指輪」と心中してしまうのだ。フェミニスト的読解をほどこせば、「指輪」は「欲望」を引き起こすものであり、この「指輪保持者」と「指輪」の関係にはじつに性的である。というより、そもそも「欲望」の表象にセクシュアリティの構造が内包されているのだ。

　したがって「指輪」破棄の旅とは、逸脱のセクシュアリティを封じ込め、円環的世界観を棄却し、女性を囲い込み、魔法世界に死をもたらす旅だったともいえよう。一九世紀欧米を席巻した宿命の女のように、「指輪」は、殺されることによって、想像を絶する魅力を放つのだ。「指輪」とはそのときまさにセクシュアリティそのものの衣をまとう。「指輪」保持者は「指輪」の魅力にとらわれ、恋にも似た愛憎にとらわれるのだ。一度でも「指輪」を保持した者にとって、「指輪」喪失とは「恐るべき」欠損・精神的飢餓感を象徴するがゆえに。

　スピヴァックは、フェミニスト・ファンタジーにおいて家父長的価値の転覆に一役買うのはセクシュアリティだと述べている（二―三～一五頁）。『指輪物語』では女たちが家父長的制度に囲い込まれ、本来の魔的なセクシュアリティを封じられていく。それだけだったら、多くの家父長制的物語と変わりはないだろう。しかし、女性たちよりもなお、人種・性差・年齢・セクシュアリティといった現世の規範をあやうくするホビットの存在が、『指輪物語』をより魅力的なものにしているのではなかろうか。ホビットの存在が――その性差混乱の可能性が――多くの女性愛読者をさらに一歩すすませて、女性創造者として目覚めさせたのではないだろうか。

　トールキンの愛読者だった女性作家たちは、一定の期間を経て自ら異世界ファンタジーを書こうと思い立って登場してくる。彼女たちは、正しい意味でトールキンのもたらした異世界ファンタジーという起源のなかに、明確な原初的亀裂を見出していたのではないか。それは、トールキンという父が物語のなかに閉じこめた「魔法世界の喪失」であり、父の世界の限界にみえたのかもしれない。エオウィンが剣をとって立ち上がり、アルウェンが自由気ままに馬に乗り、ガラドリエルが魔術をふるい、ホビットたちが対等で同志的で陽気な旅を続けられる世界への渇望になったのではないか。はたして、『指輪物語』がベストセラーになってまもなく、七〇年代にはいると、おりからのフェミニズム運動の追い風もあって、女性作家が次々に異世界ファンタジーに手を染めるようになる。フェミニスト・ファンタジーの勃興へと繋がっていくのである。

二〇〇一年から全世界公開されたピーター・ジャクソン監督の映画『ロード・オブ・ザ・リング』のなかで、わたしたちは確かにフェミニスト・ミドルアースともいうべき、女性登場人物の設定をみることができる。これは、インタビューで、フィリパ・ボウエンが語っているように、脚本家にフラン・ウォルシュとボウエンというふたりの女性が入っていることが大きい。トールキンの中つ国に内包していた性差混乱の構造から豊かな解釈を引き出すこと。つまりその深淵が、フェミニスト・ファンタジーの潮流の源にもなっていたのだと、わたしは考えているのである。

＊本稿は『ユリイカ』第二四巻第七号〈特集・トールキン生誕百年〉に所収の「リングワールドふたたび」を改訂したものです。

引用文献

（1）Lin Carter, *Tolkien: A Look Behind the Lord of the Rings.* New York: Ballantine Books, 1969. リン・カーター、荒俣宏訳『トールキンの世界』（晶文社、一九七七）
（2）Charlotte Spivack, *Merlin's Daughters: Contemporary Women Writers of Fantasy.* New York: Greenwood Press, 1987.
（3）Suzy Mckee Charnas, "The Problem of Inadequate Amazons" in *New York Review of Science Fiction*, #20, April 1990.
（4）Jessica Amanda Salmonson, *Amazons!* New York: Daw Books, 1979.
（5）Jessica Amanda Salmonson, *Amazons II.* New York: Daw Books, 1979.
（6）C. L. Moore, *Jirel of Joiry.* New York: Paperbook Library, 1969.
（7）Mary Condren, *The Serpent and the Goddess: Women, Religion, and Power in Celtic Ireland.* San Francisco: Harper and Row, 1989.
（8）J. R. R. Tolkien, *Unfinished Tales of Númenor and Middle-earth*, ed. by Christopher Tolkien. London: Geoge

Allen and Unwin, 1980. J・R・R・トールキン、クリストファー・トールキン、山下なるや訳『終わらざりし物語』上・下巻（河出書房新社、二〇〇三）

（9） Humphrey Carpenter, *J. R. R. Tolkien: The Authorized Biography.* Boston: Houghton Mifflin, 1988. ハンフリー・カーペンター、菅原啓州訳『J・R・R・トールキン――或る伝記』（評論社、二〇〇二）

（10） Brenda Partridge, "No Sex Please —— We're Hobbits: The Construction of Female Sexuality in *The Lord of the Rings*" in Robert Giddings, ed., *J. R. R. Tolkien: This Far Land.* London: Vision Press, 1983.

COLUMN

『シルマリルの物語』――〈中つ国〉版『古事記』

『指輪物語』の前史『シルマリルの物語』が一九七七年に出版されたとき、わたしたちは胸を躍らせて飛びついた。『指輪物語』の中で歌謡としてほのめかされたギル＝ガラドやエアレンディルの実録を読むことができる、という点では、じつに魅力的な注釈書だった。「私の心を占めているテーマはやたらに枝を出して掴もうとするのです」とトールキンは手紙の中で述べているが、この本は音楽による宇宙創成から始まって、世界の歴史の黎明である第一紀（『指輪物語』の事件は第三紀の末）の主人公エルフ族の事績を中心に記した、いってみれば〈中つ国〉版・詳説『古事記』である。ホビットはほとんど登場しない。

冥王サウロンは二代目で、初代メルコールがいたのだとか、エルフたちがあの手この手でシルマリル――このシルマリルというのはエルフのフェアノールが、太初の二本の木の光（トールキン神話に太陽神はいない）をこめて作り出した三宝玉で、メルコールに奪われる――奪回戦争をくりひろげたのだとか、その戦の中の有名なエピソードがベレンとルシアンの物語で、このふたりがアラゴルンの祖先だとか、太古の英雄エアレンディルの息子が裂け谷のエルロンドだ（なんて長生きなんだ）とか、そういう膨大な裏話の本なのである。〈中つ国〉の北西部分のベレリアンド地方が裂けて海底に沈んだくだりとか、さらに西にあったヌメノールの島が、追放された冥王を迎え入れ、その甘言に毒されたために水没した顛末（これが後世のアトランティス伝説）とか、天変地異系カタストロフにも事欠かない。

個人的に好きなのはトゥーリン・トゥランバールの物語だ。彼はエルフの〈強弓のベレグ〉と熱い友情に結ばれていたが、救出に来てくれたベレグを誤って刺し殺してしまい、正気を失って彷徨、ウルモの泉の水でようやくわれにかえる。そののち悪竜グラウルングを倒すも、いまわの竜の口から、新妻ニーニエルが実は妹であることをきかされ、ニーニエルは入水、かれも剣に身を投げかけて死ぬという、どこまでも救われない悲劇のヒーローである。こんなふうな『エッダ』のエッセンスから作り出したような物語群が、古い英雄叙事詩の語り口で書かれている。小説である『指輪物語』よりも読むのに慣れが必要なのと、つい断片的な裏話として読んでしまうため、全体のつながりがとらえにくいのが泣き所だが、トールキンはこれらの「記録」をもって、ヨーロッパ先史時代の真説とした。なんという不遜な、そして偉大な！

『指輪物語』の読者には当然ながら、こうした裏話を含めた「世界観」の部分をもっと知りたいと思うひとたちと、前景のキャラクター・ドラマだけでいいと思うひとたちがいる。トールキン自身、ともすれば前者に凝ってしまう自分の傾向について、少々懐疑的だった。「本書を『英雄物語《ヒロイック・ロマンス》』としてのみ楽しみ、「説明のない遠景」を文学的効果の一部だと考える読者は、当然追補篇など無視するだろう」と一九五五年三月の、編集者レイナー・アンウィンへの手紙の中で述べている。

賢明なトールキンにはよくわかっていた。背景世界の膨大なデータを求める愛読者の手紙に応えようとしながらも、「すべてのことを大がかりなゲームとして扱うこの傾向がほんとうに正しいものかどうか、自信がない」と続けるのだ。自分の小説から「ゲーム」という巨大なジャンルが出てくることを予期したような発言である。たしかに「ゲーム」の情報性と、神話的な縹渺たるセンス・オブ・ワンダーは相容れないものであり、ゲームならではの微視的な克明さは、全体を吹きかよう靄や世界の匂いのようなものを消し去りがちだ。

わたしも、裏話あたりまではちょっと欲しいが、ローハンのマーク騎馬軍の編成まではいい、と思うくちである。で、それに関してしきりに思い出されるのは、かれの親友にして好敵手であったC・S・ルイスが自伝の中で述べていた言葉だ。かれは北欧神話に惚れこみ、調べあげて、その全体に通暁するようになった。「だがしだいに、これが当初の『喜び《ジョイ》』とは様相を変えてきたことに気づき、それはやがて楽しみの対象ではなく知識の対象にすぎなくな」った。ルイスの「喜び」とは「憧れであり、かつ憧れの成就」であるような「至高体験」だが、それは知識にではなく、かいま見る「文学的遠景」のほうにむしろ属していたのである。「憧れは建立中の神殿にこそ宿るべきであって、完成した神殿にはふさわしくない」。だからこそかれの〈ナルニア国ものがたり〉はあんなに大雑把な地図と、巻ごとにどんどんロングショットになっていく遠視的な世界観から成り立っているのだろう。

このあたりの兼ね合いが実はたいへんおもしろいところで、ファンタジーにおける永遠の命題でもある。

（井辻）

CHAPTER
9

読んで快適な『指輪物語』は政治経済ＳＦである

藤森かよこ

読んで快適な物語が示唆するもの

John Ronald Reuel Tolkien

図１　『指輪物語』BOX セット表紙。バラド＝ドゥア（J・J・パレンカー画）

『指輪物語』を読むのは快適な体験である。読んで快適でなければ、あれほど長大な物語は読み通せない。また多くの人々にも読まれない。ある作品を読むのが多くの人々にとって快適であるということは、その作品の政治的／経済的意識や無意識が、多数の読者のそれらと、ほぼ合致するということを意味する。それは、概して否定的なものと判断される。なぜならば、その作品が一般読者の政治的／経済的意識や無意識に迎合していると考えられるからだ。もしくは作家自身が、自らの政治的／経済的意識や無意識を読者と共有している＝一般読者と作者の知的水準が同じであると疑われるからだ。

　優れた文学作品は、読者の認識の地平を広げるものでなければならないのだから、俗情と結託《けったく》するものであってはいけないという前提のもとでは、読むのに快適な物語はアカデミズムでは軽視されがちである。事実『指輪物語』は、そのように扱われてきた。この物語が、英国で行われた「二〇世紀のもっとも素晴らしい書物（the greatest book）」アンケートで第一位に選ばれたとき、英国の知識人やアカデミズムは、その結果を信じなかったというのはよく知られた事実である（1―七一九頁）。「『指輪物語』の文学的評価は、英文学におけるその歴史的役割と同様にたえず修正されつつ、上昇している」（2―五二頁）という意見もあるのだが。

私は、『指輪物語』の政治的／経済的意識や無意識の、その「俗情と結託する要素」に注目する。ある作品が広く読まれ、長く読まれ、快適に読まれるということは、その作品の政治的／経済的意識や無意識が、大多数の人間のそれらと齟齬《そご》をきたさないということであるのならば、その作品の政治的／経済的意識や無意識こそ、考えうる限り最もましな政治的／経済的ありようというものを示唆しているのではないかと考えるからだ。

政治や経済は絶対的に社会的なものであり、のっぴきならないほどにリアルなものだ。政治や経済のありようとは、絶対多数の人間が最大公約数的に望み、耐えやすく何とか納得できるものでなければ、真に機能はしない。いくら高らかに理想を謳《うた》い上げても、いくら美しくても論理的でも、多数の人々にとって有効に機能しない政治や経済は恐怖と抑圧でしかない。多数の読者にとって快適であるありようとは、絶対多数の人間が最大公約数的に望み納得するものに近いのだから、それこそ真剣に考察すべき「最もましな政治経済体制」のヴィジョンなのではないか？　ならば、そのヴィジョンを明らかにしてみようというのが、本論の趣旨である。

作者のトールキンは、自らの作品を寓話として解釈されるのを非常に嫌ったが、作品の持つ「適用可能性（applicability）」までは否定しなかった（3―二二五頁）。現在のところの私の文学作品に対する関心は、その作品が、最もましな政治経済体制を示唆しているかどうかにしぼられる。そうした私の関心を「適用」できるだけの世界を『指輪物語』は内包している。この物語をSFと考える可能性については、すでにエドワード・J・マクファデン三世が簡単に言及している（4―三七―四五頁）。私にとって『指輪物語』とは、マクファデンの文脈とは別の意味でまさしく政治的／経済的サイエンス・フィクションである。

有機的全体としての中つ国

自由の民による停滞的棲《す》み分け多文化社会　ブライアン・ローズベリーは、中つ国とその住人たちについて、このように述べている。「さまざまな大きさの共同体に集まって、人間たちは、エルフやドワーフやオ

図２　『旅の仲間』表紙（黒の乗手から身を隠すフロド。J・J・パレンカー画）

ークや（人間の半分の背丈の）ホビットたちなど、言葉を話す人民（speaking-people）と中つ国を共有している。これらの人民どうしの触れ合いはまれにしかなく、しばしば相互に疑惑を抱き合ってもいるのだが、にもかかわらず、人間とエルフとドワーフとホビットは実際上のもしくは潜在的同盟関係にあるし、彼らは、さまざまに堕落しやすいけれども、主として穏健である」（1―一二頁）と。

明らかに、中つ国は、異質の住民たちがそれぞれの流儀で暮らし、それぞれのテリトリーに棲み分けながら共存しているという意味では、「多文化社会」である。しかし、互いの交流には積極的ではなく、共存様式は潜在敵対的であると同時に潜在同盟的でもあるという緊張が、この社会にはある。「旅の仲間」のレゴラスとギムリがそうであったように、エルフとドワーフは互いへの反感を隠さない。登場人物たちは、よそ者に対して正直に率直に警戒的である。この点において、中つ国は一九八〇年代以降の「政治的公正さ（political correctness）」に意識的な、差別意識をあらわにする行為や差別用語を、善意と道徳によって抹消しようと努力する「多文化主義社会」ではない。

多文化主義（multiculturalism）とは、アメリカ合衆国やカナダやオーストラリアなどの移民による人工国家だけでなく、植民地からの移民を引き受けざるをえなかった「元宗主国」である英国やフランスや日本などにとっても、達成すべき社会理念となっている。移民とは、ありていに言えば彼や彼女の祖国が、何らかの理由により荒廃し、国民をして平穏に公正に生活させる力を喪失したから、難民もしくは棄民にされた人々であり、もしくは国を捨てた人々である。政治的経済的不如意のために異質の文化圏で生きざるをえない人々の文化的民族的アイデンティティと人権を尊重するのが現代の文脈で言う「多文化主義」である。植民地獲得にせよ、市場獲得にせよ、貿易の拡大や帝国主義やグローバリズム（この三つは同じものかもしれないが）の産物のひとつが、多文化主義である。それは「近代」の派生物でもある。

その意味では、中つ国は前近代的世界である。前述のマクファデンの言葉を借りれば、「中世的な社会的停滞」こそ、中つ国の特質である（4―五五頁）。それぞれの共同体が自給自足社会であるので、貿易も領土拡大も必要ではない。効率的な貿易や交通や領土獲得のための科学技術も不要だ。領土拡大にともなう共同体間の軋轢《あつれき》や闘争がないので、移民や難民を生み出す契機もない。それぞれがそれぞれの流儀で、それぞれの場所で暮らし自足していて、異質なものを理解する努力も要求されずに、交流や交通の必要も小さいままに共存している。ホビットは、ホビットらしく心ゆくまで、笑って、食べて、飲んで、いつも軽い冗談が好きで、パイプ草が大好きで、食べ物が手に入って、一日六回の食事が取れれば満足のままでいて構わない。作者のトールキンが、「最高に悪しき動機というものは、他者の〈自由意志〉を支配しようとすることです。『指輪物語』とは、特にこの問題に関する物語なのです」（5―二〇〇頁）と述べるように、それぞれの民が選んだ生き方を自由に享受するのが、冥王サウロンが復活する前の平和な中つ国のありようなのだ。

みな大いなるものの一部

『指輪物語』に、あからさまな護教的要素は見えない。宗教的教義や象徴の明示がなされることもない。しかし、この物語世界が作者トールキンのカトリック的想像力の産物であることは確かである（1―一五三頁）。なぜならば、『指輪物語』の世界とは、万物にはそれぞれの役割と機能があり、目には見えない連鎖と連携を形成している有機的全体であるのだから。万能の神の創った世界に無用なもの無駄なものがあるはずがないという前提に立てば、当然そうなる。

「指輪」の棄却《ききゃく》と、サウロンの軍隊との指輪戦争の勝利は、後の再統一王国のエレスサール王となるアラゴルンやローハン国王のセオデンや、その甥エオメルやゴンドール国の執政の次男ファラミアのような指導者や英雄によってだけではなく、フロドやサムやメリーやピピンなどのいかにも無力で小さなホビットや、エルフのレゴラスやドワーフのギムリや、魔法使ではあれ老人のガンダルフや女性のエオウィン姫の勇気ある戦いによって成就される。

また、古森主人のトム・ボンバディルは、「柳じじい」や塚山丘陵の塚人からホビットたちを救出してくれた。ロスロリアンの森のエルフの王妃ガラドリエルは、ごくわずか食しただけで一日分の活力を生む不思議な菓子レンバスや絶体絶命の暗闇を照らし危機を救う玻璃瓶《はりびょう》を「旅の仲間」に手渡してくれた。ファンゴルンの森の古老であり木の精のエント「木の鬚」と彼に率いられた他のエントたちはアイゼンガルドを陥落させた。つまり冥王サウロンの永遠の破滅は、中つ国のさまざまな自由の民たちの力の結集によって成就された。

一見悪役であるような登場人物も、自らの使命を果たすことを運命づけられている。フロドから指輪を

図３　『二つの塔』表紙（エント「木の鬚」。J・J・パレンカー画）

奪おうとして、「旅の仲間」の分裂を招いてしまったゴンドール国の執政の長男ボロミアは、オークからピピンとメリーを守って死ぬ。ピピンとメリーが生きて「木の鬚」に出会ったからこそ、サルマンのいるアイゼンガルドは陥落し、それによってペレンノール野の合戦によってゴンドールが守られ、ついにはコルマルレンの決戦が可能となる。「指輪」を手に入れたばかりに長生きするはめとなり、五世紀間も霧ふり山脈の地底にひそんでいたおぞましいゴクリでさえ、大いなる使命を果たすことになる。滅びの山の山頂で、ゴクリが指輪のはまったフロドの指を噛みちぎらなければ、指輪が火口に落ちることもなかった。ゴクリがいなければ、フロドとサムの指輪棄却の使命は果たされなかった。

ローハンの王、セオデンを篭絡《ちょうらく》した「蛇の舌」グリマも、アイゼンガルドを追われてホビット庄を征服しようとした主人のサルマンを殺害することで、結果的にフロドたちに利することになる。フロドが指輪棄却の旅に出る前のホビット庄では、ビルボやフロドを大いに悩ました欲深なロベリア・サックビル＝バギンズが、サルマンとその一味に襲われたホビット庄で、ひとり果敢に抵抗する。彼女は、サルマンに加担した息子のロソの死後は、サルマンのために家を失ったホビットたちのために財産を役立てて欲しいとフロドに遺言して死ぬ。そして、モルドールの主でありサウロンという絶対的悪の霊魂の存在すらも、指輪棄却の過酷な旅と指輪戦争を中つ国の住人たちに強いることによって、彼らや彼女たちの成長と覚醒と出会いと相互理解と協力を促し、失われた王国を復興させた。

かくのごとく、中つ国に存在するそれぞれの事物は、大いなる全体の一部をなしている。有機的全体としての世界観に裏打ちされた物語は、実に読むのに快適である。多くの読者は、物語から叱咤激励などされたくないし、自らの卑小さを知らしめられたくない。自らの存在を肯定されたいし、万物は、その表層は違っても本質は大いなる何かの一部であり、その大いなる何かに自分も属していると考えたい。それこそ大多数の人間が望む自らの生存様式ではあるまいか。

図４　カーペンター著『J・R・R・トールキン―或る伝記』

階級と性における民主的身分制

搾取的でない貴族制　トールキンの「公認」伝記作家であるハンフリー・カーペンターは、トールキンの保守性について、このように述べている。重要な指摘なので、引用がいささか長くなるのはいたしかたない。

> 彼の階級意識は、まさに知的なそして社会的な自己欺瞞なしに、人生における自分の位置をはっきりとわきまえていることからくるのであった。それぞれの人間は、高かろうが、低かろうが、固有の「領分」に所属しているし、所属すべきだという彼の世界像は、ある意味では、彼が昔風の保守主義者であったことを意味している。しかし別の意味では、この保守主義の故に、彼は周囲の人間に対して、きわめて同情的だったのである。なぜなら、自分がしゃしゃり出なければと思う人間、そのために必要なら他人をひきずりおろす、本当に容赦なく残忍な人間とは、この世界の中での自分の身分の不確かな人間なのだから。現在の政治用語でいえば「右派」であるトールキンは、国王と祖国を尊敬し、人民の支配を信じてはいなかった。しかし彼がデモクラシーに反対したのは、とどのつまり、デモクラシーによって同国人は、利益を蒙らないと信じていただけのことであった。（3―一五三―五四頁）

カーペンターは、右記のこの文のあとに、トールキン自身の「私は『民主主義者』ではない。『謙譲（へりくだり）』と平等ということは、機械的に実現しようとしたり、形式的に具体化しようとすると退廃してしまう精神の原理であると考えるが故に」（3―一五四頁）という発言を引用している。トールキンが、文芸批評の一形式として伝記を利用することを嫌ったことは、よく知られているのではあるが、作者の発言どおり、『指輪物語』の世界は階層差、身分差、貴族制を肯定した非民主主義的なものである。

たとえば、ローハン国王のセオデンは「蛇の舌」グリマの魔術によって判断力を奪われていても、またゴンドールの執政デネソール二世は発狂しても、この物語には、指導者として無能な王を排除するという

図5 『王の帰還』表紙（アラゴルン。J・J・パレンカー画）

展開も人物も皆無だ。指輪戦争の勝利は、ホビットをはじめとした中つ国のさまざまな民の連帯によってもたらされたが、戦争終結後、アルノールとゴンドールを再統一しエレスサール王となるのは、はるかな昔に魔王によって滅ぼされたドゥネダインの北方王国の族長の嫡子《ちゃくし》であるアラゴルンである。指導者、治世者は血統によってあらかじめ決定されているのである。

しかし、『指輪物語』の前提のひとつは、指導者の血統に生まれた人間は、その立場にふさわしい属性を持っているということである。アラゴルンは、エレスサール王即位後は、再統一王国の領土を拡張し、中つ国の西方の地の大部分を治め、長い平和の礎を築く。「蛇の舌」グリマに迷わされていたセオデンも、ローハンの騎士を率いて角笛城で戦い、ペレンノール野の合戦では冥王サウロンに呼び出されたハラドリム軍の指揮官を打ち負かし、王者にふさわしい立派な最期を遂げる。発狂したデネソール二世は、火に自らを投じて自分の処理を完了させ、指導者としての責任を皮肉な形ではあるが全うする。セオデンの姪のエオウィン姫は、主のいない城を気丈に守り、ペレンノール野の合戦では盾を持って戦い、幽鬼ナズグルの首領に腕を折られながらも彼を討つ。つまり、支配者と呼ばれる被支配者の寄生虫はこの物語世界には存在しない。

しかも、『指輪物語』に登場する、この血統正しき指導者たちは、独裁的にふるまうことはない。他人の意見に耳を貸しながら、進退を決してゆく。「エルロンドの会議」において、中つ国の歴史が明らかにされ、会議の参加者それぞれの問題が「指輪」に関わることが判明する。みなは団結して事にあたることを認識させられるのだが、その会議中に、どちらが苦労させられてきたかに関して、アラゴルンはボロミアと口論になる。今までの怨念をぶちまけあっていては、会議が放棄されることになるとガンダルフに警告されると、アラゴルンは、素直に反省する。また、エルフの国ロリアンを出発後、ラウロスの瀑布《ばくふ》に近づく前に、東のモルドールに向かうべきか、ボロミアの要請を受けて危機に瀕するゴンドールの首都ミナス・ティリス救援におもむくべきか、「旅の仲間」をモルドール隊とミナス・ティリス隊に分けるべきか、アラゴルンは仲間と話し合う。「旅の仲間」の離散後は、オークに連れ去られたメリーとピピンを救出すべく彼らの足跡を追うのだが、アラゴルンは、それまでの自分の判断が妥当ではなかったことを認めつつ、レゴラスやギムリと意見を交換しながら行動を決定する。

ともかく、アイゼンガルド攻撃を話し合うエントたちの会議や、冥王サウロン軍との決戦前の「最終戦略会議」にも見られるように、中つ国の民たちは、指導者も含めて、みなよく話し合い意見を交換しあう。ただし、このありようは「民主的」ではあるが「民主主義」ではない。

民主主義という政治体制は、大多数の人間を支配する貴族や君主が、責任ある指導者ではなく、被支配者である人民の搾取者、寄生者であることを被支配者である人民が認識したことによって起こった市民革命によって生まれた（と学校で教える世界史ではそういうことになっている）。少数の特権的な人間に政治を託すよりは、大多数の人間の意志で選ばれた人間たちの合議に政治を託すほうが、まだましなのではないかという考えから生まれたのが議会制民主主義だ。君主はいてもいいが、君主を規制するルール（憲法）を設けて、君主を監視し抑止する議会をつけておこうというのが、立憲君主制議会制民主主義だ。となると、中つ国の政治体制は、「話し合いを尊重する搾取的でない身分制」ということになる。「有能で徳のある貴族制」ということになる。

女性崇拝とセックスの不在　階層、階級を問題にするのならば、性的階層秩序（ジェンダー）もまた考察されねばならない。『指輪物語』の世界において、女性は概して尊敬や崇拝や賞賛の対象である。エオウィン姫のように、戦士としてめざましく勇敢な活躍をする女性がいるし、圧倒的な存在感を放つロスロリアンのエルフの王妃ガラドリエルがいる。人間と結婚するとエルフの不老不死の能力を喪失するにもかかわらず、アラゴルンと結婚する裂け谷のアルウェンがいる。欲深ではあるがホビット庄がサルマンの手に落ちるときに唯一激しく抵抗したあっぱれなロベリア・サックビル＝バギンズがいる。木の精であるエントたちは、エント女と別れたことによって、子孫を生むことができなくなって、衰退の道をたどっているという設定にも、「女性的なるもの」への敬意を見ることができる。

だからといって、『指輪物語』は、ジェンダー束縛の度合いが低いなどとは言えないのであり、実際は正反対である。女戦士エオウィンの有能さは、セオデンとローハン王国という父なるもの＝家父長制への奉仕のために発揮されるのだし、アルウェンは愛する男のために不死という超能力を諦める。ガラドリエルは、「旅の仲間」に魔法の食料レンバスと玻璃瓶を与え、彼らを間接的に守る偉大なる母である。じゃじゃ馬的中年女のホビットのロベリア・サックビル＝バギンズは、結局は全財産をフロドに託して死ぬのであり、『指輪物語』の魅力的な女たちは、男が主であり女が補佐的な位置を占める性別階層秩序のなかにきれいに組み込まれている。

前述のマクファデンは、『指輪物語』にはフロドとサムの関係に見られるような、「同性愛的に官能的な(homo-erotic)」男性間の濃厚な友情や連帯は描かれているが、男女の性的関係は不在であると、興味深い指摘をしている（4―五〇～五二頁）。ロマンスや男女の性的関係など書こうが省こうが、作者の趣味ではあるが、この「趣味」というものこそ政治的無意識の産物である。『指輪物語』においては、セックスは、社会的文化的階層秩序の一環としてのジェンダー体制に回収され制御されるべき内なる悪しき自然であり、平和で自由な生活を攪乱《かくらん》するものとして、回避されているのは確かなようだ。

中世と近代のキメラ

結論が見えてきた。読んで快適な『指輪物語』が示唆する（たぶん大多数の人間にとって快適な）政治的経済的ありようを箇条書きにすれば、こういうことになる。

① 人民の自由意志が尊重される自由主義。
② 自給自足体制。
③ 金銭への言及がほとんどない。
④ それぞれの国の人民は自分が所属する場、受け入れられる場を持ちアイデンティティが強固なので、旅はしても移民はしない。さまざまな国の相互交流はとぼしいが、干渉しあわず棲み分けて共存している。
⑤ 進歩とか改革などの変化が頻繁《ひんぱん》ではない安定した停滞社会。
⑥ それぞれの国における王や貴族などの特権階級は王国運営の責任と国民の安寧《あんねい》を保障をする責任を果たし、人民は支配者を信頼し忠実である。人民も支配者も自らの義務と領分をわきまえた搾

取と抑圧のない身分制。

⑦　性の力を文化的社会的規範内に制御するが、搾取と抑圧のないジェンダー体制。主たる立場を占めるのは男であるが、男は女を敬意をもって遇し守ろうと努力する（ペレンノール野の合戦でナズグルの首領と戦うエオウィン姫をかばう小さなホビットのメリーを思い出そう）。

このような政治的経済的ありようとは、搾取と抑圧のない中世である。自由と安寧を領民が享受できる中世である。資本主義のない近代である。市民革命を経過しない近代である。階層秩序は維持され身分制が保持される点は中世であるが、勇気や責任などの美徳を実践できればホビットだろうが女だろうが敬意を払われる「美徳のもとの平等」が実現された民主制であるという意味においては、近代である。いわば、『指輪物語』とは、近代と中世のキメラである。キメラとはギリシア神話に登場するライオンの頭とヤギの体と蛇の尾をもつ怪物のことだ。『指輪物語』に描かれる中つ国とは、中世と近代の「いいとこどり」をしたご都合主義的キメラである。

近代における市民の選択の自由の権利とは、富裕な市民層（ブルジョワ）の勃興と、彼らの支配層への影響力の増大によって獲得されたものである。その富裕な市民層の影響力とは、大航海時代や帝国主義による貿易や領土拡大にともなう（もしくはそれを後押しした）商工業の発展と、それによる貨幣の蓄積によって生まれた。自給自足の棲み分け農本社会にとどまっていては、特権階級を抑止する市民層は生まれることはできなかった。こうした歴史的事実から見れば、『指輪物語』が示す「中世と近代のキメラ」ぶりは、いかにもオックスフォード大学の象牙の塔に閉じこもった保守主義者である学者の現実逃避的妄想の産物でしかない。

しかし、繰り返しになるが、『指輪物語』の世界が、いかに矛盾した無意味な政治的経済的キメラであろうと、この物語が読んで快適であるということは、ここに示唆される政治的経済的ありようが、大多数の人間にとっては、「最もましなもの」であることを示唆しているのだ。

つまり、大多数の人間にとっては、自由意志による選択が可能で、自給自足の経済的自立をはたしていて、異なる階層どうし相互敬意を持ち、自らの能力の差を認識し、自らの能力に応じた責任と義務をはたそうと志す自立した人々が相互扶助的に構成する搾取のない階層社会が、最もましな体制なのである。異質なままに共存している棲み分け多文化社会が快適なのである。
ならば、形成するべき世界とは、世界連邦国家というような均一な世界ではなく、多様なまま経済的にも文化的にも政治的にも自立独立した国々が差異を保持したまま連携できる世界である。相互扶助的ではあるが、相互侵害や搾取のない自立した個人の集合体である。そうした自立した個人のありようこそ真であり善であり美しいと感じる倫理観、美意識が浸透した世界である。このような世界は、「多様な善き生の理想を追求する人々がともに公平として受容できるような基本構造をもつ政治社会を志向する」(6—一二頁)リベラリズムがより徹底された世界であり、それぞれの国家が自給自足できる経済制度(まだ見出されず実践されていない経済システム)が実現した世界である。読んで快適な『指輪物語』は、そのようなヴィジョンを提示している。だから、この物語は、「政治的経済的サイエンス・フィクション」だと、私は考える。

最後に誤解されかねないことを覚悟であえて書く。中つ国とは、「ある種のユダヤ人」のいない世界ではなかろうか? 祖国を喪失したがゆえに世界に散らばり、土地の所有が認められなかったがゆえに農業に従事できず、貨幣の蓄積によって自己防衛をするしかないがために、商業や金貸し業に勤しみ、自らの居場所を強固にするために、蓄積された貨幣を活用し戦費を王室に貸し付けることによって権力中枢に入り込み、国庫管理を託され、金融ネットワークという地縁ではない共同体を世界にはりめぐらし、そのネットワークの影響力を維持強化するために、帝国主義と金銭至上主義の推進力とならざるをえなかった人々とは、人間の歴史においては、「ある種のユダヤ人」ではなかったか(7—二五八—九〇頁)? トールキンの言う「自分がしゃしゃり出なければと思う人間、そのために必要なら他人をひきずりおろす、本当に容赦なく残忍な人間とは、この世界の中での自分の身分の不確かな人間」とは、ヨーロッパにおいては「ある種のユダヤ人」ではなかったか? つまり、トールキンが創造した「中つ国」とは、「ある種のユダヤ人」を産出しなかったヨーロッパである。「賤民(パーリア)」という被差別民を生む社会は必ず、その自らが生んだ賤民に復讐される。『指輪物語』とは、トールキンが提示したもうひとつの歴史、あるべき歴史であったのかもしれない。

引用文献

（1）Brian Rosebury, *Tolkien: A Cultural Phenomenon.* New York: Palgrave Macmillan, 2003.

（2）ジェーン・チャンス、井辻朱美訳『指輪の力——隠された『指輪物語』の真実』（早川書房、二〇〇三）

（3）ハンフリー・カーペンター、菅原啓州訳『J・R・R・トールキン——或る伝記』（評論社、一九八二・新装版、二〇〇二）

（4）Edward J. Macfadden III, *Deconstructing Tolkien: A Fundamental Analysis of The Lord of the Rings.* Farmingdale: Padwolf Publishing, 2004.

（5）J. R. R. Tolkien, *The Letters of J. R. R. Tolkien,* ed. by Humphery Carpenter. Boston: Houghton Mifflin, 1981.

（6）井上達夫『他者への自由——公共性の哲学としてのリベラリズム』（創文社、一九九九）

（7）ヴェルナー・ゾンバルト、金森誠監訳、安藤勉訳『ユダヤ人と経済生活』（荒地出版社、一九九四）

Ⅳ

『指輪物語』と新しい文化

心に残る名言

‘I tried to save the Shire, and it has been saved, but not for me. It must often be so, Sam, when things are in danger: some one has to give them up, lose them, so that others may keep them.’

（『王の帰還』より）

日本語訳

「わたしはホビット庄を救おうと努めた。そしてそれは救われた。だが、わたしのためにではないのだ。そのようにしなければならないことが、よく起こるものなのだ、サム——大切なものが危機に瀕しているときはね。誰かがそれを手放し、失わなくてはならないのだ。他の者たちがそれをもらいうけるために。」

解説

引用は『指輪物語』の結びの場面でのフロドの台詞から。指輪戦争で心身ともに深く傷ついたフロドは、ビルボ、ガンダルフ、そして大勢のエルフたちとともに西方の楽土へ向けて、灰色港を出港する。サムは妻子とともに中つ国に残り、ホビット庄での平和な生活を受け継ぐ。

トールキンの物語には、誰かが他者のために何か大きなものを手放すというモチーフがしばしば見られる。『指輪物語』では、中つ国の第四紀を担う者たちのためにフロドが「支配する指輪」とホビット庄を手放し、エルフたちはロリアンを手放す。『ホビットの冒険』では、ビルボが手に余る莫大な富（とりわけ至宝アーケン石）をすすんで手放すことで、ドワーフとエルフと人間の間に平和がもたらされる。

しかしビルボとフロドは、手放すことで決して不幸になるわけではない。『ホビットの冒険』では、ホビット庄に帰郷したビルボは「生涯の終わりまでとても幸せ」に暮らす。『指輪物語』では、ビルボはフロドとともに、永遠の安息を与えてくれる彼岸の楽土を受け継ぐ。トールキンの物語は、他者のために自己を投げ出す者はそれによって真の自己を見いだす、という逆説に貫かれている。

CHAPTER 10

ふたつの読みをつなぐもの

『指輪物語』とサブカルチャー

赤井敏夫

John Ronald Reuel Tolkien

前近代的読みを支える構造

はじめに　本章の目的は『指輪物語』に関して、それを文化史的に位置づけることにあるのだが、与えられた紙数も限られていることから、読者の便を考えて最初に本章の構成を示しておきたい。

まず伝記的資料を参照しながら、作者トールキンの文学理解の基層をなした「前近代的」文学観を明らかにしてみる。『指輪物語』を近代文学史の中で適切に位置づけようとすることはかなりの困難がともなう作業となるが、これはトールキンが創作の過程で、通常の一般読者が想定しないような作品の読み方を前提にしていたことに原因があると考えられる。つまりトールキンの文学理解は、近代に入って小説が成立して以降、当然のこととされてきた「読み」の作法を最初から考慮しておらず、むしろそれ以前の時代に属する前近代的な読みに立っていたといえるのだ。本章ではふたつの読みの差異を考えることで、わたしたちが自明としてきた近代的な読みこそ実はきわめて特殊なものであったことを明らかにしてみたい。

次にトールキン作品に対する読者の受容方法が一九八〇年代あたりから劇的な変化をとげたことを、文化史的に跡づけてみたい。この時期に読者の読みの方法が、近代的なそれから脱・近代的なものへと変質していった形跡がある。そしてその変化は、旧来の文学の読者層からではなく、むしろ文学の外部から、つまりゲーム愛好者など、伝統的に小説の読者を形成してきた層とは別の集団に帰属する人々から発生してきたと推測できる。このように考えると、『指輪物語』という作品は文学史の内部に位置づけるのではなく、より大きな文化史の枠組みの中でとらえた方が理解しやすいことが明らかになるだろう。

最後に『指輪物語』が引き金となって起こった脱・近代的な読みの方法が、現代のわたしたちの周辺でいかに一般化されつつあるかを考えてみたい。ここでいう一般化とは、別の言葉でいうならば、そうした読みに支えられた作品が大衆的に消費される「商品」として流通しており、ほとんど文学に接することのない人々がそれを積極的に受容しているということである。このことの倫理的な評価を下すことは本章の目的からは外れるが、旧来の文学批評がそれをほとんど無視してきたこと、より正確にいうならばそれを正当に評価する方法を持っていないことを指摘しておくことは重要である。そのことから旧来の文学批評が「読みの近代性」に縛られているかぎり、わたしたちの周辺で起こっている文化的様式の変化を把握しきれないことが理解できるだろう。

伝記的背景・時代的背景　通常優れた作家というものは、自作のオリジナリティについて強い自負を持っているものだが、トールキンもその例に洩れない。『指輪物語』が世界的に認知されてから、ワーグナーの『ニーベルングの指輪』からの影響を問われたとき、「二つの指輪は丸い。類似はそこまでだ」と答えたのは、有名なエピソードである。しかしトールキンのこうした発言の背景にある動機を考えてみるとき、そこには自作を近代文学的に読まれることへの反撥がひそんでいる気配が濃厚である。つまり、言語化できるほど自覚的なものでなかったにせよ、近代文学からの断絶というものが作者自身の中で常に意識されており、さらに重要なのは、そうした意識はトールキン自身の近代文学に対する無知に由来していると考えられることである。

伝記的事実を確認すれば理解できるが、トールキンはオックスフォード大学文学部教授という地位にありながら、近代文学に対して一般常識を超えた専門的知識を持っていたわけではなく、かれの読書体験の中にはほとんど近代小説が含まれていなかった。これは意識的な選択というよりも、言語学研究者として高等教育機関で専門職を獲得するために、思春期以降に接したテキストが古代から中世にかけての文献が中心となっていたという特殊な履歴から、ほぼ必然的に生じた結果である。ここでは詳しく論じる余裕がないが、下層中産階級出身で、それ以上に宗教的にもローマン・カトリックという社会的差別の対象となる立場に置かれていたトールキンにとって、言語学者として高等教育機関に専門職を得るということは、いまだ厳格な階級制度を維持していた二〇世紀前半の英国社会において、階級の階段を登って安定した地位を得るための唯一の手段だったのだ。

もうひとつの要因としては、この当時人文学の分野において、小説を中心とした近代文学の批評が、正当な学識研究として地位を完全に確立していなかったことを指摘できるだろう。中世以降の人文学の伝統では、一般人が読んで何の困難もなく理解できるようなテキスト、つまり近世英語で書かれた作品は、研究の対象とするに足らないという考えが支配的だった。ここで許容されるのは古典語、すなわちギリシア・ラテンの典籍のみであり、それ以外の古英語や中英語などのテキストは言語学の研究対象として容認されていた。古英語・中英語をふくむゲルマン語系古語に対する浩瀚な知識は、『指輪物語』を執筆するにあたって欠くことのできない重要な因子となったことは間違いないが、トールキンはこうした専門的知識を獲得したことのいわば代償として、当時の読者が経験的に慣れ親しむような近代文学の読書体験を放棄せざるをえなかったのだ。

「完結した物語」を要求するもの

そもそも文学とは何かを言語化して規定することは困難だが、誰しもそれを自らの読書体験を通じてしか認識できないことは確かである。トールキンもまた、思春期以降に接したテキストを中心にして自らの文学観を形成していったはずだが、それは自ずから現代の一般的な読書人のそれとは異なったものになったことは、かれの特殊な経歴からして容易に推測がつく。それらテキストが近代以前のものに限定されていたため、かれの抱いた文学観は前近代的なものとならざるをえなかった。極端に単純化していえば、それは文学作品を、あるいは「物語」というものを、完全に完結しないものとして捉えるという姿勢に直結する。このことを理解するのは本章の主旨にとってきわめて重要なので、できるだけ簡単に説明してみよう。

近代文学に親しんだ読者の立場からすれば、物語が完結していること自明と考えられる。ひとつの物語は一冊の本の中で必ず完結を迎えなければならないし、そうでなければストーリー展開上の不備として非難の対象となる。これは別の面から見れば、ある作品が成立するかぎりそれは唯一無二のオリジナルなもので、部分的にせよ別の作品によって置き換えられたり再利用されたりすることが、原則的に許されないことも意味している。ストーリーの盗用や剽窃が問題となるのはそのためである。

けれども、わたしたちが疑う必要もないほど自明のこととしているこうした文学上の原則も、実は近代になってはじめてルール化された「常識」に過ぎず、それがすべての読者に許容されるようになってからたかだか数世紀しか経ていないことを知っておいた方がいい。次節でも論じるつもりだが、この「常識」の成立を促したのには次のような因子がある。まず文学作品が大衆消費財として流通するようになったことがあげられる。わたしたちが書店で文学書を購入する場合、それはひとつの完結した物語を「買う」のであって、登場人物や作品世界の設定が別の本の中でなされていたり、ストーリーの結末を知るために別の本を探して新たに購入しなくてはならないような事態は、販売されている商品として許されるものとはされない。

また、このようにいうこともできるだろう。近代においては文学作品は文字によって記述されているため、作品を発表してしまえば部分的にせよ削除したり追加することができない。物語は活字化され出版業界というメディアに譲り渡された以上は、もはや作者の手から離れ、不特定多数の読者に「商品」として所有されてしまう。このように考えると、著作権というものは法的な定義はどうあれ、作者に属するものというよりは、むしろ消費者である読者にとって、物語という商品が完結したオリジナルな作品であることを品質保証するために、機能しているのだということが分かるだろう。

物語の可塑性とは　しかし視線を前近代に転ずると、状況は劇的に変化し、まったく異質の「読み」が通用していたことが分かる。前近代的文学では「物語」はもっと柔軟で可塑的であり、状況に応じて自由に省略したり創作的に補足することができた。これが可能であったのは文字に依存しない文学の伝統、原初的な口伝による表現の伝統が消滅していなかったためである。消費財の流通経路というメディアが確立される以前の世界では、「顔の見えない」不特定多数の読者は存在していなかった。作者と読者とは常に直面しており、作者には読者の反応をリアルタイムに観察しながら、作品を改編しつつプレゼンテーションしてゆく方法が残されていた。注意すべき点は、こうした環境下では、完結性の高い物語を創造することより、読者に好意的に受容される物語の一部を提供することの方が重要視されていたことである。したがってここでは、物語の創造者という意味での近代的な作者の像は曖昧なものとならざるをえない。作者以外の物語の提示者すなわち「語り手」が、高い自由度をもって即興的に作品を改編することが許されるなら、作品のオリジナリティの重要性は自ずと背景へと後退してゆくことになる。前近代にあっては多くの作品で作者の名が伝わらないことがこの事情を反映している。

各地の古代文明に残された叙事詩が、例外なく通読することを拒否するほどの長編となっているのは、実はこの事情による。例えばホメロスの『イーリアス』は現存のバージョンで一万二千行に達するが、疑いもなくこれは全篇を通じて語ることを前提にしたものではない。物語の一部の挿話を抽出して、これを創作的に「語り直す」ことを想定して成立していたものである。挿話が連鎖状に連結されているという構造からして、明らかにここでは物語全体の完結性には二次的な重要性しかない。挿話が語られつつある途上で、物語の一部が極端に切りつめられることもあったろうし、またそこから別の物語が派生していったことも考えられる。ポストモダンな用語を使うなら、前近代の文学は極端に分節化されており、物語とはおのおの自律性の高い挿話のゆるやかな集合体に過ぎなかった。したがってそこでの文学体験の本意は、全篇を通じてくまなく読むまたは聞くこと、すなわちストーリーのすべてを把握することにではなく、みずから好むところの挿話を繰り返し、細部のバリエーションの変化を楽しみながら追体験するところに置かれていたのだ。喩えていうなら、クラシックの名曲を別々の指揮者で聴いてその解釈の差異を楽しむという行為に似ているかも知れない。むろんクラシックでは譜面から大きく逸脱した演奏は許されないが、この場合の「解釈」の自由度はもっと高く、パフォーマンスの結果オリジナルからは大きくかけ離れた新たなものが即興的に生まれてくることもありえる。

より自由な読みへの可能性　トールキンの作品、ことにその創作過程を観察すると、かれがいかに強くこの前近代的文学観に支配されていたかがよく分かる。『指輪物語』をふくめて、かれの長編が完成までに一〇年にもおよぶ歳月を要した理由がここにある。初期稿の異同の変遷を書誌学的に綿密に校訂すれば分かるが、トールキンの長編ではまず幾種類もの独立した挿話が未完結のかたちで発生し、それらを一定のストーリーラインに沿って接合するために次々に変更が加えられてゆくという過程を経ていった。このプロセスでトールキンがもっとも頭を悩ませ、かつ多大の時間と労力を注いだのは、おのおのの挿話を物語のロジックの軸上に不自然にならぬよう配置してゆく作業であった。この途上でいくつもの挿話が改編され、時には棄却され、新たな挿話が生まれ、また棄てられる、という大幅な推敲が幾度となく繰り返された。わたしたちが知る『指輪物語』の最終稿でも、この挿話のゆるやかな連鎖という最古層の構造が名残りとなってはっきりと確認できる部分がある。第二巻の冒頭で結成された指輪隊は、三巻の終わりで二つに分裂する。フロドはサムを伴って滅びの山へ向かい、残りのメンバーはアラゴルンに率いられてゴンドールを目指す。近代的な叙述の原則からすれば、物語は脇目もふらずにフロドの旅程を追わなければならない。なぜなら、指輪の破壊を語ることによってしかこの物語は完結しないはずだからである。その意味でローハンでの出来事を叙述する『二つの塔』の前半部とミナス・ティリス攻防戦を描く『王の帰還』の部分は、まったく不要とはいえないまでも二次的な挿話に過ぎず、最終稿のように細部にわたる描写を重ねるのではなく、別のかたちの叙述、例えばメリーかピピンの回想によって簡略に語られることで処理することも出来たはずだった。

たしかに『指輪物語』発表直後には、これを叙述上の欠陥として指摘する意見が幾つか見られた。しかしここで考えなくてはならないのは、むしろ、なぜトールキンがこの挿話を廃棄しなかったのか、あるいは廃棄できなかったのかという問題である。このことは、これらの挿話を楽しんで読んだ読者が多数存在する（かくいう私もそうであるし、トールキン自身もその例外でないと強く推測できる根拠がある）という事実を考慮しないかぎり正しく解釈できない。『指輪物語』の愛読者は、最初に全篇を読み通したのちに、自分がとりわけ愛する挿話だけを選択して、そこを繰り返し読み返さなかっただろうか。エルロンドの館での会議、モリアの坑道での危機、ロリアンでの休息、シェロブの洞窟での恐怖、『指輪物語』にはさまざまな挿話があるが、右に指摘したようなアラゴルンの武勇を中心とする挿話は多くの読者にとってとりわけ愛着が深いものと推測される。つまり、指摘したような挿話は、近代文学の「読み」の観点に立つならばおしなべて不要で叙述上の欠点とみなされかねないにもかかわらず、その部分だけを抽出して繰り返し鑑賞することが可能となっているという意味では、『指輪物語』では必須のコンポーネントとして成立しているのである。

このような作品の完結性を重要視しない前近代的な読みの立場に立つならば、特定の挿話だけではなく、特定の登場人物にだけ注目してかれもしくは彼女の活躍する場面だけを改めて読みなおすといったかたちの読みの方法も、許容されることになろう。『指輪』マニアの世界で、アラゴルンやレゴラスのファン・クラブが成立するゆえんである。伝記的資料から推測して、どうやらトールキン自身がそうした特定の登場人物に執着した読みに傾いていた可能性が高い。これを本来の文学批評とは無縁のミーハー趣味であるとして斥けることはたやすいが、本章ではその立場を採らない。近代文学の名作でこのような読みが不可能であることは、ドストエフスキーや夏目漱石の登場人物の愛好者が集団で成立するはずもないことを考えてみれば分かる。つまり読みを決定するのは物語の構造であって、『指輪物語』はそうした読みを許容する構造の上に成立している作品なのである。

たしかに、『指輪物語』が前近代的な物語構造を具えているゆえんは、作者が意図して行ったものではなく、経験的にそうした構造の物語しか構築できなかったと見る方が真相に近いのだが、そうした読みを受容し、さらにはそれを再活用しようとする広範な読者層を新しく生み出したことは注目してよい。そこで次に、『指輪』ブームの経緯、すなわちトールキン作品の大衆的受容と読みの変質を概括しながら、新しい読者の正体が何であったかを考えてみたい。

「読みの近代性」からの脱出

『指輪』ブームとＲＰＧの成立　いわゆるブームとしての『指輪物語』の大衆受容は、一九六〇年代のアメリカに始まる。社会現象としての指輪物語の流行に関しては、カウンター・カルチャー運動の一環として位置づけることが定説化しているが、社会学の分野で学術的評価が確立しているとはいいにくい面があるので、ここでは深い分析にまで立ち入らない。しかし『指輪物語』が反戦や自己の解放という文脈で受容

図１　「ガンダルフを大統領に！」のステッカー

図２　「ダンジョンズ＆ドラゴンズ」最初期のルールブック

されたとするかぎり、この時代の大半の読者が伝統的な読みの上に立って、この作品を完結した物語として受け入れていたと推測してよいだろう。もっともヒッピー世代の『指輪』ファンの中には反戦デモのプラカードに「ガンダルフを大統領に！」と唱えた者があったとの報告があることから、特定の登場人物に固着した読みが萌芽として生まれつつあったと推測することも可能かも知れない。しかし読みの変革の流れは旧来の文学読者層ではなく、まったく別の方面から、すなわちゲーム愛好者の間から生まれてきたことはたしかである。

　黎明期のロール・プレイング・ゲーム（ＲＰＧ）に対して『指輪物語』の与えた影響は計り知れない。単純化していうならば、八〇年代に流行していた戦争シミュレーション・ゲームにファンタジーの要素が導入されることによってＲＰＧが成立し、反戦にもドラッグにも無関心だった中産階級ティーンエイジャーが雪崩をうって最初のＲＰＧ「ダンジョンズ＆ドラゴンズ」（Ｄ＆Ｄ）に熱中しはじめたという図式を示すことが出来るだろう。本章ではＤ＆Ｄと称される最初のＲＰＧの複雑な発展過程にまで立ち入って論ずるつもりはないし、また魔法使や戦士、ドラゴンなどのファンタジーＲＰＧにおけるキャラクターの定型を『指輪物語』が提供したことの重要性を強調することもしない。むしろ注目すべきなのは、自律性の高い挿話の成立という意味で、ＲＰＧは発生当初から前近代的読みを許容する構造を具えていたことだ。パラメータ方式、すなわちプレーすることによってキャラクターの経験値を高めるというＲＰＧの基本的な規則性が評価するに足る方法論であるかどうかは措くとしても、プレイヤーが携わる「プレー自体のストーリー」がプレイヤーの自由選択によって変化し、挿話としてのプレーの多様性を高めることに直結していることは事実である。そしてプレーの数だけ挿話が成立しても、そのことによってＤ＆Ｄそのものの基本的な舞台設定が揺らぐことはない。Ｄ＆Ｄの世界観が安定しているのは、本来その物語が完結することを目的としていないからだ。

　文学とゲームという異質な二つのジャンルを同次元で論ずることは的確ではないという批判は甘んじて受け入れる用意があるが、しかしここには決して無視することのできない平衡関係が確認できる。前近代の多くの物語の作者が無名のまま伝わらないのと同様に、ゲイリー・ガイギャックスとデイヴ・アーソンはＤ＆Ｄの創始者といえても、決して作者ではない。なぜなら、この「物語」においては、作品を完結させることが「物語る」という行為の目的なのではなく、分節化された挿話を抽出して、それを繰り返し追体験して楽しむことに重点が据えられているからである。

『指輪』ブームと読者層の断層　統計的資料が不足しているので性急な断定は慎む必要があるが、『指輪物語』に触発されてＲＰＧへと流れた八〇年代初頭の若年読者層は、この作品を完結した作品として読もうとした六〇年代後半から七〇年代にかけての読者層と、どうやらほとんど重複することがないらしいことは、たしかに注目するに足る現象である。つまりトールキンと同質の作品の読みを無意識に共有した者たちは、近代文学で「正しい」とされた読みを体験的に学習する以前に、前近代的読みを受容してしまったと思われるのだ。世代的に見てこの種の読者が台頭していったのが旧来の人文学的「教養」が急速に崩壊した時期と重なることは、決して偶然の一致ではない。数量的にいってかれらが前世代の読者層を圧倒してゆくにつれ、かれらの作品に対する姿勢を教養の欠如からする未熟な読みであるとして排斥しようとする批判も、それ自体次第に有効性を失ってくる。この世代以降の文学観は近代文学のそれとは著しく断絶した、ポストモダンな物言いをするならば脱・近代的な読みを獲得した上に成立したものと見なさざるをえなくなってくるのだ。

旧来の文学批評がどれほどそれを普遍的なものであるとして強弁しようとも、近代的な読みは近代という時代の枠組みの内部でしか通用しない限定的なものであることは否定できない。なぜなら小説を中心とした近代文学とは、近代社会が成立したのちその要請に応じて確立された構造の上に構築されているからだ。作者と読者が対面する環境が消滅し、作品が規格化された消費財として流通するようになった結果、商品としての文学は即興にもとづく柔軟性を喪失し、全体を「読み通す」ことを前提とした完結性を求められるようになった。なるほど近代小説でも細かく分析すれば、全体をいくつもの挿話的なコンポーネントに分解することは可能かも知れない。しかしそのコンポーネントのおのおのは全体のストーリー展開からして必要不可欠な要素であり、ひとつとして除去したり別のものに置換できないばかりか、わずかな改編を加えても全体の構成が揺らぎかねない危うい均整のうえに成り立っている。作品の完結性が要求される物語とはこのような構造の上に構築されており、それゆえにこそ独創性が必須のものとして重要視されるのである。

トールキンが誇った『指輪物語』のオリジナリティとはこれとはまったく別種のもので、むしろ近代文学が排斥した物語の構造を復興したことへの自負から来ると見ることがふさわしい。そもそも幾千年もの伝統を持つ文学の中で、独創性を重んじ作品の完結性を不可欠とするような読みはむしろ近代小説にだけ適応可能な特異な文学受容の方法なのであり、これを普遍的な黄金律だとみなすことの方が牽強付会の誹りを免れない。このように「読みの近代性」に縛られているかぎり、文学批評は二〇世紀末から顕著なものとなってきた文化的様式の劇的な変質、すなわち脱・近代的な読みの一般化に対処する方法論を持ちあわせないことは明らかである。『指輪物語』はまさにその屈曲点に出現した画期的な作品であり、同時に触媒となってその文化的様式の変化を促した作品だったといえる。

サブカルチャーの脱・近代的読み

サブカルチャーにおける読みの変質　しかし読みの脱・近代化へ変化の原因を、次世代読者の間で新しい読みへの認識が一斉に覚醒したというような根拠のない精神論に還元して説明することは、決して正しいとはいえない。近代的読みが社会体制の変化に対応して確立されたように、脱・近代的読みもまた、規格化された大量消費財から多様化された商品へという生産形態の変化に応じて発生したと見ることがふさわしい。その意味で文学受容の脱・近代化が、大衆消費財の多様化という面で先端的な激変が進行している日本において急速に一般化しているのは、さして驚くにあたらない。

ここでは八〇年代以降今日にいたるまでの日本のサブカルチャーにおいてRPGが果たした役割をことさら過大に強調することはしないし、またコンピュータ・ゲームとテーブルトークRPGの違いについて細かく検討するつもりもない。子供時代にファミコン・ゲームに親しんだ層の絶対数と比較してテーブルトークRPGのファン層は微々たる少数派に過ぎないことは疑いないし、ゲームの種類のカテゴライズに関しても学術的規定の定説がなくそれらの境界がきわめて曖昧だからである。けれどもD&Dのリプレー、

図３　水野良『新ロードス島戦記』

つまりＲＰＧをゲームすることで成立した挿話的ストーリーが、文字によって記述されて再録されることで始まった『ロードス島戦記』が、読みの変質を示す転換点の現象として注目にあたいすることは間違いない。一九八六年に始まったこのテキスト化は、その後ノベライズされて単行本シリーズとして刊行され、コンピュータ・ゲームへの移植、シリーズ・アニメ化、映画化と発展していった。当時これは映画のヒット作をノベライズして単行本化するという商業戦略と同列にとらえられていたようだが、背後で働いていた原理はまったく異質なものである。また七〇年代末から八〇年代にかけて一部の出版社が盛んに行ったメディアミックス、つまり映像メディアに莫大な資本投下を行って商品の認知力を高め売り上げを促進するという手法とも異なる。

むろん『ロードス島戦記』関連作品にしてからが、大衆文化の動向全体から見れば限定された受容者の層しか持たない局所的なものにとどまっているという非難は、当然ありえるだろう。しかしここで問題としたいのは、ゲームをプレーする過程で生まれた挿話的ストーリーに、作者ともいうべきプレイヤーとは異なる人間（たち）の手が介入して、これに改編をくわえて別作品を再生産してゆくというプロセスであり、それがまた消費財として流通の過程に組み入れられたという事実である。これは近代文学的消費形態、すなわち完結した物語のみを流通させてきた文化環境からすると、画期的な変化であった。なぜなら新しく再生産される作品群においては、物語の構造上特定の完結を目標としないため、オリジナルとコピーとの区分が厳密に成立していなかったからである。これは読者が自由選択から特定の挿話を抽出して、新たにそれを再生産する途を開くことになった。いうなればこのジャンルは、挿話の自己増殖を前提として成立していたのである。当時の消費者とこれを流通させた業界の双方がどれほどこの変化に自覚的であったか定かではない。しかし明らかに消費者は柔軟で可塑的な構造を具える物語の一部の挿話を商品として購買していたのであり、それが近代小説のように厳密な完結性を持たないことに読者の立場からさして違和感を覚えなかったことは事実なのだ。

脱・近代的読みの拡大　日本のサブカルチャーでは、すでに先世紀末には物語の構造の変化を受容する素地がじゅうぶんに形成されていたといえる。人気アニメ・シリーズの「外伝」化、すなわち先行する作品

図４　茅田砂胡『デルフィニア戦記』。大手出版社がリクルートしたキャラクター小説作家の代表作

の挿話を拡大して別作品を発表するという表現形態が日常化したのはその一例である。むろんそこには企画段階でのダウンサイジング、つまり作品設定やキャラクター・デザインの先行投資を最小限に抑えるという制作者側の意図が働いていたことは疑いないが、外伝においてさえ新たな固定ファンの掘り起こしが可能となった背景には、受容者側の読みの変化があったことを想定しないわけにはいかない。非商業ベースで視点を同人誌レベルにまで落とせば、キャラ萌えに起源するいわゆる「やおい」作品群は、分節化された挿話を拡大再生産するという行為の、ひとつの究極の形態を示していたことが分かる。山もオチも意味もないと標榜する作品がつむぐものは、もはや物語とはいえない「物語」でしかないからである。

　以上のような傾向は、今や一定の文化的様式を形成しつつあり、もはやオタク業界という閉じられた領域の中での小さな流行の起伏に過ぎないとして無視することができないほどになっている。それを証明しているのがプロダクツの流通規模の大きさである。大手出版社が文芸書の新刊五千部を売り切ることに汲々としている一方で、『ロードス島戦記』の直系の子孫ともいうべきいわゆるキャラクター小説の代表作は文庫で初版から五年間に三〇以上の版を重ねている。文字媒体から離れて美少女ゲームに代表される恋愛アドベンチャーなどのコンピュータ・ゲームにまで視野に入れるならば、さらに市場規模は拡大する。恋愛アドベンチャーが複数の結末を用意する、いわゆるマルチ・エンディングのシナリオを基本としていることから分かるように、このジャンルではすでに挿話の増殖や、読者というべきプレイヤーが自由選択によって挿話を追体験することが前提となっているのだ。

　もうひとつの傍証として、ここ数年大手出版社がキャラクター小説作家を積極的にリクルートしようとしている傾向をあげてもよい。新たに中間小説業界に参入したキャラクター小説出身の作家たちが、生まれ育ったジャンルでの方法論を貫いて脱・近代的読みの上に成立する作品を書きつづけるのか、あるいは作風をがらりと変えて旧来の近代的読みにもとづく作品の創作に活路を見いだすのか、この点に関しては今後の推移を観察することでしか結論は出せないが、近代小説の出版に依存してきた大手出版社が近代小説とは無縁の読書体験しか持たないサブカル読者をも購買層に組み入れようとする戦略に出ていること自体が、日本における脱・近代的読みの広範な拡大を証明しているといえるだろう。

「語る」という営み

「語り手」の重要性　以上のような説明から、トールキン作品が具えた物語の構造が、現在わたしたちの周辺で急速に一般化しつつある読みの方法の先駆型をなしており、また新しい読みが読者に受容される最初の段階で触媒的役割をはたしたことは、理解してもらえたと思う。それでは無意識的にせよトールキンがモデルとした前近代的な読みと、現在わたしたちの周辺で一般化しつつある読みは、まったく同一のものなのだろうか。脱・近代的読みとは前近代的読みへの先祖返りに過ぎないのだろうか。本章ではこれまで両者の同質性を強調することに論点をおいてきたが、最後に両者の間の相違に関しても明確にしておきたい。

物語の構造と読みとは相互依存的な関係にある。読みとは読者が物語に直面したときに構える心理的な姿勢が一定のルールとして暗黙裡に認知されたものに他ならないから、そうした読者が一定数成立すればその姿勢をもっとも適切に迎え入れるかたちの構造が生まれるし、また同時に物語の構造が読者の姿勢を規格化し、それをルールとして認知させているともいえる。しかしここで忘れてならないのは、物語が成立するためにはそれが何らかのかたちで表現されなければならないという、ある意味では当然の理屈である。そこに重要になってくるのが、物語の表現者、「語り手」の存在である。

ここで敢えて作者という用語を使わないのには理由がある。前近代的な文学の世界では物語の表現者が作者に限定されなかったことは、すでに何度が強調したとおりである。読者あるいは「聞き手」の嗜好をいち早く察知して、かれらが好意的に受容する挿話を選択し、それに即興的に脚色を加えながら語り直すのは、物語が文字に書き留められる以前の口承環境においては日常的に見られたプロセスであったはずである。しかし語り手たちはその世界では、語るためのさまざまな技法をマスターした専門家、文化人類学の用語を使うなら排他的な職能集団を形成していたことを忘れてはならない。語りの技法の中核にあるのは韻律、つまり文章の規則的なリズムであった。文字のない世界ではテキストは口伝えに伝授するしか方法がないから、語り手は膨大な量の情報を身体的リズムと同期させて「歌」として記憶していたのだ。文学の原初的表現媒体である詩の法則性の中には記憶を安定したものとするためのさまざまな装置が隠されているのだが、ここでは立ち入って言及しない。ただ次の点は強調しておかなければならない。

まず語り手が挿話を語り直すさいに利用したのが、かれの記憶の中にストックされている膨大な数の表現の定型であり、挿話を創造的に語り直すとは、こうした定型を即興的に選択し、それらをモジュールとして新しいフレーズを次々に作り出してゆく作業で成り立っていたことである。いうなればこれは、前近代の語りの構造でいくつもの挿話をモジュールとしてひとつの作品を構築していたのと相似の関係にある。二つ目には、無文字環境でも語り手と聞き手は同一の言語を共有していたことを前提としなければならないから、語り手が記憶のための手段としている身体的リズムは、それが物語として表現されたとき聞き手の側にも歌となって自然に受け入れられたはずだということである。つまり物語を楽しむとは、登場人物に感情移入してストーリーラインの起伏をたどるだけではなく、耳に心地よい歌を味わうことでもあったのだ。今ここでわたしたちが日常の言葉をすべてリズムある文章として語ろうとしたときの難しさを考えてみるなら、よほど特殊な訓練を長期間にわたって積んだうえでないと語り手という職能が成立しないことが分かるだろう。

物語を語るとは　古代から中世にかけての文献を研究対象としていたトールキンは、物語におけるこの語り手の機能をじゅうぶんよく理解していた。かれが韻文の重要性を熟知していた証拠としては、例えば『シルマリルの物語』のいくつかの重要な挿話には韻文で書かれたバージョンが存在していることや、『指輪物語』でも『二つの塔』以降、ことにアラゴルンの活躍を中心とした挿話の叙述では、英語で書かれた散文の中でもっとも韻文的リズムを具えているとされる欽定訳聖書の文体に近づいたものが目立つことがあげられる。本章では紙数の関係でまったく言及しなかったが、トールキンが「妖精物語について」で提示した、有名ではあるがとかく議論の多い「準創造」という概念は、語り手による挿話の語り直しの機能を指している可能性が高いことだけはここに指摘しておこう。少なくともトールキンが自らを規定して作者ではなく「準創造者」であるというとき、前近代的文学における職能としての語り手のことを念頭に置いていたことだけは間違いない。
ひるがえって現代のサブカルチャーにおける作品の状況を考えてみると、挿話を抽出して語り直すという行為においては前近代的環境下と同様のプロセスが進んでいることが観察できるものの、そこには語り手という職能的集団が未成熟であるばかりか、極端な場合聞き手すら存在しないテキストが無数に生まれていることが特徴として目につく。現代の環境では語り手が聞き手と完全に重複している、つまり物語の作者が唯一の読者を兼ねているケースが統計的に見て圧倒的多数であることは、あらためて「やおい」同人誌を例にあげるまでもなく、個人ファン・サイトに日々アップロードされては誰にも読まれず放置されたままで終わる、膨大な数の人気ゲームやアニメ関連「小説」について思い出せば充分である。つまり前近代的読みと脱・近代的読みの相違についてはこのように指摘することができるだろう。脱・近代的環境は近代文学的な意味での作品成立の境界を曖昧にし、そのことによってすべての読者に無作為に挿話を語り直す資格を与えたが、読者の大半はその状況を各人が自分だけの物語を「所有」できる権利を生得的に付与されているに等しいと誤って解釈したのだと。なぜなら、物語を語ろうとする意志はあくまで個人的なものであるとしても、物語が成立するためには必ずそれを共有する聞き手が介在しなければならないからである。そもそも物語を語るとは、すぐれて社会的な営みなのである。

おわりに　八〇年代以降にサブカルチャーの領域が成立するにあたって、その根幹をなす脱・近代的読みの確立をうながした『指輪物語』の重要性は、今さらどれほど強調しても強調しすぎることはない。しかし二〇世紀末から新世紀にかけて、『指輪物語』の存在はサブカルチャーの享受者にとってほとんど縁遠いものになっていた。なるほど一部のRPGのゲーマーたちは「教養」としてそれに接した経験があったかも知れないが、再評価の機運はこの時期ほとんど見られなかった。映画『ロード・オブ・ザ・リング』の爆発的流行がこの状況にどのような影響をおよぼすのか、一過性のファッションとなって忘れ去られてしまうのかあるいは新たな局面の展開を促すような恒常的な文化的因子となるのか、それを結論づけるには今後の推移を観察しなければならない。しかしトールキン作品をめぐって忘れてはならないのは、少なくとも一九三七年の『ホビットの冒険』発表以前には、かれの物語の唯一の聞き手がトールキン自身しかなかったことである。それ以降のかれの人生はすべて、自らのつむいだ夢想をいかにして物語として成立させるか、換言するならいかにしてそれを読者と共有できるようなかたちへと構築してゆくかという作業に費やされた。それが無数の草稿の棄却につながるほどの苦節に満ちた歳月となったのは、何よりもまず語り手トールキンが聞き手トールキンの「物語に対する渇望」に忠実であろうと努めたからである。近代文学が終幕をむかえ脱・近代の文学が新しい様式への模索をつづけているこの時代に、かれがこの姿勢を貫いたことは、あるいは何らかの指標となるかも知れない。

COLUMN

『ホビットの冒険』――『指輪物語』の序曲

すべては「ゆきて帰りし物語」と副題をもつ一九三七年刊行のこの本から始まった。『ホビットの冒険』(原題は『ホビット』)がもたらしたのは、時代遅れとされていたファンタジーの復権だけではなく、現代と隔絶した異世界をリアルに描く「ハイ・ファンタジー」の方向だった。舞台となるのは、王朝どころか支配種族が交代してきた歴史をもつ、準創造された二次的世界の「中つ国」である。作者によって地図や年表が周到に用意された。

小柄で足の甲まで毛がはえたホビット、それにエルフ、ドワーフ、ゴブリン、トロル、竜といった神話上の生物、さらにモンスターたちがいきいきと描かれる。しかも、旅行、戦い、宿泊と休息、というコンピュータ・ゲームでおなじみの趣向が登場し、現代でも身近に感じられるだろう。

児童むけの多くの傑作に共通するが、自分の子どもに寝物語として語りながら作品ができあがった。どうやら刊行の五年以上前には原型があったらしい。その後何度か手が入れられ、現在の版は『指輪物語』との連続性を意識した作品となっている。また『指輪物語』の冒頭で『ホビットの冒険』に関し説明される。現在の位置づけでは、『ホビットの冒険』は前史であり、そこでの因果が指輪戦争の終結とつながる。

あらすじはこうである。ビルボ・バギンズが、家を訪れてきたガンダルフと一三人のドワーフの宝探しの手伝いにでかける。ビルボはゴクリと出会い指輪を入手する。竜のスマウグを退治するが、北の国からゴブリンたちが襲ってきて五軍の争いになり、あぶないところをワシの助けで勝つ。トロルの黄金をガンダルフと分けて、ビルボは村に帰るが、村人たちからは、死んでいたと思われていた。つまりビルボはこの冒険を通して命と宝を得たのである。

だが、『ホビットの冒険』は、単なる前史ではない。いかにも叙事詩的で堅牢な『指輪物語』と比較するとそれ独自のスタイルをもつ。瀬田貞二は「昔話ふう」と説明したが、たしかに年表にとらわれない自在さがある。また、ドワーフが次々と訪れる場面や、ゴクリとビルボの謎々合戦のミニゲームとも言える軽妙な場面ももつ。幸福な結末が用意された宝探しの物語が基本の構造にあるからだろう。

(小野)

CHAPTER
11

『ロード・オブ・ザ・リング』

神話映画の成立と三人の男たち

鬼塚大輔

神話から銀幕へ

John Ronald Reuel Tolkien

映画『ロード・オブ・ザ・リング』三部作（『旅の仲間』〇一年、『二つの塔』〇二年、『王の帰還』〇三年）は興行的大成功を収めただけでなく、批評家やファンからの評価も極めて高い。最終作『王の帰還』は、米アカデミー賞で作品賞、監督賞の主要部門を含む一一部門にノミネートされ、そのすべてを受賞するという偉業を成し遂げた（一一部門受賞は『ベン・ハー』、『タイタニック』と並ぶ史上タイ記録）。

本書に於いては様々な作品論、エッセイの形で『指輪物語』のテーマ、J・R・R・トールキンの人と思想について語られているので、本章では、なぜ映画化不可能と言われた傑作ファンタジーが邦題『ロード・オブ・ザ・リング』として、原作の熱心なファンの多くも納得し、さらに多くの映画ファンを原作へと向かわせるという理想的な形での映画化が実現したのかということを考察していきたい。

そのために、本章では三人の男性を取り上げ、彼らのビジョンが映画『ロード・オブ・ザ・リング』へと結実していった軌跡をたどっていくこととする。その三人とは神話学者／思想家ジョーゼフ・キャンベル、『スター・ウォーズ』サーガの生みの親ジョージ・ルーカス、そして『ロード・オブ・ザ・リング』三部作の監督と製作（ハリー・M・オズボーン、フラン・ウォルシュと共同）、脚本（フラン・ウォルシュ、フィリパ・ボウエンと共同）を手がけたピーター・ジャクソンである。

図１　ピーター・ジャクソン監督映画『ロード・オブ・ザ・リング コレクターズ・エディション』
©MMI New Line Productions, Inc. ©MMVI New Line Home Entertainment, Inc. The Lord of the Rings, The Fellowship of the Ring, and the names of the characters, events, items and places therein, are trademarks of The Saul Zaentz Company d/b/a Tolkien Enterprises under license to New Line Productions, Inc. All Rights Reserved ￥4,935（税込）/発売元：角川映画㈱/販売元：ポニーキャニオン/2007年8月現在の情報

図2　ジョーゼフ・キャンベル（S・ラーセン、R・ラーセン『ジョーゼフ・キャンベル伝ー心の中の炎』表紙）

ジョーゼフ・キャンベル　ジョーゼフ・キャンベルは一九〇四年、ニューヨークに生まれた。ダートマス大学に入学後コロンビア大学に転入し哲学と神話学を専攻、修士号を取得した後、パリ大学とミュンヘン大学の大学院で一年ずつ学んだ。その後長年に渡り名門セイラー・ロレンス大学で教鞭をとった。『千の顔を持つ英雄』、『生きるよすがとしての神話』、『神の仮面』などの代表作は幅広く読まれ、邦訳もある。キャンベルは比較神話学の立場から世界中の神話、伝説、宗教説話を収集し比較検討を重ねて、それらに共通するパターンを抽出していった。ユング思想の信奉者でもあったキャンベルは、時代的にも地理的にも互いに接点を持たなかったはずの民族の神話に共通する要素が余りにも多い理由の一つをユングの提唱した集団的無意識に求めた。神話を遠い過去の遺物として扱うのではなく、日々の生活の指針を与えてくれる人類の共有財産として捉え、特定の宗教や文化の思想に固執するのではなく、古今東西の神話や伝説を幅広く柔軟に解釈するキャンベルの姿勢は多くの信奉者を生んでいったのだ。

ベトナム戦争や公民権運動の混乱の中、旧来の価値感が大きく揺らいでいた六〇年代から七〇年代前半のアメリカ、特にカリフォルニア、ロサンゼルスは先端的な若者文化の中心地となっていた。伝統的なキリスト教的な価値感や社会の制約から逃れようとしていた若者たちの中には、自らの精神世界の幅を広げてくれるものとして禅や瞑想、そして聖書に書かれた以外の世界中の神話、伝説に強い興味を抱くようになる者たちも多かった。彼らにとってキャンベルの著作は格好の指針となり、キャンベルは一種カルチャー・ヒーローの地位に祭り上げられることとなった。

ジョージ・ルーカス　キャンベルの著作や思想に魅せられたカリフォルニアの若者たちの一人にジョージ・ルーカスがいた。一九四四年に生まれたルーカスは、高校時代にドラッグ・カーレースに夢中になり、プロのレーサーを目指すこととなる。だが高校卒業直後に起こした自動車事故で重傷を負ったため、レーサーになるという彼の当初の夢は永遠に絶たれることとなった。事故により生死の境をさまよったことと、身体の動きをほとんど奪われたまま長期の入院生活を送ったことが、彼の精神世界をそれまでとは全く違ったものに作り替えることとなった。命の尊さと儚さに直面することとなったルーカス青年は、病院のベッドに横たわったまま、生命、時間、宇宙などについて長い時間思いを巡らせた。宇宙や生命を司る根本

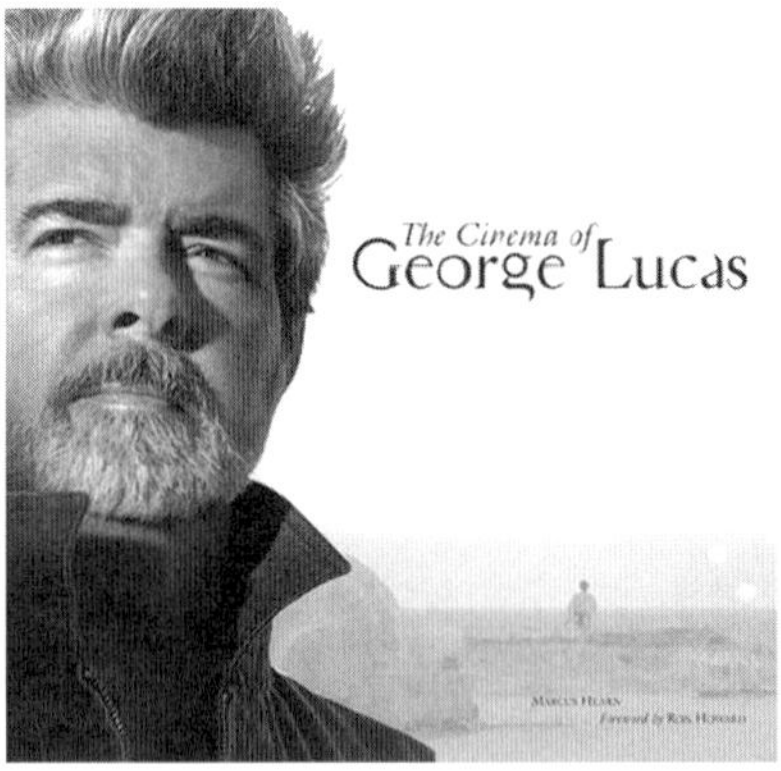

図３　ジョージ・ルーカス（M・ハーン、R・ハワード『ジョージ・ルーカスの映画』表紙）

エネルギー〝理力（フォース）〟のアイデアを得たのも、この入院中のことだという。当然の帰結として、ルーカスはキャンベルの著作に出会い、それらに魅せられていくことになる。キャンベルの著作をガイドとして世界中の神話や伝説を読み漁ったルーカスは、いつしか自分自身で神話的世界を構築するようになっていった。退院後はジュニア・カレッジで社会学を学んでいたルーカスは、映画業界で撮影監督として活躍していた人物と知り合い南カリフォルニア大学の映画学科に入学。卒業後は友人であるフランシス・コッポラ（『ゴッドファーザー』）の製作で、学生時代に製作したSF短編の長編映画化『THX-1138』（一九七一年）で商業映画デビューを果たす。この作品は商業的に惨敗するものの、七三年にやはりコッポラの製作で監督した低予算の青春映画『アメリカン・グラフィティ』が大方の予想を裏切る大ヒットとなったため、ルーカスは自らが構想していた神話的世界を映画化するチャンスを得ることとなった。

太古の宇宙を舞台にしたこのサーガ（長編冒険譚）は、幼いころ親しんでいた漫画『フラッシュ・ゴードン』他の連続宇宙活劇を下敷きにしたものではあったが、ルーカスは世界中の神話に共通し、それらを力強いものにしている要素を物語の中に織り込もうとした。ルーカスは執筆中の脚本をジョーゼフ・キャンベルに見せ、キャンベルは様々なアドバイスをルーカスに与えた。ルーカスはキャンベルの与えてくれたヒントを念頭に脚本の書き直しを重ねていった。しかし、ルーカス版神話の企画を取り上げてくれる会社はなかなか見つからず、二〇世紀フォックスでルーカス監督自身のメガホンで製作が開始された後も、様々なトラブルがついて回った。厳しい予算制限を付けられていた中でルーカスのビジョンを銀幕に移し替えていくことはほとんど不可能に思えたのだ。それでもルーカスは一つ一つ難問を解決していき、血を吐くような苦労の果てに映画を完成させた。

『スター・ウォーズ』の大成功　一九七七年に『スター・ウォーズ』が公開されるや、アメリカ本国を始め世界中で記録的なヒットを記録し、映画の歴史は大きく塗り替えられることとなる。『スター・ウォーズ』製作時に会社側からの干渉と予算の制約に苦しめられたルーカスは、映画製作会社ルーカス・フィルムスと特殊撮影技術を開発し提供する会社ＩＬＭ（インダストリアル・ライト・アンド・マジック）を設立する。後者に於いてルーカスは主にＣＧＩ（コンピュータ・ジェネレーティッド・イメージ）の開発を進め、それにより八〇年代後半から九〇年代そして現在に至るまで、CGIによる特殊効果を多用したファンタジー／SF系の作品がハリウッド製娯楽映画の主流となる（もちろん『指輪物語』の実写映画化が可能となったのも、CGI技術の発達と娯楽映画業界のトレンドと決して無縁ではない）。

とまれ、一九七七年の『スター・ウォーズ』公開は、世界中の映画ファンのみならず現役の映画作家や、映画作家を目指す多くの若者たちに衝撃を与えた。特殊技術を使って、誰も見たことのなかったような壮大な映像をスクリーンに展開出来るということ。その際、従来のSF映画のように銀色のぴかぴかした宇宙船を登場させるのではなく、わざと船体や船室のセットを汚して生活感を出しリアリティを増すこと。娯楽映画のフォーミュラ（公式）を使って神話的モティーフを伝えることができること、などを未来の映画作家たちは『スター・ウォーズ』から学んだのだ。『スター・ウォーズ』に衝撃を受け、映画作家になることを決断した多くの若者たちの中に、ニュージーランドでこの映画を観たピーター・ジャクソンがいたのである。

異形の者たちの王

ピーター・ジャクソン　「学校から家に帰ると毎日宇宙船の模型を組み立てているような」内気な少年だったピーター・ジャクソン少年は、様々な夢想にふけり、それを映像化することを夢見てはいたが、多くの俳優たちやスタッフを統括せねばならない映画監督という職業で成功するのは、威圧的に人を動かすことができたり、率先して集団のリーダーシップを取れる積極的な性格の人物だけだと思いこんでいた。しかし、『スター・ウォーズ』に夢中になったあまり、ジョージ・ルーカスという監督に関する記事を読みふけったジャクソンは、ルーカスが自分と同じような「内気で恋人もいないタイプ」だということを知って驚喜する。ルーカスに親近感を抱いたジャクソンは、『スター・ウォーズ』製作の裏側に関する数々の記事を読み、ルーカスの苦闘を知ることで、「なにごとも挫けずに努力を続ければ成功するのだ」という希望を抱くに至る。

図4　ピーター・ジャクソン（B・シブリー『ピーター・ジャクソン伝―ある映画製作者の旅』表紙）

ピーター・ジャクソンはニュージーランドの小さな海沿いの町に生まれた。一九六一年のことだった。ジャクソン少年は幼い頃から写真を撮ることに熱中していたので、彼が八歳の時、両親の友人が彼に八ミリのカメラを与えた。それ以降、ジャクソンは友人たちと共に自分たちの映画を作ることに専心する。もちろんジャクソンたちが作っていた作品の数々はほとんど金を掛けていない、素人臭いものではあったが、後のジャクソン作品のトレードマークとなる血なまぐささ、特殊撮影、異形の者への偏愛などはすでに表れていた。

悪友たちの間でのジョークが実を結び、二二歳のジャクソンは『バッド・テイスト』（八七年）の製作に着手する。地球人を食料とするために侵略を開始したエイリアンたちと人間との戦いを描くこの作品は、中古のカメラ一台で撮影され、出演者はジャクソンの友人や近所に住んでいた人々。ジャクソン自身も主役を含めいくつもの役を演じた。吐瀉物や内臓が乱れ飛び、家が宙に浮いて宇宙に飛び立つという内容ではあるが、勢いだけはある。四年間かけて完成された『バッド・テイスト』は、カンヌ映画祭で上映されるや大変な話題となり、カルト・クラシックとなる。こうしてジャクソンのプロの映画作家としての、そして『ロード・オブ・ザ・リング』への道が開かれることとなるのである。

続けて手がけた『ミート・ザ・フィーブルス――怒りのヒポポタマス』（八九年）でも、ジャクソンは製作、脚本、監督を兼任した。これは人間ではなく、人形たちが血みどろの戦いを繰り広げるという内容の作品であった。続く『ブレイン・デッド』（九二年）は、マニアたちの間では究極のゾンビ映画と言われている作品で、人間対ゾンビたちのクライマックスでの戦いは時間的にも長く、グロテスクな描写も他に類を見ないものとなっている。

以上紹介した初期三作品は、好事家たちの間では話題を呼んだが、あまりにも極端な内容と映像スタイルのために一般の映画ファンの間にまでピーター・ジャクソンの名が浸透することはなかった。だが、『ロード・オブ・ザ・リング』三部作での異形の者達が斬り結ぶ大規模な合戦場面、特に『王の帰還』での亡霊軍の戦いなどには、この初期三部作でのスプラッタ（血まみれ）乱戦場面の名残が色濃く見られるのである。

『乙女の祈り』の幻想世界　『ロード・オブ・ザ・リング』三部作の合戦場面のベースが初期三部作にあるとすれば、幻想的な美しさの端緒は『乙女の祈り』（九四年）にあると言えよう。実話をもとにしたこの作品では、幻想の世界に遊ぶ二人の少女が自分たちの理想世界での生活を邪魔する存在のおとな＝親を殺してしまうことになる。少女たちのファンタジーの世界は、『ロード・オブ・ザ・リング』で森のエルフたちが住む世界と共通するような無限の美しさに満ちた描写となっている。また、この作品に登場する〝母親殺し〟のモティーフは『ミート・ザ・フィーブルス』、『ブレインデッド』、後述の『さまよう魂たち』（九六年）にも登場する。主人公の身体的な自由ばかりか精神的な自由まで束縛し、支配しようとする母親的存在への畏怖と反抗のテーマは、『旅の仲間』でのガリエルドルの慈愛に満ちた存在でありながら、指輪を手に入れることになれば世界の支配者になるであろう恐ろしい姿を一瞬見せる場面につながる。また、自分の肉体と精神を支配し滅ぼしてしまう絶対的な存在である指輪を捨て（ようとす）るというフロドの努力そのものが、母親的存在の呪縛から逃れようとする『ロード・オブ・ザ・リング』以前のピーター・ジャクソン作品の主人公たちの戦いと共通するものなのである。

ハリウッドへの進出　『乙女の祈り』が高く評価されたことからジャクソンはハリウッドに招かれ、『さまよう魂たち』を例によって監督、脚本、製作の三役を兼任して発表する。幽霊を見ることができるようになった主人公の青年が、その能力を利用して知り合った幽霊たちと共に悪霊払いの商売を始めるが、死に神に取り憑かれた恋人を救おうとしたことから死に神や幽霊たちとの戦いが始まるという内容のこの作品は、ハリウッドのスタンダードに合わせたものとなっており、ニュージーランドでジャクソンが撮ってきた作品と比べると、いくぶん毒気のうすまったものとなっている（とは言うものの、ジャクソンの作家的特性は十分に表れているのだが）。ニュージーランド時代は手作りの特撮で映画を作ってきたジャクソンだが、ハリウッドの大手スタジオで作った『さまよう魂たち』では、潤沢な予算を使ってアメリカ映画最新のＣＧＩや特殊メイクをふんだんに作品に盛り込むことができた。この経験が超大作である『ロード・オブ・ザ・リング』製作の際に大きな助けとなったことは想像に難くない。

『指輪物語』と『ロード・オブ・ザ・リング』

図５　ラルフ・バクシ監督
映画『指輪物語』VHS

もう一つの映画版　『さまよう魂たち』が一定の成功を収めたことでジャクソンはハリウッドに足場を作り、念願の企画に取りかかる。だがそれは『指輪物語』の映画化ではなく、モンスター映画の古典『キング・コング』のリメイクであった。だがこの企画が流れたことから（ただし後の二〇〇五年に製作が実現）、代わりに浮上してきたのがジャクソンにとってもう一つの念願の企画であった『指輪物語』の映画化だったのである。実は『指輪物語』劇場用映画化を試みたのはピーター・ジャクソンが初めてというわけではない。多くの脚本家、映画作家がなんども挑戦しながらも、物語のあまりのスケールの大きさとトールキンのイマジネーションを映像化することの困難さに直面して挫折してきていたのである。そんな中で、アニメーション作家のラルフ・バクシが七八年にアニメ版『指輪物語』を製作し劇場公開にこぎ着けている。アニメーションにすることで大規模な戦闘場面や中つ国に住む者達のビジュアルを、（当時の）実写技術では不可能であったレベルで表現し、同時に実写の持つリアリティを生かすため、人間の動きを撮影した実写フィルムを一コマずつなぞって着色していく「ロトスコーピング」と呼ばれる新技術を導入した野心作ではあったが、結果的には実写ともアニメとも付かない中途半端なものとなり、興行的にも批評的にも惨敗した。

映画化はなぜ成功したのか？　ピーター・ジャクソンの『ロード・オブ・ザ・リング』大成功の原因はいくつか考えられるが、異形のクリーチャーたちの繰り広げる戦い、絶対的支配的な力を持つ存在との葛藤という、もともとジャクソンが持っていたテーマを巧みに原作の世界に投影しつつ、それでいて文学作品の映画化としては驚くほど原作に忠実であるということがまず挙げられるであろう。

一八歳の時に『指輪物語』を読み、「映画化が待ち遠しいなあ、と思っていたんだが二〇年経っても誰も映画にしてくれないんで待ちきれなくなったんだ」というジャクソンは、『ロード・オブ・ザ・リング』

のことを、「超大作ではあるが、とても個人的な作品でもある」と語っている。『ロード・オブ・ザ・リング』製作の当初、自分たちのメッセージ、政治的な立場などを絶対に作品に持ち込まず、トールキンの世界観にだけ忠実であることを製作陣は誓い合った。にもかかわらず、前述のようにジャクソンの作品で繰り返されるテーマが『ロード・オブ・ザ・リング』三部作にも見られる。あくまでも原作の精神に忠実であろうとしても、人によって〝原作の精神〟の解釈が違ってくるのは当然のことであり、原作を大切にしようという誠実さとジャクソンのアーティストとしてのビジョンが幸福な融合を果たしたところに『ロード・オブ・ザ・リング』三部作が傑作となった要因が求められるであろう。

そして、原作のスケールとジャクソンのビジョンをもろともにスクリーンに移し替えられるだけのレベルにまで、特殊撮影の技術が発達していたことももちろん重要である。ジャクソンは、特殊技術がそこまで発達した最大の功労者としてジョージ・ルーカスの名を挙げ、彼に感謝の念を捧げている。

ジョーゼフ・キャンベルによって神話、伝説の精髄を学んだジョージ・ルーカスが現代の神話である『スター・ウォーズ』を生み出し、ニュージーランドの少年に衝撃と希望を与えた。そして少年、ピーター・ジャクソンは長じて、これまた世界の神話、伝説のエッセンスともいうべき『指輪物語』を映画化した。彼にその勇気を与えたのも、特殊撮影技術という〝筆〟を与えたのもルーカスであった。トールキンの著した『指輪物語』が今、やっと完璧な形で銀幕に移し替えられたのも、そう考えれば必然のように思われてくるのである。

＊本文中のピーター・ジャクソンの発言はThe Internet Movie Database（http://us.imdb.com/）に、特にジョージ・ルーカスと『スター・ウォーズ』に関する発言は〈スター・ウォーズ　トリロジー　DVD-BOX〉ボーナス・ディスク所収のビハインド・ザ・シーン「フォースと共に：スター・ウォーズが遺したもの」に拠る。

索　引

原則として，人名に続けてその作品名を列記している。

ア行

カ行

サ行

タ行

ナ行

ハ行

マ行

ヤ・ラ・ワ行

図版・写真出典一覧

口絵

John Wyatt 撮影。

J. R. R. Tolkien, *Letters from Father Christmas*, ed. by Baillie Tolkien. London: Harper Collins, 2004.

J. R. R. Tolkien, *Roverandom*, ed. by Christina Scull and Wayne G. Hammond. Boston: Houghton Mifflin, 1998.

J. R. R. Tolkien, *The Fellowship of the Ring*, 50th anniversary edition. London: Harper Collins, 2005.

J. R. R. Tolkien, *The Two Towers*, 50th anniversary edition. London: Harper Collins, 2005.

J. R. R. Tolkien, *The Return of the King*. 50th anniversary edition. London: Harper Collins, 2005.

J. R. R. Tolkien, *The Hobbit, or There and Back Again*. London: Allen and Unwin, 1961.

J. R. R. Tolkien, *The Hobbit, or There and Back Again*. London: Allen and Unwin, 1961.

John and Priscilla Tolkien, *The Tolkien Family Album*. Boston: Houghton Mifflin, 1992.

J. R. R. Tolkien, *The Silmarillion*, ed. by Christopher Tolkien. London: Harper Collins, 2006.

J. R. R. Tolkien, *Unfinished Tales of Númenor and Middle-earth*, ed. by Christopher Tolkien. London: Harper Collins, 2006.

1章

図1　John Wyatt 撮影。

図2　Humphrey Carpenter, *The Inklings: C. S. Lewis, J. R. R. Tolkien, Charles Williams and Their Friends*. London: Harper Collins, 2006.

図3　J. R. R. Tolkien, *The Monsters and the Critics, and Other Essays*. London: Harper Collins, 1997.

図4　J. R. R. Tolkien, *The Hobbit, or There and Back Again*. London: Allen and Unwin, 1961.

図5　Álida Carvalho 撮影。

図6　Neil D. Isaacs and Rose A. Zimbardo eds., *Tolkien and the Critics: Essays on J. R. R. Tolkien's The Lord of the Rings*. Notre Dame: University of Notre Dame Press, 1968.

図7　Paul H. Kocher, *Master of Middle-earth: The Fiction of J. R. R. Tolkien*. New York: Ballantine Books, 1977.

図8　Jane Chance, *Tolkien's Art: A Mythology for England*, Lexington: The University Press of Kentucky, 2001.

図9　T. A. Shippey, *The Road to Middle-earth*, London: George Allen and Unwin, 1982.

図10　Richard Purtill, *J. R. R. Tolkien: Myth, Morality and Religion*. San Francisco: Ignatius Press, 1984.

図11　J. R. R. Tolkien, *The War of the Ring*, ed. by Christopher Tolkien. New York: Houghton Mifflin, 2000.

図12　http://commons.wikimedia.org/wiki/Image:Tolkien_1916.jpg

2章

図1　J. R. R. Tolkien, *The Lord of the Rings*. London: George Allen and Unwin, 1968.

図2　Lewis Carroll, *Alice's Adventures in Wonderland & Through the Looking Glass*. New York: Signet, 2000.

図3　John Milton, *Paradise Lost*. London: Penguin Books, 1989.

図4　William Golding, *Lord of the Flies*. London: Faber and Faber, 1954.

図5　ダンテ・アリギエーリ、ギュスターヴ・ドレ画、谷口江里也訳・構成『神曲』アルケミア、九鬼、1996年。

図6　Kenneth Grahame, *The Wind in the Willows*. New York: Alfred A. Knopf, 1993.

3章

図1　J. R. R. Tolkien, *Smith of Wootton Major*. Tokyo: Yumi Press, 1993.

図2　Kenneth Sisam, ed., *Fourteen Century Verse and Prose*, with Glossary by J. R. R. Tolkien. Oxford: Clarendon, 1955.

図3　J. R. R. Tolkien and E. V. Gordon eds., *Sir Gawain and the Green Knight*. Oxford: Clarendon, 1955.

図4　E. V. Gordon ed., *The Battle of Maldon*. London: Methuen, 1937.

図5　J. R. R. Tolkien, 'The Homecoming of Beorhtnoth Beorhthelms's Son' in *Poems and Stories*. London: George Allen and Unwin, 1980.

図6　Bill Griffiths ed. and tr., *The Battle of Maldon: Text and Translation*. Swaffham: Anglo-Saxon Books, 1991.

図7　David M. Wilson, *Anglo-Saxon Art from the Seventh Century to the Norman Conquest*. New York: Overlook, 1984.

図8　J. R. R. Tolkien, *The Hobbit*. London: Harper Collins, 1993.

図9　John R. Clark Hall tr., *Beowulf and the Finnesburg Fragment*, 3rd edition, revised with Notes and an Introduction by C. L. Wrenn, with Prefatory Remarks by J. R. R. Tolkien. London: George Allen and Unwin, 1950.

4章

図1　J. R. R. Tolkien, *The Fellowship of the Ring*. Glasgow: Grafton, 1991.

図2　J. R. R. Tolkien, *The Two Towers*. Glasgow: Grafton, 1991.

図3　J. R. R. Tolkien, *The Return of the King*. Glasgow: Grafton, 1991.

図4　青木由紀子作成。

5章

図1　J. R. R. Tolkien, *The Fellowship of the Ring*. New York: Houghton Mifflin, 2002.

図2　ヤン・ピーパー、和泉雅人監訳、佐藤恵子・加藤健司訳『迷宮――都市・巡礼・祝祭・洞窟』工作舎、1996年。

図3　図2と同じ。

図4　J. R. R. Tolkien, *The Two Towers*. New York: Houghton Mifflin, 2002.

図5　J. R. R. Tolkien, *The Return of the King*. New York: Houghton Mifflin, 2002.

図6　ルイス・キャロル『不思議の国のアリス・オリジナル』書籍情報社、1994年。

6章

図1　J. R. R. Tolkien, *The Fellowship of the Ring*. Boston: Houghton Mifflin, 1999.

図2　安藤聡撮影。

図3　J. R. R. Tolkien, *Poems from the Lord of the Rings*. London: Harper Collins, 1994.

図4　J. R. R. Tolkien, *The Two Towers*. Boston: Houghton Mifflin, 1999.

図5　J. R. R. Tolkien, *The Return of the King*. Boston: Houghton Mifflin, 1999.

7章

図1　J. R. R. トールキン、瀬田貞二・田中明子訳『旅の仲間』上1巻、評論社文庫、1992年。

図2　J. R. R. トールキン、瀬田貞二・田中明子訳『二つの塔』上1巻、評論社文庫、1992年。

図3　J. R. R. トールキン、瀬田貞二・田中明子訳『王の帰還』上巻、評論社文庫、1992年。

8章

図1　Lin Carter, *Tolkien: A Look Behind the Lord of the Rings*. New York: Ballantine Books, 1969.

図2　小谷真理撮影。

図3　Jessica Amanda Salmonson, *Amazons!* New York: Daw Books, 1979.

図4　Jessica Amanda Salmonson, *Amazons II*. New York: Daw Books, 1979.

図5　C. L. Moor, *Jirel of Joiry*. New York: Paperbook Library, 1969.

9章

図1　J. R. R. Tolkien, *The Lord of the Rings*. Boston: Houghton Mifflin, 2004.

図2　J. R. R. Tolkien, *The Fellowship of the Ring*. Boston: Houghton Mifflin, 2004.

図3　J. R. R. Tolkien, *The Two Towers*. Boston: Houghton Mifflin, 2004.

図4　Humphrey Carpenter, *J. R. R. Tolkien: A Biography*. London: George Allen and Unwin, 1977.

図5　J. R. R. Tolkien, *The Return of the King*. Boston: Houghton Mifflin, 2004.

10章

図1　http://www.cafepress.com/shop/fantasy/brouse/Ne-25_N-1352_bt-2_pv-wellinghall.8033845

図2　http://www.lyberty.com/encyc/articles/d_and_d.html

図3　水野良『新ロードス島戦記4――運命の魔船』角川書店、2004年。

図4　茅田砂胡『デルフィニア戦記1――放浪の戦士』中央公論社、1993年。

11章

図1　©MMI New Line Productions, Inc. ©MMVI New Line Home Entertainment, Inc. The Lord of the Rings, The Fellowship of the Ring, and the names of the characters, events, items and places therein, are trademarks of The Saul Zaentz Company d/b/a Tolkien Enterprises under license to New Line Productions, Inc. All Rights Reserved

図2　Stephen Larsen and Robin Larsen, *Joseph Campbell: A Fire in the Mind.* Rochester:Inner Traditions, 2002.

図3　Marcus Hearn and Ron Howard, *The Cinema of George Lucas.* New York: Harry N. Abrams, 2005.

図4　Brian Sibley, *Peter Jackson: A Film-maker's Journey.* London: Harper Collins, 2006.

図5　ソール・ゼインツ・カンパニー『指輪物語』VHS、松竹富士、ビクター音楽産業、刊行年不明。

コラム

トールキンのオックスフォード

写真①～④　安藤聡撮影。

トールキンとイングランドの田園

写真①②　安藤聡撮影。

ゆかりの地へのガイド

写真①～⑧　安藤聡撮影。

写真⑨　Álida Carvalho 撮影。

写真⑩～⑬　安藤聡撮影。

『指輪物語』を知るために

参考文献

ゆかりの地へのガイド

トールキン関連年表

参考文献

J・R・R・トールキンの作品

原書

The Hobbit, or There and Back Again, 1937, 1951, 1966, 1978. London: Harper Collins, 2001.
ホビット族のビルボが邪悪な竜スマウグからドワーフの宝物を奪還する冒険に加わる。『指輪物語』の前史と呼ぶべき作品。

Farmer Giles of Ham, 1949. London: Harper Collins, 2000.
中世イングランドを舞台に、竜退治を王様に命じられた農夫ジャイルズが乗りだす滑稽な冒険の物語。中世ラテン語で書かれたロマンスをトールキンが現代英語に訳したという体裁をとる。

The Lord of the Rings (*The Fellowship of the Ring*, 1954, 1966; *The Two Towers*, 1954, 1966; *The Return of the King*, 1955, 1966), London: Harper Collins, 2005.
中つ国の運命を握る魔法の指輪をめぐって繰り広げられる善と悪の壮絶な戦いを描く。1966年に改訂し、序文をつけた。

The Adventures of Tom Bombadil, 1962. London: Harper Collins, 1990.
表題作「トム・ボンバディルの冒険」を含む、中つ国関係の詞華集。ホビットたちが『西境の赤表紙本』に記した詩をトールキンが集め、現代英語に訳したという体裁をとる。

Tree and Leaf, 1964, 1988. London: Harper Collins, 2001.
妖精物語の諸機能と神話の創成行為を主題とするエッセイ 'On Fairy-Stories'、寓話 'Leaf by Niggle' を収録。1988年版から詩 'Mythopoeia' と息子（3男）クリストファー・トールキンによる序文を追加。

Smith of Wootton Major, 1967. London: Harper Collins, 1991.
ある中世の村を舞台に、妖精の国の通行証として幸運の星を授けられた鍛冶屋の不思議な人生を描く、寓話的な短編。

Letters from Father Christmas, edited by Baillie Tolkien, 1976. London: Harper Collins, 2004.
トールキンが北極に住むファーザー・クリスマス（サンタ・クロース）になりすまして、子どもたちに書き送ったクリスマスの絵手紙のコレクション。

The Silmarillion, edited by Christopher Tolkien, 1977, 1999. London: Harper Collins, 2000.
唯一神エル（イルーヴァタール）による天地創造と中つ国の上古の出来事を物語る。***Ainulindalë, Valaquenta, Quenta Silmarillion, Akallabêth*** を収録。作者の没後、未完の原稿をクリストファー・トールキンが編集し、物語としての体裁を整えた。第2版（1999年）には、トールキンが1951年頃にコリンズ社の社主ミルトン・ウォルドマンに宛てた、中つ国神話体系の構想を解説する手紙を収録。

Unfinished Tales of Númenor and Middle-earth, edited by Christopher Tolkien, 1980. London: Harper Collins, 2001.
『シルマリルの物語』と『指輪物語』の草稿・遺稿をまとめたもの。未完の断片を集めたため、全体として一貫した物語が綴られているわけではない。

The Letters of J. R. R. Tolkien, edited by Humphrey Carpenter, 1981. London: Harper Collins, 1999.
トールキンが家族、友人、出版者などに宛てて書いた手紙のコレクション。1914年から1973年までのものを収録。

Mr. Bliss, 1982. London: Harper Collins, 1994.
初めて自動車を運転する紳士ブリスさんの滑稽な騒動を描く絵本。トールキンが彼の子どもたちのために手

作りした絵本を作者の没後、複製したもの。

The History of Middle-earth（I *The Book of Lost Tales, Part One*, 1983; II *The Book of Lost Tales, Part Two*, 1984; III *The Lays of Beleriand*, 1985; IV *The Shaping of Middle-earth, The Quenta, the Amberkanta, and the Annals*, 1986; V *The Lost Road and Other Writings*, 1987; VI *The Return of the Shadow*, 1988; VII *The Treason of Isengard*, 1989; VIII *The War of the Ring*, 1990; IX *Sauron Defeated: The End of the Third Age, the Notion Club Papers and the Drowing of Anadune*, 1992; X *Morgoth's Ring: The Later Silmarillion, Part One*, 1993; XI *The War of the Jewels: The Later Silmarillion, Part Two*, 1994; XII *The Peoples of Middle-earth*, 1996; *The History of Middle-earth Index*, 2002), edited by Christopher Tolkien. London: Harper Collins, 1991–1997.

中つ国の歴史に関する遺稿・草稿をまとめ、注釈を加えたもので、全12巻と別冊索引からなる。第６巻から第９巻までが『指輪物語』の成立過程を扱う。

Roverandom, edited by Christina Scull and Wayne G. Hammond, 1998. London: Harper Collins, 2002.

魔法使によっておもちゃの犬に変身させられた仔犬のローヴァーの冒険を描く。トールキンによるカラーの挿絵がついている。

The Children of Húrin, edited by Christopher Tolkien. London: Harper Collins, 2007.

第１紀の中つ国を舞台に、モルゴス率いる闇の勢力に戦いを挑むフーリンと、その息子トゥーリン・トゥランバールの悲劇を描く。

朗読（CD・カセット）

The J. R. R. Tolkien Audio Collection, read by J. R. R. Tolkien and Christopher Tolkien, 1967. New York: Caedmon, 2001.

トールキン自身による『ホビットの冒険』、『指輪物語』、『トム・ボンバディルの冒険』の部分的な朗読に加え、クリストファー・トールキンによる『シルマリルの物語』の部分的な朗読が収録されている。

邦訳書

瀬田貞二訳『ホビットの冒険』（岩波書店：ハードカバー、1983／岩波少年文庫、上・下巻、2002／愛蔵版、1965／物語コレクション、上・下巻、1999／オリジナル版、2002）

The Hobbit 第２版（1951）の邦訳。オリジナル版にはトールキンによる挿絵、その他の版には寺島竜一の挿絵がついている。

山本史郎訳『ホビット――ゆきてかえりし物語』（原書房、1997）

The Hobbit 第４版（1978）に Douglas Anderson が注釈をつけた *The Annotated Hobbit*（1988）の邦訳。各国版の挿絵を掲載。巻末に付録として「本文および改訂の歴史」、「ルーン文字およびアルファベットとの対応」が加わる。

瀬田貞二・田中明子訳『新版　指輪物語』（『旅の仲間』、『二つの塔』、『王の帰還』）（評論社、1992）*The Lord of the Rings* 第２版（1966）の邦訳。ハードカバー版は『追補編』を含む全７巻、愛蔵版は全３部、文庫版は2003年に追加された『追補編』を含む全10巻。

クリストファー・トールキン編、田中明子訳『シルマリルの物語』（評論社、2003）

The Silmarillion（1977）の邦訳。第２版（1999）に収録のウォルドマン宛ての手紙の邦訳つき。

吉田新一・早乙女忠・猪熊葉子訳『農夫ジャイルズの冒険――トールキン小品集』（評論社、2002）

「農夫ジャイルズの冒険」（'Farmer Giles of Ham'）、「星をのんだかじや」（'Smith of Wootton Major'）、「ニグルの木の葉」（'Leaf by Niggle'）、「トム・ボンバディルの冒険」（'The Adventures of Tom Bombadil'）を収録。

杉本洋子訳『妖精物語の国へ』（ちくま文庫、2003）

「妖精物語について」（'On Fairy-stories'）、「神話を創る」（'Mythopeia'）、「ビュルフトエルムの息子ビュルフ

トノスの帰還」（'The Homecoming of Beorhtnoth Beorhthelm's Son'）を収録。
猪熊葉子訳『星をのんだかじや』（評論社、1991）
Smith of Wootton Major（1967）の邦訳。
猪熊葉子訳『妖精物語について――ファンタジーの世界』（福音館書店、2003）
Tree and Leaf の新版（1988年刊行）の邦訳。「妖精物語とは何か」（'On Fairy-stories'）、「ニグルの木の葉」（'Leaf by Niggle'）、「神話の創造」（'Mythopeia'）を収録。
ベイリー・トールキン編、瀬田貞二・田中明子訳『サンタ・クロースからの手紙』（評論社、2006）
Letters from Father Christmas（1976）の邦訳。
田中明子訳『ブリスさん』（評論社、1992）
Mr. Bliss（1982）の邦訳。左頁に邦訳テキスト、右頁に作者手書きのテキストと挿絵を配置。
山本史郎訳『仔犬のローヴァーの冒険』（原書房、1999）
Roverandom（1998）の邦訳。
クリストファー・トールキン編、山下なるや訳『終わらざりし物語』上・下巻（河出書房新社、2003）
Unfinished Tales of Númenor and Middle-earth（1980）の邦訳。
山本史郎訳『サー・ガウェインと緑の騎士』（原書房、2003）
Sir Gawain and the Green Knight / Pearl / Sir Orfeo（1975）のトールキンによる現代英語訳版の邦訳。

映像資料

映像化作品

The Hobbit, produced and directed by Arthur Rankin Jr. and Jules Bass Productions, 1977.（VHS 発売元：Warner Home Video. DVD 版も存在するが、リージョンコードの問題で日本での視聴はできない）
アメリカで製作されたテレビアニメ映画版『ホビットの冒険』。日本未公開。
『指輪物語』ソール・ゼインツ・カンパニー製作、ラルフ・バクシ監督、1978年。（DVD・VHS 発売元：ワーナー・ホーム・ビデオ）
『旅の仲間』から『二つの塔』の前半までをアメリカでアニメ化した映画。日本での劇場公開は1979年。続編は製作されていない。
The Return of the King, produced and directed by Arthur Rankin Jr. and Jules Bass Productions, 1980.（VHS 発売元：Warner Home Video. DVD 版も存在するが、リージョンコードの問題で日本での視聴はできない）
アメリカで製作されたテレビアニメ映画版『王の帰還』。日本未公開。
『ロード・オブ・ザ・リング』ニューライン・シネマ製作、ピーター・ジャクソン監督、2001～03年（日本での劇場公開は『旅の仲間』2002年、『二つの塔』2003年、『王の帰還』2004年）
実写と CG 映像を駆使して作られたアメリカ映画。全世界で大ヒットし、アカデミー賞を『旅の仲間』は4部門、『二つの塔』は2部門、『王の帰還』は11部門で受賞。（DVD・VHS 発売元：日本ヘラルド映画）

ドキュメンタリー映像

『ザ・ロード・オブ・ザ・リングを創った男』ヘレン・ディッキンソン製作、デレク・バイレー監督、1992年。

トールキンとその諸作品を解説するドキュメンタリー。トールキンの家族、友人、研究者のインタビューを収録。（DVD・VHS 発売元：ギャガ・コミュニケーションズ）

研究書

英米で刊行された作家・作品論

Neil D. Isaacs, and Rose A. Zimbardo eds., *Tolkien and the Critics: Essays on J. R. R. Tolkien's The Lord of the Rings*. Notre Dame: University of Notre Dame Press, 1968.

60年代の学術的な『指輪物語』研究の集大成と呼ぶべき論集。トールキン批評の現状（当時）と展望を分析する編者Isaacsの巻頭エッセイに続き、14本の論文が収録されている。

Mark R. Hillegas ed., *Shadows of Imagination: The Fantasies of C. S. Lewis, J. R. R. Tolkien, and Charles Williams*. Carbondale: Southern Illinois University Press, 1969.

インクリングズに所属したC・S・ルイス、トールキン、チャールズ・ウィリアムズの価値観と想像力を考察する論文を集めたもので、トールキン関係の論文を４本含む。

Robert Foster, *Tolkien's World from A to Z: The Complete Guide to Middle-earth*, 1971, 1978. New York: Ballantine Books, 2001.

中つ国に関連する事項をアルファベット順に配列した詳細な事典。

Paul H. Kocher, *Master of Middle-earth: The Fiction of J. R. R. Tolkien*. Boston: Houghton Mifflin, 1972.

トールキン世界に見られる宇宙の秩序（超越者の意思）、悪の諸相、自由の民の特質、アラゴルンの英雄性などの主題を各章ごとに論じる。

Jared Lobdell ed., *A Tolkien Compass*, 1975, 2003. Chicago: Open Court, 2003.

『ホビットの冒険』と『指輪物語』を扱う論集。2003年刊行の新装版でトールキン著の ‘Guide to the Names in The Lord of the Rings’ が削除された。残る掲載論文10本のうち８本が『指輪物語』を論じている。

Lin Carter, *Tolkien: A Look Behind The Lord of the Rings*. New York: Ballantine Books, 1976.

簡潔なトールキン伝、『ホビットの冒険』と『指輪物語』のあらすじ、ヨーロッパ文学におけるファンタジーの系譜、トールキンの文学的源泉の解説からなるガイドブック。リン・カーター、荒俣宏訳『トールキンの世界』（晶文社、1977）、リン・カーター、荒俣宏訳『ロード・オブ・ザ・リング――『指輪物語』完全読本』（角川書店、2002）

Humphrey Carpenter, *J. R. R. Tolkien: A Biography*. London: Allen & Unwin, 1977.

トールキンの生い立ち、言語学者としての役割、中つ国関連作品の構想と成立過程、人間関係などを知るうえで欠かせない伝記の決定版。ハンフリー・カーペンター、菅原啓州訳『J. R. R. トールキン――或る伝記』（評論社、1982、2002）

Ruth S. Noel, *The Mythology of Middle-earth*. Boston: Hougthon Mifflin, 1977.

『ホビットの冒険』と『指輪物語』の主題（運命、地下への下降、死の否定、言語、年代学）、舞台、人物、小道具を論じる研究書。

Humphrey Carpenter, *The Inklings: C. S. Lewis, J. R. R. Tolkien, Charles Williams and Their Friends, 1978*. London, Harper Collins, 1997.

C・S・ルイス、トールキン、チャールズ・ウィリアムズらがオックスフォード大学内に形成した文芸サークル、インクリングズの実体を、メンバーの書簡や日記を手がかりに追う。

Anne C. Petty, *One Ring to Bind Them All: Tolkien's Mythology*. Tuscaloosa: The University of Alabama Press, 1979.

『ホビットの冒険』と『指輪物語』を英雄物語として捉え、その構造と機能を神話学者ジョーゼフ・キャンベルの理論を援用して分析する。

Jane Chance, *Tolkien's Art: A Mythology for England*, 1979, 2001. Lexington: The University Press of Kentucky, 2001.

トールキン作品の包括的な研究書。2001年に改訂。『指輪物語』を論じる第５章は、ゲルマン的な勇気とキリスト教的な倫理のせめぎあいの中にトールキンの善悪観を見いだす。

Mary Salu and Robert Farrell eds., *J. R. R. Tolkien, Scholar and Storyteller: Essays in Memorium*. Ithaca: Cornell University Press, 1979.

トールキンの友人、同僚、教え子らによる追悼論集。トールキンの物語と言語学研究に関する14本の論文を収録。そのうち第３部に収録した３本が『指輪物語』を論じる。

Ruth S. Noel, *The Language of Tolkien's Middle-earth*, 1974, 1980. Boston: Houghton Mifflin, 1980.

中つ国の諸種族が用いる14の言語を解説する詳細なガイド。『シルマリルの物語』と『指輪物語』に原文のまま引用されている各言語の対訳、中つ国で用いられる文字の解説、エルフ語の文法および発音の解説、さらにエルフ語辞典も収録。

Katheryn F. Crabbe, *J. R. R. Tolkien*. New York: Frederick Ungar, 1981.

探究の旅（quest）をキーワードに、トールキンの第２世界の特質を研究する。第３章で『指輪物語』の３つの主題（英雄、善と悪の本質、言語の機能）について論じる。

T. A. Shippey, *The Road to Middle-earth*, 1982, 2003. London: Harper Collins, 1982.

中つ国神話体系の包括的な研究書。『指輪物語』の文学的源泉、言語学的源泉、命名法、主題、物語構造などを論じる大著。

Robert Giddings ed., *J. R. R. Tolkien: This Far Land*. London: Vision Press, 1983.

『指輪物語』を中心とするトールキン作品の政治観、女性観、文体などをモダニズムの立場から批判する論文を10本収録した論集。

Richard Purtill, *J. R. R. Tolkien: Myth, Morality and Religion*. San Francisco: Ignatius Press, 1984.

『指輪物語』をはじめとするトールキンの「神話的」作品に考察を加え、登場人物たちの英雄性、死と不死の主題から作者のカトリック的な理想を読み取る。

Judith A. Johnson, *J. R. R. Tolkien: Six Decades of Criticism*. West Port: Greenwood Press, 1986.

1922年から1984年までに刊行されたトールキン関係の批評（書評、エッセイ、論文、研究書、同人誌）をほぼすべて網羅した目録に、それぞれの要旨を付した労作。

Brian Rosebury, *J. R. R. Tolkien: A Critical Assessment*. New York: St. Martin's Press, 1992.

『指輪物語』のコンセプトと文体を分析した研究書。「旅」のイメージに収束する非均一な文体と多様なエピソードが本作品を小説というジャンルの周縁部に位置させていると主張。2003年に増補改訂し、*Tolkien: A Cultural Phenomenon* と改題。

Jane Chance, *The Lord of the Rings: The Mythology of Power,* 1992, 2001. Lexington: The University Press of Kentucky, 2001.

『指輪物語』における政治的人間関係と倫理観を研究した書。2001年に改訂。ジェーン・チャンス、井辻朱美訳『指輪の力——隠された『指輪物語』の真実』（早川書房、2003）

John and Priscilla Tolkien, *The Tolkien Family Album*. Boston: Houghton Mifflin, 1992.

トールキンの生涯を写真で綴るアルバム。長男ジョンと長女プリシラがトールキン家の写真を整理し、解説をつけた。家族のみが知る多彩なエピソードとプライベートな写真はたいへん魅力的。トールキン生誕100周年を記念して出版。

Wayne Hammond and Christina Scull, *J. R. R. Tolkien: Artist and Illustrator*. London: Harper Collins, 1995.

トールキンの少年時代から晩年にいたる200点以上のスケッチ、線画、水彩画、図案を制作期および主題ごとに配列し、テキスト作品との関係を考察するユニークな研究書。W・G・ハモンド＆C・スカル、井辻朱美訳『トールキンによる「指輪物語」の図像世界』（原書房、2002）

Patrick Curry, *Defending Middle-earth: Tolkien: Myth and Modernity*. London: Harper Collins, 1997.

『指輪物語』の自然観と倫理観が環境破壊をはじめとする現代の諸問題にいかなる洞察を与えるかを論じる。

Verlyn Flieger, *A Question of Time: J. R. R. Tolkien's Road to Faërie*. Ohio: Kent State University Press, 1997.

未発表の草稿・遺稿を手がかりに、トールキンの諸作品に見られる「時間」と「夢」のモチーフを研究する。

Joseph Pearce, *Tolkien: Man and Myth*. San Francisco: Ignatius, 1998.

トールキンとC・S・ルイス（およびインクリングズ）の関係、トールキンの神話世界の基礎をなすカトリック信仰、ホビットに見られる英国性、批評家たちの反応などをトールキンの人生の歩みに沿って綴る。

George Clark and Daniel Timmons eds., *J. R. R. Tolkien and His Literary Resonances: Views of Middle-earth*. Westport: Greenwood Press, 2000.

トールキンと中つ国関係の諸作品を研究する論文を14本収録した論集。中世文学と20世紀ファンタジーのみならず、古期英語からルネッサンス文学、宗教叙事詩、19世紀の大衆文学に至るより大きな文脈の中でトールキンとその作品をとらえることを目指す。

T. A. Shippey, *J. R. R. Tolkien: Author of the Century*. Boston: Houghton Mifflin, 2000.

中つ国神話体系の包括的な研究書。第３～５章がそれぞれ『指輪物語』のプロット、悪の概念、神話性を論じ、20世紀文学の文脈にこの作品を位置づけようと試みる。

Candice Frederick and Sam McBride, *Women Among the Inklings: Gender, C. S. Lewis, J. R. R. Tolkien, and Charles Williams*. Westport: Greenwood Press, 2001.

インクリングズに所属のC・S・ルイス、トールキン、チャールズ・ウィリアムズによるフィクション作品を「キリスト教的フェミニズム」の視点から批判的に検証する。

Rose A. Zimbardo and Neil D. Isaacs eds., *Understanding The Lord of the Rings: The Best of Tolkien Criticism*. New York: Houghton Mifflin, 2004.

1950年代から2000年代までに英語圏で発表された『指輪物語』論のベスト選集。Shippeyの書き下ろし 'Another Road to Middle-earth: Jackson's Movie Trilogy' を含む14本の論文を収録。

Wayne G. Hammond and Douglas A. Anderson, *J. R. R. Tolkien: A Descriptive Bibliography*, 1993. New Castle: Oak Knoll Books, 2002.

トールキンの全出版物の書誌を記録した詳細な目録。作品の成立史を調べる際に役立つ。

Colin Duriez and David Porter, *The Inklings Handbook: A Comprehensive Guide to the Lives, Thought and Writings of C. S. Lewis, J. R. R. Tolkien, Charles Williams, Owen Barfield and Their Friends*. St. Louis: Chalice Press, 2001.

インクリングズのメンバーの人生と作品、およびその背景（時代と思想）を解説する読みやすい研究書。6本のエッセイを収録した第１部と人名、地名、作品、概念などをアルファベット配列した第２部から構成される。

Ralph Wood, *The Gospel According to Tolkien: Visions of the Kingdom in Middle-Earth*. Louisville: Westminster John Knox Press, 2003.

キリスト教信仰の主要な教義を基準に、『指輪物語』３部作における創造、堕落、道徳的戦い、贖罪、救いの主題を読み解く。ラルフ・C・ウッド、竹野一雄訳『トールキンによる福音書――中つ国における〈神の国〉のヴィジョン』（日本キリスト教団出版局、2006）

Janet Brennan Croft, *War and the Works of J. R. R. Tolkien*. Westport :Praeger Publishers, 2004.

トールキンの人生と作品における「戦争」の主題を研究する書。トールキンと家族の戦争体験、戦争を描く古代ゲルマン文学の読書体験、キリスト教信仰がトールキンにどのような影響を与え、またそれが人々にどのように受容されてきたかを論じる。

Michael D. C. Drout ed., *J. R. R. Tolkien Encyclopedia: Scholarship and Critical Assessment*. London: Routledge, 2006.

トールキンの人生と作品、学術的業績、絵画、批評史など550項目を収録した事典。
Christina Scull and Wayne G. Hammond, *The J. R. R. Tolkien Companion and Guide, Volume 1: Chronology.* New York: Houghton Mifflin, 2006.
トールキンの成績簿、軍隊時代の記録、書簡その他の膨大な資料をもとに、トールキンの人生と作品に関する情報を時代順に配列・解説する年譜。
Christina Scull and Wayne G. Hammond, *The J.R.R. Tolkien Companion and Guide: Reader's Guide: Volume 2: Reader's Guide.* New York: Houghton Mifflin, 2006.
トールキンの人生、作品の源泉、時代背景、トールキン作品の批評に関する情報をアルファベット順に配列した事典。

日本で刊行された作家・作品論

本多英明『トールキンとC・S・ルイス』(笠間書院、1985、2006)
トールキンの『シルマリルの物語』、『ホビットの冒険』、『指輪物語』とC・S・ルイスの〈SF 3部作〉、〈ナルニア国ものがたり〉、『顔を持つまで』を題材に、この2作家の神話生成の特質を比較研究する。
赤井敏夫『トールキン神話の世界』(人文書院、1994)
中つ国神話体系における「準創造」の作用、『シルマリルの物語』におけるシンボリズム、諸作品の主題などを論じる学術研究書。
伊藤盡『「指輪物語」――エルフ語を読む』(青春出版社、2004)
トールキンが描くエルフの文学的背景、エルフ語の文字(テングワール文字)、発音、文法、語彙をわかりやすく解説する書。
水井雅子『J・R・R・トールキン』現代英米児童文学評伝叢書7 (KTC中央出版、2004)
トールキン伝と作品小論(『ホビットの冒険』、『指輪物語』、「農夫ジャイルズの冒険」、トールキン訳・古英語詩「出エジプト記」、『木と木の葉』、『シルマリルの物語』)からなる研究書。

日本で刊行されたトールキン特集本

『ユリイカ』第24巻第7号〈特集・トールキン生誕百年〉(青土社、1992)
中つ国神話体系の作者、言語学者、中世研究者としてのトールキンを論じる日英米のエッセイと学術論文のほか、トールキン作の未完の物語『失われた道』(*The Lost Road*)、物語詩「領主と奥方の物語」(*The Lay of Aotrou and Itroun*)、講演「密かなる悪徳」('A Secret Vice')の邦訳を収録。
『ユリイカ』第34巻第6号〈総特集・『指輪物語』の世界〉(青土社、2002)
『指輪物語』とPeter Jackson監督による映画版『旅の仲間』(2001年)を論じる日英米のエッセイと学術論文のほか、トールキン作の詩「航海譚」('Imram')の邦訳を収録。
『指輪物語完全ガイド――J・R・R・トールキンと赤表紙本の世界』河出書房新社編(河出書房新社、2002)
『ホビットの冒険』と『指輪物語』の成立小史、あらすじ、主人公の旅の行程、映像化の歴史などのガイドと日英の論客によるエッセイ集からなる入門書。

ゆかりの地へのガイド

資料館

＊Modern Papers Reading Room, New Bodleian Library, University of Oxford

英国オックスフォード大学ボードリアン図書館新館の近代図書閲覧室は、トールキンによる多数の水彩画とスケッチのほか、「ニグルの木の葉」、「星をのんだかじや」、「トム・ボンバディルの冒険」（タイプ原稿）、「妖精物語について」、「『ベーオウルフ』――怪物たちと批評家たち」に加え、言語学的著作のオリジナル原稿、トールキンがおびただしい書き込みを加えた彼自身の蔵書を所蔵している。これらの資料は、一般向けには非公開だが、図書館が許可した大学院生以上の研究者ならば利用できる（事前に原稿閲覧用のチケットの発給を受ける必要がある）。資料の室外への持出しは不可で、絵画は（品質保持のため）ファクシミリ版のみ閲覧可能。なお、資料を複製する場合は、版権を所有するトールキン財団の許可が別途必要となる。

所在地　Bodleian Library, Broad Street, Oxford, UK

ホームページ　http//www.bodley.ox.ac.uk/dept/scwmss/modpol/guide132.htm（ただし本ホームページ上にはトールキン関連資料の情報は公開されていない）

＊Tolkien Collection, Raynor Memorial Libraries, Marquette University

米国マーキット大学図書館のレイナー記念図書館が所有するトールキン・コレクションには『ホビットの冒険』、『指輪物語』、「農夫ジャイルズの冒険」のオリジナル原稿と草稿、『ブリスさん』のオリジナル原稿、『シルマリルの物語』の草稿の一部、トールキン自身による数点の線画とスケッチが含まれている。大学外部からの訪問者は事前に手紙か電話で閲覧の許可をとった上で、これらをマイクロフィルム化したものを閲覧することができる。トールキン関係の膨大な数の出版物、映像資料も閲覧可能。なお、上記の原稿や絵画などを複製する場合は、版権を所有するトールキン財団の許可が別途必要となる。

所在地　Milwaukee, Wisconsin, USA

ホームページ　http://www.marquette.edu/library/collections/archives/tolkien.html#top

■トールキン関係のホームページ

＊The Tolkien Society（http://www.tolkiensociety.org/index.html）

トールキン協会は、トールキン研究の促進を目的として英国に本拠を置く国際的な非営利団体で、セミナーの実施、機関誌の発行、ホームページからのニュースの発信などを行っている。

連絡先　c/o 210 Prestbury Road, Cheltenham, GL52 3ER, UK

＊The New York Times, The Tolkien Archives: A Guide to the World of J. R. R. Tolkien
（http://www.nytimes.com/specials/advertising/movies/tolkien/index.html）

『ニューヨーク・タイムズ』のホームページ内にあるトールキン・アーカイヴズには、トールキン関係の最新のニュース（毎週更新）のほか、『ニューヨーク・タイムズ』に掲載の過去の記事が収められている。

ゆかりの地

■Oxford

トールキンの研究と創作の場であり、家族との生活の場でもあった学園都市オックスフォードは、ロンドンの

パディントン駅から電車で約１時間で行くことができる。

＊University of Oxford

オックスフォード駅の東側に位置するオックスフォード大学には、トールキンゆかりの複数のコレッジが点在する（一般人の構内見学を許可しないコレッジもあるので注意）。

Exceter College（所在地 Turl Street）：トールキンが1911～15年まで在学。構内の一部が無料で見学できる。

Pembroke College（所在地 St Aldates）：トールキンが1926～45年までアングロ・サクソン語教授として所属。構内見学不可。

Merton College（所在地 Merton Street）：トールキンが1945～59年まで教授として勤めていた。1973年11月17日に同コレッジの礼拝堂でトールキンの葬儀が執り行われた。構内見学不可。

Magdalen College（所在地 High Street）：C・S・ルイスが勤めていたコレッジで、彼の研究室はインクリングズの拠点として毎週金曜日の夕方にトールキンと友人たちが訪れていた。構内の一部が有料で見学できる。東側に隣接する Deer Park の Addison's Walk は散歩中にトールキンがルイスの回心のきっかけを作った場所。

High Street

The University of Oxford Botanic Garden（所在地 Rose Lane、ただし正門は High Street）：High Street をはさんで Magdalen College の南向かいに広がるオックスフォード大学植物園には、トールキンのお気に入りの Pinus Nigra（ヨーロッパクロマツ）の木がある。

＊トールキンが住んだ家（一般人が入居中の物件もあるので、見学や写真撮影の際には十分配慮すること）。

22　Northmoor Road：トールキンが1925～30年まで居住。

20　Northmoor Road：トールキンが1930～47年まで居住。『ホビットの冒険』と『指輪物語』の大部分がここで書かれた。

20 Northmoor Road

左から順に

3　Manor Road：トールキンが1947～50年まで居住。

99　Holywell Street：トールキンが1950～53年まで居住。

76　Sandfield Road：トールキンが1953～68年まで居住。68年に妻イーディスとともにBournemouth近くのPooleに転居した。

21　Merton Street：イーディスの死後、トールキンが1972～73年の晩年をここで過ごした。

＊トールキン夫妻の墓

世界中から墓参者が訪れるトールキン夫妻の墓はWolvercote Cemeteryにある。園内の案内板で見つけることができる。

所在地　Wolvercote Cemetery, Banbury Road, Oxford, UK

＊The Eagle and Child

'The Bird and Baby'という通称でも知られるこのパブでインクリングズのメンバーたちは1939～62年の間、毎週火曜日の午前中に会合をもっていた。彼らが愛用した'The Rabbit Room'と呼ばれる奥の居間は観光客に人気の場所となっている。

所在地　49 St Giles, Oxford, UK

＊The Lamb and Flag

'The Eagle and Child'の向かいに建つこのパブは、1962年以降、インクリングズの会合の場として用いられた。

所在地　12 St Giles, Oxford, UK

＊The Oxford Oratory Church of St Aloysius Gonzaga

オックスフォードの聖アロイシウス教会は、トールキンがふだんミサに通っていたカトリック教会。

所在地　25 Woodstock Road, Oxford, UK

ホームページ　http://www.oxfordoratory.org.uk/

■Birmibgham

バーミンガムはトールキンがイギリスでの最初の16年間を過ごした街で、ロンドンのパディントン駅から電車

で行くことができる。トールキン母子が住んだ家、ミサに通った教会、『指輪物語』のいくつかの舞台のモデルとなったと言われる場所を見ることができる。

＊トールキンが住んだ家（一般人が入居中の物件もあるので、見学や写真撮影の際には十分配慮すること）。

9 Ashfield Road, King's Heath：1895年に南アフリカから帰国したトールキン母子が最初に住んだ、メイベルの祖父の家。

264 Wake Green Road, Sarehole：夫アーサーの死を知らされたメイベルが息子たちを連れて転居した田舎家で、かつては5 Gracewellと呼ばれた。1896～1900年に居住。かつてこの周辺に広がっていた田園風景はホビット庄のモデルになったと言われている。

86 Westfield Road, King's Heath：トールキン母子が1901～02年に住んでいた家。

25 Stirling Road, Rednal：メイベルの死後、トールキンは弟のヒラリーとともにベアトリス叔母のこの家に転居した。1905～08年に居住。

4 Highfield Road, Edgbaston：トールキンとイーディスとの交際を知ったモーガン神父により、トールキンは弟とともにこの家に転居させられ、1910～11年にかけて過ごした。

＊Sarehole Mill

セアホール・ミル（水車場）は少年時代のトールキンの遊び場であった。1768年に建てられたこの水車場が老朽化を理由に取り壊されそうになった時、トールキンは保存のために寄付をしたという。現在はバーミンガム市が管理する博物館として無料で解放されている。

所在地　Cole Bank Road, Hall Green, Birmingham, UK

＊Moseley Bog

セアホール・ミルの西方に広がる9ヘクタールのモウズリー・ボッグ（湿原）は、トム・ボンバディルが住む古森のモデルであると言われている。この湿原は現在、バーミンガム市議会によって自然保護区に指定されている。

＊'The Two Towers'

エッジバーストン貯水池（Edgbaston Resevoir）の東側に立つ奇妙な2つの塔――'Perrott's Folly'という通称で知られる旧気象観測塔とEdgbaston給水場の塔（the Waterworks tower）――は『二つの塔』のタイトルの着想にヒントを与えたと言われている。

所在地　Waterworks Road, Edgbaston, Birmingham, UK

＊St Anne's Catholic Church

トールキン母子は1900年にカトリックに改宗し、モウズリーのパーク・ヒル頂上付近に立つセント・アンズ・カトリック教会に通い始めた。

所在地　Alcester Road, Mosley, Birmingham, UK

ホームページ　http://www.st-annes-moseley.org.uk/

＊The Birmingham Oratory

エッジバーストンのバーミンガム・オラトリオ会は、トールキン母子が1902年頃に通い始めたカトリック修道

会。メイベルの死後、トールキン兄弟はこの教会のフランシス・モーガン神父の後見に委ねられた。

所在地　Hagley Road, Edgbaston, Birmingham, UK

ホームページ　http://www.birmingham-oratory.org.uk/

トールキン関連年表

西暦	作家事項	社会的事項
1889	イーディス・ブラット（後の妻)、グロスターに生まれる。英国バーミンガム出身のアーサー・トールキン（父)、南アフリカに渡る	
1890	アーサー、アフリカ銀行ブルームフォンテン支店の支配人に就任	
1891	バーミンガムでアーサーと婚約していたメイベル・サフィールド（母)、南アフリカに渡り、２人は結婚	
1892	１月３日、ジョン・ロナルド・ルーアル・トールキン、アーサーとメイベルの長子として、ブルームフォンテンに生まれる	
1894	２月、弟ヒラリーが生まれる	
1895	４月、メイベル、暑さで損なわれたロナルドの健康を気づかい、子どもたちを連れてイギリスに帰国。バーミンガムのキングズ・ヒースにあるメイベルの実家に住み込む。アーサーは仕事のため、南アフリカに残る。11月、アーサー、リューマチ熱を病む	
1896	２月、アーサー、死去。夏、メイベルと息子たちはバーミンガム近郊の田園の村セアホールに落ち着く	第１回近代オリンピックがアテネで開催
1898	C・S・ルイス、北アイルランドのベルファストに生まれる	
1899		第２次ボーア戦争勃発
1900	メイベル、イギリス国教会からローマ・カトリック教会に改宗。ロナルド、バーミンガムのキング・エドワード校に学び始める。トールキン母子、モウズリーに転居	
1901	トールキン母子、キングズ・ヒースに転居	ヴィクトリア女王崩御、エドワード７世即位
1902	トールキン母子、バーミンガム・オラトリオ会（カトリック修道会）のあるエッジバーストンに転居。フランシス・モーガン神父と親交を深める。ロナルドとヒラリー、オラトリオ会付属のセイント・フィリップス・グラマースクールに転入	日英同盟調印 第２次ボーア戦争終結
1903	ロナルド、奨学金を得てキング・エドワード校に復学。クリスマスに初めて聖体を拝領する	

西暦	作家事項	社会的事項
1904	メイベル、糖尿病で4月に入院、11月に死去。遺言により、モーガン神父が息子たちの後見人となる	
1905	ロナルドとヒラリー、母方の伯母ベアトリスの家に住む	
1906		労働党成立
1908	ロナルドとヒラリー、モーガン神父の知人フォークナー夫人の家に住む。ロナルド、同じ家に下宿するイーディス・ブラットと知りあい、交際を始める	
1909	秋、ロナルド、オックスフォード大学奨学金試験に失敗	
1910	ロナルドとヒラリー、フォークナー夫人の家から転居。モーガン神父、ロナルドが成人するまでイーディスとの交際を禁じる。冬、ロナルド、オックスフォード大学エクセター・コレッジの自由奨学金試験に合格	ジョージ5世即位
1911	キング・エドワード校の友人らと文芸サークルT・C・B・Sを結成。秋、オックスフォード大学エクセター・コレッジに入学、古典を専攻。クリスマスにキング・エドワード校でシェリダン作の演劇『恋仇』に出演	
1912	比較言語学者ジョーゼフ・ライトに師事し、ウェールズ語を学ぶ。フィンランド語をヒントに、クウェンヤ語（古期エルフ語）の作製を開始する	ロバート・スコット大佐、南極点に到達
1913	ロナルド、成人に達するとすぐにイーディスと交信し、再会する。学位取得第1次優等試験で第2等。比較言語学で特優に。夏、専攻を英語英文学優等課程に変更。家庭教師としてメキシコ人の一家に付き添い、フランスを旅行	
1914	イーディス、カトリックに改宗し、ロナルドと婚約	第1次世界大戦勃発
1915	夏、ロナルド、学位取得最終試験で優等の成績を修める。ランカシャー・フュージリア連隊に配属され、夏にベッドフォードシャーとスタフォードシャーで訓練を受ける	
1916	ロナルド、イーディスと結婚。イーディスはグレート・ヘイウッドに住む。ロナルドは6月、フランスに出征。7月から通信将校として激戦地ソンムで戦う。11月に塹壕熱を病み、イギリスに送還される	

西暦	作家事項	社会的事項
1917	グレート・ヘイウッドでの療養期間中、「失われた物語の書」（のちの『シルマリルの物語』）の執筆を開始。11月、長男ジョンが生まれる	ロシア革命が起こる
1918	軍務に復帰し、スタフォードシャーに配属。終戦後、トールキン一家はオックスフォードに転居。ロナルド、『オックスフォード英語大辞典』の編集助手を勤める	第1次世界大戦終結
1920	秋、リーズ大学英語学講師に就任。次男マイケルが生まれる	国際連盟成立
1921	イーディスと息子たち、リーズに転居し、ロナルドに合流	
1924	ロナルド、リーズ大学英語学教授に就任。3男クリストファーが生まれる	
1925	同僚のE・V・ゴードンと『ガウェイン卿と緑の騎士』の校訂本を出版。秋、オックスフォード大学のロウリンソン・ボズワース記念アングロ・サクソン語教授に就任。ペンブルック・コレッジに所属。オックスフォードのノースムーア・ロードに家を購入	
1926	オックスフォード大学モードリン・コレッジの特別研究員C・S・ルイスと知りあう。アイスランド英雄譚の読書会コールバイターズを創設	
1929	長女プリシラが生まれる	世界大恐慌が起こる
1930	ノースムーア・ロード22番地から20番地に転居。C・S・ルイス、（ルイスの兄の）ウォレン、オーウェン・バーフィールド、ヒューゴー・ダイソンなどと文芸サークル、インクリングズを形成	
1936	英国学士院で「『ベーオウルフ』——怪物たちと批評家たち」の題で講演（翌年出版）	スペイン内戦勃発 エドワード8世が王位を放棄し、ジョージ6世即位
1937	秋、『ホビットの冒険』をジョージ・アレン&アンウィン社から刊行。続編（のちの『指輪物語』）の執筆を開始	アイルランド自由国、国名をエール共和国に改称
1939	セント・アンドルーズ大学で「妖精物語について」の題で講演（47年の『チャールズ・ウィリアムズ献呈論文集』および64年の『木と木の葉』に収録）。インクリングズにチャールズ・ウィリアムズが加わる	第2次世界大戦勃発
1941		太平洋戦争勃発

西暦	作家事項	社会的事項
1945	チャールズ・ウィリアムズ急死。秋、ロナルド、オックスフォード大学の英語・英文学マートン教授職に就任。マートン・コレッジに所属	国際連合成立 第2次世界大戦終結
1947	マーナー・ロードに転居	インド独立
1949	『指輪物語』を脱稿。『農夫ジャイルズの冒険』を出版	エール共和国がアイルランド共和国として独立
1950	アンウィン社との『指輪物語』の出版交渉がこじれ、コリンズ社と接触。ホゥリーウェル・ストリートに転居	
1951	『ホビットの冒険』改訂第2版を出版	
1952	コリンズ社との契約がまとまらず、『指輪物語』の原稿をアンウィン社に送る	エリザベス2世即位
1953	ヘディントンのサンドフィールド・ロードに転居	
1954	『指輪物語』第1部『旅の仲間』と第2部『二つの塔』をアンウィン社から出版	
1955	『指輪物語』第3部『王の帰還』をアンウィン社から出版	
1958	オランダを訪問	
1959	オックスフォード大学を退職	
1961		ソ連の宇宙船ウォストーク1号、史上初の有人軌道飛行 ベトナム戦争にアメリカが介入
1962	『トム・ボンバディルの冒険』を出版	
1963	C・S・ルイス死去	アメリカのJ・F・ケネディ大統領、暗殺される
1964	『木と木の葉』を出版	東京オリンピック開催
1965	アメリカのエース・ブックス社、当時の著作権法の不備を利用して、著者非公認の『指輪物語』を出版。	
1966	『ホビットの冒険』改訂第3版を出版。アメリカのバランタイン社、著者公認の『指輪物語』改訂第2版を出版	
1967	『星をのんだかじや』を出版	
1968	トールキン夫妻、ボーンマス近くのプールに転居	
1969		アメリカの有人宇宙船アポロ11号、史上初の月面着陸
1971	11月、イーディス死去	
1972	オックスフォードのマートン・ストリートに転居。大英帝国3等勲爵位（CBE)、オックスフォード大学名誉博士号を授与される	

西暦	作家事項	社会的事項
1973	９月２日、ボーンマスで客死、享年81歳	欧州経済共同体（EC）にイギリスが加盟
1975		ベトナム戦争終結
1977	『シルマリルの物語』が３男クリストファーの編集により刊行	

赤井敏夫（あかい・としお）CHAPTER 10
現　在　神戸学院大学教授
著　書　『トールキン神話の世界』人文書院、1994年
　　　　『世紀末は動く――ヨーロッパ十九世紀転換期の生の諸相』（共著）松籟社、1995年
　　　　『近・現代的想像力に見られるアイルランド気質』（共著）溪水社、2000年
　　　　『イギリス・アメリカ児童文学ガイド』（共著）荒地出版社、2003年
　　　　『ユダヤ教思想における悪』（共著）晃洋書房、2004年
訳　書　テオドール・シュベンク『カオスの自然学』工作舎、1986年
　　　　ロバート・グレイヴス『この私、クラウディウス』（共訳）、みすず書房、2004年

鬼塚大輔（おにつか・だいすけ）CHAPTER 11
現　在　静岡英和学院大学教授
著　書　『プロが教える現代映画ナビゲーター』（共編著）フィルムアート社、2004年
　　　　『日本映画ゼロ世代――新しいＪムービーの読み方』（共著）フィルムアート社、2006年
訳　書　クリストファー・フレイリング『セルジオ・レオーネ――西部劇神話を撃ったイタリアの悪童』フィルムアート社、2002年

小野俊太郎（おの・しゅんたろう）CHAPTER 6、COLUMN
現　在　成蹊大学講師
著　書　『ピグマリオン・コンプレックス』ありな書房、1997年
　　　　『男らしさの神話』講談社、1999年
　　　　『レポート・卒論の攻略ガイドブック』松柏社、1999年
　　　　『モスラの精神史』講談社、2007年

上橋菜穂子（うえはし・なほこ）CHAPTER 7
現　在　川村学園女子大学准教授
著　書　『精霊の守り人』偕成社、1996年
　　　　『隣のアボリジニ――小さな町に暮らす先住民』筑摩書房、2000年
　　　　『狐笛のかなた』理論社、2003年
　　　　『獣の奏者』上・下巻、講談社、2006年
　　　　『天と地の守り人』三巻、偕成社、2006～2007年
　　　　『講座世界の先住民族――オセアニア』（共著）明石書店、2005年

小谷真理（こたに・まり）CHAPTER 8
現　在　SF＆ファンタジー評論家
著　書　『女性状無意識――女性SF論序説』勁草書房、1994年
　　　　『聖母エヴァンゲリオン』マガジンハウス、1997年
　　　　『ファンタジーの冒険』筑摩書房、1998年
　　　　『おこげノススメ――カルト的男性論』青土社、1999年
　　　　『ハリー・ポッターをばっちり読み解く七つの鍵』平凡社、2002年
　　　　『エイリアン・ベッドフェロウズ』松柏社、2004年
　　　　『テクノゴシック』集英社、2005年
　　　　『星のカギ、魔法の小箱』中央公論新社、2005年
訳　書　マーリーン・S・バー『男たちの知らない女――フェミニストのためのサイエンス・フィクション』（共訳）勁草書房、1999年
　　　　ダナ・ハラウェイ他『サイボーグ・フェミニズム増補版』（共訳）水声社、2001年
　　　　ジョアナ・ラス『テクスチュアル・ハラスメント』インスクリプト社、2001年

藤森かよこ（ふじもり・かよこ）CHAPTER 9
現　在　桃山学院大学教授
著　書　『冷戦とアメリカ文学』（共著）世界思想社、2001年
　　　　『クィア批評』（編著）世織書房、2004年
　　　　『リバタリアニズム読本』（共著）勁草書房、2005年
　　　　『若草物語　シリーズもっと知りたい名作の世界１』（共著）ミネルヴァ書房、2006年
　　　　『権力と暴力』（共著）ミネルヴァ書房、2007年
訳　書　アイン・ランド『水源』ビジネス社、2004年

執筆者一覧（執筆順）

成瀬俊一（なるせ・しゅんいち）CHAPTER 1、COLUMN、巻末資料
　編著者紹介参照

安藤　聡（あんどう・さとし）CHAPTER 2、COLUMN
現　在　愛知大学教授
著　書　『ウィリアム・ゴールディング――痛みの問題』成美堂、2001年
　　　　『ファンタジーと歴史的危機――英国児童文学の黄金時代』彩流社、2003年
　　　　『ナルニア国物語 解読―― C・S・ルイスが創造した世界』彩流社、2006年

伊藤　盡（いとう・つくす）CHAPTER 3、COLUMN
現　在　杏林大学准教授
著　書　『国際理解にやくだつ世界の神話――ヨーロッパの神話』（共著）ポプラ社、2000年
　　　　Zwischenzeiten Zwischenwelten: Festschrift für Kozo Hirao（共著）Peter Lang、2001年
　　　　『指輪物語　エルフ語を読む』青春出版、2004年
訳　書　ニコラス・バーカー、大英図書館スタッフ共同執筆『大英図書館――秘蔵コレクションとその歴史』（共訳）ロンドン：大英図書館、東京：ミュージアム図書、1996年
　　　　バーバラ・ストレイチー『指輪物語―フロドの旅――「旅の仲間」のたどった道』評論社、2003年

青木由紀子（あおき・ゆきこ）CHAPTER 4
現　在　和洋女子大学教授
著　書　『児童文学の魅力――いま読む100冊・海外編』（共著）文溪堂、1995年
　　　　『たのしく読める英米女性作家』（共著）ミネルヴァ書房、1998年
訳　書　マーガレット・マーヒー『地下脈系』岩波書店、1998年
　　　　アーシュラ・K・ル=グウィン『ファンタジーと言葉』岩波書店、2006年

井辻朱美（いつじ・あけみ）CHAPTER 5、COLUMN
現　在　白百合女子大学教授
著　書　『ファンタジーの魔法空間』岩波書店、2002年
　　　　『魔法のほうき――ファンタジーの癒し』廣済堂出版、2003年
　　　　『ファンタジー万華鏡』研究社、2005年
訳　書　D・プリングル編、監修『図説・ファンタジー百科事典』東洋書林、2002年
　　　　ハモンド・スカル『トールキンによる「指輪物語」の図像世界』原書房、2002年
　　　　J・チャンス『指輪の力』早川書房、2003年
　　　　ブライアン・シブリー、ジョン・ハウ『ファンタジー・アトラストールキン〈中つ国〉地図』原書房、2004年
　　　　D・デイ『ホビット一族のひみつ』東洋書林、2004年
　　　　キャサリン・フィッシャー『サソリの神』三部作、原書房、2005年
　　　　M・ムアコック『永遠の戦士 エルリック・シリーズ』（全７巻）早川書房、2006―07年
　　　　O・R・メリング『夢の書』講談社、2007年

編著者紹介

成瀬俊一（なるせ・しゅんいち）

現　在　青山学院女子短期大学講師

著　書　『たのしく読める英米児童文学』（共著）ミネルヴァ書房、2000年

『英米児童文学の宇宙』（共著）ミネルヴァ書房、2002年

『想像力の飛翔——英語圏の文化・文学』（共著）北星堂、2003年

『はじめて学ぶ英米児童文学史』（共著）ミネルヴァ書房、2004年

『英米児童文学の黄金時代』（共編著）ミネルヴァ書房、2005年

『世界児童文学百科——現代編』（共著）原書房、2005年

『たのしく読める英米の絵本』（共著）ミネルヴァ書房、2006年

『英語文学事典』（共著）ミネルヴァ書房、2007年

翻　訳　ジョン・エイト『20世紀クロノペディア——新英単語で読む100年』（共訳）ゆまに書房、2001年

コリン・ドゥーリエ『ナルニア国フィールドガイド』（共訳）東洋書林、2006年

シリーズ　もっと知りたい名作の世界⑨

指輪物語

2007年10月30日　初版第1刷発行　　検印省略

定価はカバーに
表示しています

編著者　成　瀬　俊　一

発行者　杉　田　啓　三

印刷者　田　中　雅　博

発行所　株式会社　ミネルヴァ書房

607-8494　京都市山科区日ノ岡堤谷町1

電 話 代 表　075-581-5191

振 替 口 座　01020-0-8076

創栄図書印刷・新生製本

ISBN978-4-623-04544-0

Printed in Japan